Arthur Conan Doyle

El misterio de Cloomber

Arthur Conan Doyle

El misterio de Cloomber

The mistery of Cloomber

Traducción de

Antonio Javier Santiago Remacha

El misterio de Cloomber

PUBLICADO POR EL GRUPO BOLCHIRO
BOLCHIRO, S.L, Zurbano, 47 - Madrid, 28010
BOLCHIRO, LLC (c/o OSB Business Services Inc) 180 Varick Street -
New York NY 10014

© Del texto: Arthur Conan Doyle
© De la traducción: ANTONIO JAVIER SANTIAGO REMACHA
© De la presente edición: Bolchiro, S.L
ISBN: 9788415211679
ISBN del libro electrónico: 9788415211662

Índice

CAPÍTULO I

LA HÉGIRA DE LOS WEST DESDE EDIMBURGO

Yo, John Fothergill West, estudiante de derecho en la universidad de St. Andrews, he intentado en las páginas siguientes poner mi declaración ante el público de manera concisa y metódica

No es mi deseo alcanzar el éxito literario, ni tengo ningún deseo por medio de la elegancia de mi estilo, ni por el orden artístico de mis incidentes, de echar una sombra más profunda sobre los extraños pasajes sobre los que tendré que hablar. Mi mayor ambición es que aquellos que saben algo del asunto, después de leer mi relato, sean capaces de respaldarlo a conciencia sin encontrar un sólo párrafo en que yo haya agregado o quitado a la verdad.

Si consigo este resultado, quedaré ampliamente satisfecho con el resultado de mi primera incursión en la literatura.

Era mi intención escribir la sucesión de hechos en el debido orden, basándome en rumores fidedignos cuando estaba describiendo aquello que estaba más allá de mi propio conocimiento personal. Sin embargo, ahora, a través de la amable cooperación de unos amigos, he dado con un plan que promete ser menos oneroso para mí y más satisfactorio para el lector. Este es ni más ni menos que hacer uso de los diversos manuscritos que tengo junto a mí relacionados con el asunto, y añadir a ellos el testimonio de primera mano aportado por aquellos que tuvieron las mejores ocasiones de conocer al Teniente General J. B. Heatherstone.

CHAPTER I

THE HEGIRA OF THE WESTS FROM EDINBURGH

I, John Fothergill West, student of law in the University of St. Andrews, have endeavoured in the ensuing pages to lay my statement before the public in a concise and business-like fashion.

It is not my wish to achieve literary success, nor have I any desire by the graces of my style, or by the artistic ordering of my incidents, to throw a deeper shadow over the strange passages of which I shall have to speak. My highest ambition is that those who know something of the matter should, after reading my account, be able to conscientiously indorse it without finding a single paragraph in which I have either added to or detracted from the truth.

Should I attain this result, I shall rest amply satisfied with the outcome of my first, and probably my last, venture in literature.

It was my intention to write out the sequence of events in due order, depending on trustworthy hearsay when I was describing that which was beyond my own personal knowledge. I have now, however, through the kind cooperation of friends, hit upon a plan which promises to be less onerous to me and more satisfactory to the reader. This is nothing less than to make use of the various manuscripts which I have by me bearing upon the subject, and to add to them the first-hand evidence contributed by those who had the best opportunities of knowing Major-General J. B. Heatherstone.

Para conseguir este propósito expondré ante el público el testimonio de Israel Stakes, anteriormente cochero en Cloomber Hall, y de John Easterling, miembro del Real Colegio de Médicos de Edinburgo, que ejerce ahora en Stranraer, en Wigtownshire. Añadiré a estos un informe textual extraído del diario del difunto John Bertier Heatherstone, de los sucesos que tuvieron lugar en el Valle Thul en el otoño del 41 hacia el fin de la primera Guerra Afgana, con una descripción de la escaramuza en el desfiladero de Terada, y de la muerte del viejo Ghoolab Shah.

Me reservo a mí mismo el deber de llenar todas las lagunas y huecos que puedan quedar por completar en la narración. Por medio de este plan he descendido del puesto de autor al de recopilador, pero por otra parte mi obra ha dejado de ser un relato y se ha ampliado en una serie de declaraciones juradas.

Mi Padre, John Hunter West, era un orientalista y estudioso del sánscrito muy conocido, y su nombre aún es respetado entre aquellos que están interesados en tales asuntos. Fue él quien primero llamó la atención después de Sir William Jones sobre el gran valor de la literatura persa de época temprana, y sus traducciones del Hafiz y del Feriddedin Atar se han ganado los más cálidos elogios del Barón von Hammer-Purgstall, de Viena, y de otros distinguidos críticos de Europa.

En el número del *Orientalisches Scienzblatt* de enero de 1861, es descrito como "el famoso y muy cualificado Hunter West de Edinburgo"- un pasaje el cual recuerdo bien que recortó y guardó para sí, con una comprensible vanidad, entre los más venerados archivos familiares.

Él había sido educado para ser abogado, o Letrado del Sello, como se llama en Escocia, pero su erudito pasatiempo le absorbía tanto tiempo que tenía poco para dedicar al ejercicio de su profesión.

In pursuance of this design I shall lay before the public the testimony of Israel Stakes, formerly coachman at Cloomber Hall, and of John Easterling, F.R.C.P. Edin., now practising at Stranraer, in Wigtownshire. To these I shall add a verbatim account extracted from the journal of the late John Berthier Heatherstone, of the events which occurred in the Thul Valley in the autumn of '41 towards the end of the first Afghan War, with a description of the skirmish in the Terada defile, and of the death of the man Ghoolab Shah.

To myself I reserve the duty of filling up all the gaps and chinks which may be left in the narrative. By this arrangement I have sunk from the position of an author to that of a compiler, but on the other hand my work has ceased to be a story and has expanded into a series of affidavits.

My Father, John Hunter West, was a well known Oriental and Sanskrit scholar, and his name is still of weight with those who are interested in such matters. He it was who first after Sir William Jones called attention to the great value of early Persian literature, and his translations from the Hafiz and from Ferideddin Atar have earned the warmest commendations from the Baron von Hammer-Purgstall, of Vienna, and other distinguished Continental critics.

In the issue of the *Orientalisches Scienzblatt* for January, 1861, he is described as *"Der beruhmte und sehr gelhernte Hunter West von Edinburgh"*—a passage which I well remember that he cut out and stowed away, with a pardonable vanity, among the most revered family archives.

He had been brought up to be a solicitor, or Writer to the Signet, as it is termed in Scotland, but his learned hobby absorbed so much of his time that he had little to devote to the pursuit of his profession.

Cuando sus clientes estaban buscándole en su bufete de George Street, él estaba encerrado en los sitios más recónditos de la Biblioteca de Abogados, o estudiando minuciosamente algún manuscrito enmohecido en la Institución Filosófica, con su cerebro más ocupado en el código que Menu propuso seiscientos años antes del nacimiento de Cristo que en los espinosos problemas de la ley escocesa del siglo diecinueve. Por lo tanto no es de sorprender que mientras sus conocimientos se acumulaban su bufete desaparecía, hasta que en el momento en que hubo alcanzado el cenit de su celebridad hubo alcanzado también el punto más bajo de su suerte.

Como no había cátedra de sánscrito en ninguna de las universidades de su país, ni demanda en ninguna parte para las únicas habilidades mentales de las que disponía, deberíamos haber estado obligados a retirarnos a una elegante pobreza, consolándonos con los aforismos y preceptos de Firdousi, Omar Khayyam, y otros de sus favoritos orientales, si no hubiera sido por la amabilidad y generosidad de su medio hermano William Farintosh, el Terrateniente de Branksome, en Wigtownshire.

Este William Farintosh era el propietario de un latifundio, un terreno que guardaba, por desgracia, una relación de lo más desproporcionada a su valor, puesto que formaba la extensión de tierra más inhóspita y más yerma en el conjunto de un condado inhóspito y yermo. Como soltero, sin embargo, sus gastos habían sido pequeños, y se había apañado con los alquileres de sus casas de campo dispersas, y la venta de los caballos de raza Galloway, que criaba en los páramos, no sólo para vivir como debería un terrateniente, sino para ahorrar una considerable suma en el banco.

When his clients were seeking him at his chambers in George Street, he was buried in the recesses of the Advocates' Library, or poring over some mouldy manuscript at the Philosophical Institution, with his brain more exercised over the code which Menu propounded six hundred years before the birth of Christ than over the knotty problems of Scottish law in the nineteenth century. Hence it can hardly be wondered at that as his learning accumulated his practice dissolved, until at the very moment when he had attained the zenith of his celebrity he had also reached the nadir of his fortunes.

There being no chair of Sanscrit in any of his native universities, and no demand anywhere for the only mental wares which he had to dispose of, we should have been forced to retire into genteel poverty, consoling ourselves with the aphorisms and precepts of Firdousi, Omar Khayyam, and others of his Eastern favourites, had it not been for the kindness and liberality of his half-brother William Farintosh, the Laird of Branksome, in Wigtownshire.

This William Farintosh was the proprietor of a landed estate, the acreage which bore, unfortunately, a most disproportional relation to its value, for it formed the bleakest and most barren tract of land in the whole of a bleak and barren shire. As a bachelor, however, his expenses had been small, and he had contrived from the rents of his scattered cottages, and the sale of the Galloway nags, which he bred upon the moors, not only to live as a laird should, but to put by a considerable sum in the bank.

Habíamos tenido pocas noticias de nuestro pariente durante los días de nuestra relativa prosperidad, pero justo cuando estábamos a punto de perder toda esperanza, nos llegó una carta como un ángel servicial, ofreciéndonos comprensión y socorro. En ella el Terrateniente de Branksome nos decía que uno de sus pulmones había estado debilitándose progresivamente por algún tiempo, y que el doctor Easterling, de Stranraer, le había aconsejado encarecidamente pasar los pocos años que le quedaban en algún clima más cordial. Había decidido, por lo tanto ponerse en camino hacia el sur de Italia, y pidió que fijásemos nuestra residencia en Branksome en su ausencia, y que mi padre actuase como su administrador de tierras y representante por un salario que nos dejara lejos de cualquier temor a pasar necesidades.

Nuestra madre llevaba algunos años muerta, así que sólo quedábamos yo mismo, mi padre, y mi hermana Esther para consultar, y puede imaginarse fácilmente que no nos llevó mucho tiempo decidir aceptar la generosa oferta del terrateniente. Mi padre partió hacia Wigtown esa misma noche, mientras que Esther y yo le seguimos unos pocos días después, llevando con nosotros dos sacos de patatas llenos de libros eruditos, así como los demás objetos domésticos que valiera la pena y el gasto transportar.

We had heard little from our kinsman during the days of our comparative prosperity, but just as we were at our wit's end, there came a letter like a ministering angel, giving us assurance of sympathy and succour. In it the Laird of Branksome told us that one of his lungs had been growing weaker for some time, and that Dr. Easterling, of Stranraer, had strongly advised him to spend the few years which were left to him in some more genial climate. He had determined, therefore to set out for the South of Italy, and he begged that we should take up our residence at Branksome in his absence, and that my father should act as his land steward and agent at a salary which placed us above all fear of want.

Our mother had been dead for some years, so that there were only myself, my father, and my sister Esther to consult, and it may be readily imagined that it did not take us long to decide upon the acceptance of the laird's generous offer. My father started for Wigtown that very night, while Esther and I followed a few days afterwards, bearing with us two potato-sacksful of learned books, and such other of our household effects that were worth the trouble and expense of transport.

CAPÍTULO II

DE LA EXTRAÑA MANERA EN QUE UN INQUILINO VINO A CLOOMBER

B ranksome podría parecer una vivienda pobre comparado con la casa de un señor inglés, pero para nosotros, después de nuestra larga residencia en apartamentos mal ventilados, era de una magnificencia regia.

El edificio era amplio y bajo, con tejado de tejas rojas, ventanas con paneles a rombos, y abundancia de habitaciones con techos ennegrecidos por el humo y zócalos de roble. Delante había un pequeño césped, rodeado de una delgada hilera de macilentas y poco desarrolladas hayas, todas retorcidas y marchitas por los efectos de la espuma del mar. Detrás se extendía la dispersa aldea de Branksome-Bere −una docena de casas de campo a lo sumo- habitada por toscos pescadores que consideraban al terrateniente como su protector natural.

Al oeste había una ancha playa amarilla y el Mar de Irlanda, mientras que en todas las otras direcciones los desolados páramos, verde grisáceos en el primer plano y púrpura en la distancia, se extendían en curvas largas y bajas hacia el horizonte.

Esta costa de Wigtown era muy inhóspita y solitaria. Un hombre podría andar muchas agotadoras millas y no ver nunca un ser vivo excepto las blancas gaviotas aleteando pesadamente, que gritaban y chillaban unas a otras con sus estridentes y tristes voces.

¡Muy solitaria y muy inhóspita! Una vez que Branksome quedaba fuera de la vista no había señales de la obra del hombre salvo únicamente donde se levantaba la alta y blanca torre de Cloomber Hall, como una lápida de alguna tumba gigantesca, de entre los abetos y alerces que la rodeaban.

CHAPTER II

OF THE STRANGE MANNER IN WHICH A
TENANT CAME TO CLOOMBER

Branksome might have appeared a poor dwelling-place when compared with the house of an English squire, but to us, after our long residence in stuffy apartments, it was of regal magnificence.

The building was broad-spread and low, with red-tiled roof, diamond-paned windows, and a profusion of dwelling rooms with smoke-blackened ceilings and oaken wainscots. In front was a small lawn, girt round with a thin fringe of haggard and ill grown beeches, all gnarled and withered from the effects of the sea-spray. Behind lay the scattered hamlet of Branksome-Bere—a dozen cottages at most—inhabited by rude fisher-folk who looked upon the laird as their natural protector.

To the west was the broad, yellow beach and the Irish Sea, while in all other directions the desolate moors, greyish-green in the foreground and purple in the distance, stretched away in long, low curves to the horizon.

Very bleak and lonely it was upon this Wigtown coast. A man might walk many a weary mile and never see a living thing except the white, heavy-flapping kittiwakes, which screamed and cried to each other with their shrill, sad voices.

Very lonely and very bleak! Once out of sight of Branksome and there was no sign of the works of man save only where the high, white tower of Cloomber Hall shot up, like a headstone of some giant grave, from amid the firs and larches which girt it round.

La gran casa, a una milla o más de nuestra vivienda, había sido construida por un rico comerciante de Glasgow de extraños gustos y hábitos solitarios, pero en el momento de nuestra llegada había estado desocupada durante muchos años, y se alzaba con los muros manchados a causa del clima y ventanas vacías de mirada fija mirando inexpresivamente hacia fuera sobre la ladera de la colina.

Vacía y enmohecida, servía únicamente como punto de referencia a los pescadores, puesto que habían descubierto por experiencia que manteniendo la chimenea del terrateniente y la torre blanca de Cloomber en línea podían encontrar su camino a través del feo arrecife que levanta su recortada espalda, como la de un monstruo dormido, sobre las turbulentas aguas de la bahía barrida por el viento.

A este agreste lugar era donde el Destino había traído a mi padre, mi hermana y a mí mismo. No nos daba miedo su soledad. Después del alboroto y ajetreo de una gran ciudad y la tediosa tarea de mantener las apariencias con unos escasos ingresos, había una gran serenidad que calmaba el alma en los amplios horizontes y el aire cortante. Aquí por lo menos no había vecinos para curiosear y parlotear.

El terrateniente había dejado su faetón y dos ponis tras él, con la ayuda de los cuales mi padre y yo solíamos dar una vuelta por la finca haciendo tales obligaciones ligeras como le corresponden a un representante, o "factor", como era llamado allí, mientras nuestra dulce Esther se ocupaba de nuestras necesidades del hogar, y alegraba el oscuro y viejo edificio.

Tal era nuestra simple y tranquila existencia, hasta la noche de verano en que tuvo lugar un incidente inesperado que resultó ser el heraldo de aquellos extraños hechos que he tomado mi pluma para describir.

Por las tardes solía salir en el esquife del terrateniente a coger unas pocas pescadillas que podrían servir para nuestra cena. En esta memorable ocasión mi hermana vino conmigo, sentándose con su libro en la popa de la barca, mientras yo colgaba mis sedales sobre la proa.

This great house, a mile or more from our dwelling, had been built by a wealthy Glasgow merchant of strange tastes and lonely habits, but at the time of our arrival it had been untenanted for many years, and stood with weather-blotched walls and vacant, staring windows looking blankly out over the hill side.

Empty and mildewed, it served only as a landmark to the fishermen, for they had found by experience that by keeping the laird's chimney and the white tower of Cloomber in a line they could steer their way through the ugly reef which raises its jagged back, like that of some sleeping monster, above the troubled waters of the wind-swept bay.

To this wild spot it was that Fate had brought my father, my sister, and myself. For us its loneliness had no terrors. After the hubbub and bustle of a great city, and the weary task of up-holding appearances upon a slender income, there was a grand, soul-soothing serenity in the long sky-line and the eager air. Here at least there was no neighbour to pry and chatter.

The laird had left his phaeton and two ponies behind him, with the aid of which my father and I would go the round of the estate doing such light duties as fall to an agent, or "factor" as it was there called, while our gentle Esther looked to our household needs, and brightened the dark old building.

Such was our simple, uneventful existence, until the summer night when an unlooked-for incident occurred which proved to be the herald of those strange doings which I have taken up my pen to describe.

It had been my habit to pull out of an evening in the laird's skiff and to catch a few whiting which might serve for our supper. On this well-remembered occasion my sister came with me, sitting with her book in the stern-sheets of the boat, while I hung my lines over the bows.

El sol se había hundido detrás de la escarpada costa irlandesa, pero una larga masa de nubes rojas aún señalaba el lugar, y proyectaba una aureola sobre las aguas. El océano entero estaba veteado y marcado con rayas carmesí. Me había puesto de pie en la barca, y estaba mirando con deleite el amplio panorama de la orilla y el mar y el cielo, cuando mi hermana tiró de mi manga con un pequeño y agudo grito de sorpresa.

–Mira, John –gritó– ¡hay una luz en Cloomber Tower!

Giré la cabeza y fijé la mirada en la alta y blanca torrecilla que se entreveía por encima del cinturón de árboles. Mientras miraba vi con claridad en una de las ventanas el destello de una luz, que desapareció de repente, y después brilló una vez más desde otra más alta. Allí parpadeó durante algún tiempo, y finalmente brilló por detrás de dos ventanas sucesivas por abajo antes de que los árboles la ocultasen de nuestra vista. Estaba claro que alguien que llevaba una lámpara o una vela había trepado por las escaleras de la torre y después había regresado a la parte principal de la casa.

–¿Quién demonios puede ser? –exclamé, hablando más bien para mí mismo que para Esther, puesto que podía ver por la sorpresa que mostraba su cara que no tenía una solución que proponer–. Quizás alguna gente de Branksome-Bere han querido inspeccionar el lugar.

Mi hermana sacudió la cabeza.

–Ninguno de ellos se atrevería a poner un pie dentro de las puertas de la avenida –dijo–. Además, John, las llaves las guarda el agente inmobiliario en Wigtown. Aunque alguna vez fueran tan curiosos, nadie de nuestra gente podría encontrar su camino de entrada".

Cuando reflexioné sobre la maciza puerta y los pesados postigos que protegían el piso más bajo de Cloomber, no pude sino admitir la fuerza de la objeción de mi hermana. El intempestivo visitante debía de haber usado una violencia considerable para entrar a la fuerza, o debía de haber conseguido la posesión de las llaves.

The sun had sunk down behind the rugged Irish coast, but a long bank of flushed cloud still marked the spot, and cast a glory upon the waters. The whole broad ocean was seamed and scarred with crimson streaks. I had risen in the boat, and was gazing round in delight at the broad panorama of shore and sea and sky, when my sister plucked at my sleeve with a little, sharp cry of surprise.

"See, John," she cried, "there is a light in Cloomber Tower!".

I turned my head and stared back at the tall, white turret which peeped out above the belt of trees. As I gazed I distinctly saw at one of the windows the glint of a light, which suddenly vanished, and then shone out once more from another higher up. There it flickered for some time, and finally flashed past two successive windows underneath before the trees obscured our view of it. It was clear that some one bearing a lamp or a candle had climbed up the tower stairs and had then returned into the body of the house.

"Who in the world can it be?" I exclaimed, speaking rather to myself than to Esther, for I could see by the surprise upon her face that she had no solution to offer. "Maybe some of the folk from Branksome-Bere have wanted to look over the place."

My sister shook her head.

"There is not one of them would dare to set foot within the avenue gates," she said. "Besides, John, the keys are kept by the house-agent at Wigtown. Were they ever so curious, none of our people could find their way in."

When I reflected upon the massive door and ponderous shutters which guarded the lower storey of Cloomber, I could not but admit the force of my sister's objection. The untimely visitor must either have used considerable violence in order to force his way in, or he must have obtained possession of the keys.

Picada mi curiosidad por el pequeño misterio, remé con fuerza hacia la playa con la determinación de ver por mí mismo quien podría ser el intruso, y cuales eran sus intenciones. Dejando a mi hermana en Branksome y llamando a Seth Jamieson, un viejo marinero veterano y uno de los pescadores más corpulentos, me puse en camino a través del páramo con él atravesando la creciente oscuridad.

−Esa casa no tiene buena reputación después del anochecer −comentó mi compañero, aflojando perceptiblemente el paso cuando le expliqué la naturaleza de nuestra misión−. No es por nada por lo que el propietario no se acerca a ella.

−Bien, Seth, hay uno que no tiene miedo de entrar en él −dije yo, señalando el gran edificio blanco que se erigía ante nosotros en la penumbra.

La luz que yo había observado desde el mar se estaba moviendo hacia atrás y hacia delante a través de las ventanas del primer piso, cuyas persianas habían sido quitadas. Podía ver ahora que una segunda luz más tenue seguía a la otra unos pocos pasos por detrás. Evidentemente dos individuos, uno con una lámpara y otro con un cirio o una vela de junco, estaban haciendo un cuidadoso examen del edificio.

−Que cada uno se meta en lo suyo − dijo Seth Jamieson obstinadamente, parándose por completo−. ¿Qué nos importa si un fantasma o el hombre del saco quiere encapricharse de Cloomber? No es prudente entrometerse en tales cosas.

−Pero, hombre − grité−, no supondrás que un fantasma vino aquí en un carruaje.¿Qué son esas luces allí junto a la puerta de la avenida?

−¡Las lámparas de un carruaje, como era de esperar! −exclamó mi compañero con una voz menos lúgubre−. Dirijámonos a él, señor West, y preguntemos de dónde viene.

Piqued by the little mystery, I pulled for the beach, with the determination to see for myself who the intruder might be, and what were his intentions. Leaving my sister at Branksome, and summoning Seth Jamieson, an old man-o'-war's-man and one of the stoutest of the fishermen, I set off across the moor with him through the gathering darkness.

"It hasna a guid name after dark, yon hoose," remarked my companion, slackening his pace perceptibly as I explained to him the nature of our errand. "It's no for naething that him wha owns it wunna gang within a Scotch mile o't."

"Well, Seth, there is some one who has no fears about going into it," said I, pointing to the great, white building which flickered up in front of us through the gloom.

The light which I had observed from the sea was moving backwards and forward past the lower floor windows, the shutters of which had been removed. I could now see that a second fainter light followed a few paces behind the other. Evidently two individuals, the one with a lamp and the other with a candle or rushlight, were making a careful examination of the building.

"Let ilka man blaw his ain parritch," said Seth Jamieson doggedly, coming to a dead stop. "What is it tae us if a wraith or a bogle minds tae tak' a fancy tae Cloomber? It's no canny tae meddle wi' such things."

"Why, man," I cried, "you don't suppose a wraith came here in a gig? What are those lights away yonder by the avenue gates?"

"The lamps o' a gig, sure enough!" exclaimed my companion in a less lugubrious voice. "Let's steer for it, Master West, and speer where she hails frae."

A esa hora la noche había caído salvo por una sola hendidura larga y estrecha en dirección al oeste. Moviéndonos a ciegas juntos por el páramo, recorrimos el camino hacia la Carretera de Wigtown, en el punto donde los altos pilares de piedra marcan la entrada a la avenida de Cloomber. Un alto carruaje ligero de dos ruedas estaba delante de la entrada, con el caballo pastando sobre el fino borde de hierba que bordeaba la carretera.

–¡Bien!– dijo Jamieson, echando un vistazo de cerca al vehículo desierto–. Lo conozco bien. Pertenece al señor McNeill, el hombre encargado de la propiedad de Wigtown- el que guarda las llaves.

–Entonces podemos tener también una conversación con él ahora que estamos aquí –respondí–. Están bajando, si no me equivoco.

Mientras yo hablaba oímos el portazo de la pesada puerta y en unos pocos minutos dos figuras, una alta y angulosa, otra baja y gruesa vinieron hacia nosotros a través de la oscuridad. Estaban hablando con tanta seriedad que no nos observaron hasta que hubieron pasado a través de la puerta de la avenida.

–Buenas tardes, Mr. McNeil –dije yo, dando un paso hacia delante y dirigiéndome al encargado de la propiedad de Wigtown, a quien conocía ligeramente.

El más pequeño de los dos giró la cara hacia mí mientras hablaba, y me mostró que no me había equivocado al identificarlo, pero su compañero más alto saltó para atrás y dio todas las muestras de un violento desasosiego.

–¿Qué es esto, McNeil?– le oí decir con voz jadeante y ahogada– ¿Es esta su promesa? ¿Qué significa esto?

By this time night had closed in save for a single long, narrow slit in the westward. Stumbling across the moor together, we made our way into the Wigtown Road, at the point where the high stone pillars mark the entrance to the Cloomber avenue. A tall dog-cart stood in front of the gateway, the horse browsing upon the thin border of grass which skirted the road.

"It's a' richt!" said Jamieson, taking a close look at the deserted vehicle. "I ken it weel. It belongs tae Maister McNeil, the factor body frae Wigtown—him wha keeps the keys."

"Then we may as well have speech with him now that we are here," I answered. "They are coming down, if I am not mistaken."

As I spoke we heard the slam of the heavy door and within a few minutes two figures, the one tall and angular, the other short and thick came towards us through the darkness. They were talking so earnestly that they did not observe us until they had passed through the avenue gate.

"Good evening, Mr. McNeil," said I, stepping forward and addressing the Wigtown factor, with whom I had some slight acquaintance.

The smaller of the two turned his face towards me as I spoke, and showed me that I was not mistaken in his identity, but his taller companion sprang back and showed every sign of violent agitation.

"What is this, McNeil?" I heard him say, in a gasping, choking voice. "Is this your promise? What is the meaning of it?"

—¡No se alarme, General! ¡No se alarme!– dijo el pequeño y gordo agente de la propiedad en un tono tranquilizador, como uno podría hablar a un niño asustado–.Este es el joven Mr. Fothergill West, de Branksome, aunque lo que le trae aquí esta noche es más de lo que puedo entender. Sin embargo, puesto que van a ser vecinos, no puedo hacer nada mejor que aprovechar la oportunidad para presentaros el uno al otro. Señor West, este es el General Heatherstone, que está a punto de alquilar Cloomber Hall.

Tendí la mano al hombre alto, que la miró de una manera titubeante y medio reacia.

—Me acerqué –expliqué–, porque vi vuestras luces en las ventanas, y pensé que algo podría ir mal. Estoy muy contento de haberlo hecho, puesto que ello me ha dado la oportunidad de conocer al general.

Mientras estaba hablando, era consciente de que el nuevo inquilino de Cloomber Hall me miraba muy de cerca de través de la oscuridad. Cuando concluí, extendió un brazo largo y trémulo, y giró la lámpara del carruaje de tal manera que arrojase un torrente de luz sobre mi cara.

—¡Por Dios, McNeil! –gritó, con la misma voz temblorosa que antes–, este tipo es tan marrón como el chocolate. Él no es inglés. Usted no es inglés -¿verdad, señor?

—Soy escocés, de pura cepa –dije yo, con ganas de reír, que contuve únicamente por el obvio terror de mi nuevo conocido.

—Un escocés, ¿eh? – dijo él con un suspiro de alivio–. Todos somos de la misma nacionalidad actualmente. Debe perdonarme, Señor... Señor West. Estoy nervioso, nervioso de un modo infernal. Acompáñeme, McNeil, debemos estar de vuelta en Wigtown en menos de una hora. ¡Buenas noches, caballeros, buenas noches!

Los dos se subieron a sus asientos; el encargado de la propiedad hizo restallar su látigo, y el alto carruaje ligero de dos ruedas se fue traqueteando a través de la oscuridad, proyectando un brillante túnel de luz amarilla a cada lado, hasta que el estruendo de sus ruedas se desvaneció en la distancia.

"Don't be alarmed, General! Don't be alarmed!" said the little fat factor in a soothing fashion, as one might speak to a frightened child. "This is young Mr. Fothergill West, of Branksome, though what brings him up here tonight is more than I can understand. However, as you are to be neighbours, I can't do better than take the opportunity to introduce you to each other. Mr. West, this is General Heatherstone, who is about to take a lease of Cloomber Hall."

I held out my hand to the tall man, who look it in a hesitating, half-reluctant fashion.

"I came up," I explained, "because I saw your lights in the windows, and I bought that something might be wrong. I am very glad I did so, since it has given me the chance of making the general's acquaintance."

Whilst I was talking, I was conscious that the new tenant of Cloomber Hall was peering at me very closely through the darkness. As I concluded, he stretched out a long, tremulous arm, and turned the gig-lamp in such a way as to throw a flood of light upon my face.

"Good Heavens, McNeil!" he cried, in the same quivering voice as before, "the fellow's as brown as chocolate. He's not an Englishman. You're not an Englishman—you, sir?"

"I'm a Scotchman, born and bred," said I, with an inclination to laugh, which was only checked by my new acquaintance's obvious terror.

"A Scotchman, eh?" said he, with a sigh of relief. "It's all one nowadays. You must excuse me, Mr.—Mr. West. I'm nervous, infernally nervous. Come along, McNeil, we must be back in Wigtown in less than an hour. Good-night, gentlemen, good-night!"

The two clambered into their places; the factor cracked his whip, and the high dog-cart clattered away through the darkness, casting a brilliant tunnel of yellow light on either side of it, until the rumble of its wheels died away in the distance.

–¿Qué piensas de nuestro nuevo vecino, Jamieson? –pregunté, después de un largo silencio.

–Ciertamente, Señor West, parece, como dice él mismo, estar muy nervioso. Quizás tiene la conciencia intranquila.

–El hígado, más probablemente –dije yo–. Parece como si hubiera puesto a prueba su constitución un poco. Pero sopla un viento gélido, Seth, amigo, y es hora de que ambos estemos dentro de casa.

Me despedí de mi compañero dándole las buenas noches, y empecé a caminar a través de los páramos hacia la alegre y rojiza luz que señalaba las ventanas del salón de Branksome.

"What do you think of our new neighbour, Jamieson?" I asked, after a long silence.

"'Deed, Mr. West, he seems, as he says himsel', to be vera nervous. Maybe his conscience is oot o' order."

"His liver, more likely," said I. "He looks as if he had tried his constitution a bit. But it's blowing chill, Seth, my lad, and it's time both of us were indoors."

I bade my companion good-night, and struck off across the moors for the cheery, ruddy light which marked the parlour windows of Branksome.

CAPÍTULO III

DE CÓMO LLEGAMOS A CONOCER MEJOR AL TENIENTE GENERAL J.B. HEATHERSTONE

Hubo, como bien se puede imaginar, mucho revuelo entre nuestra pequeña comunidad al enterarse de la noticia de que Cloomber Hall iba a ser habitado una vez más, y una considerable especulación en cuanto a los nuevos inquilinos, y su propósito al elegir esta parte en particular del país para su residencia.

Rápidamente se hizo patente que, cualesquiera que pudieran ser sus motivos, sin duda habían decidido quedarse mucho tiempo, puesto que bajaban de Wigtown relevos de fontaneros y carpinteros de obra, y había martillazos y ruido de obras continuamente desde la mañana hasta la noche.

Era sorprendente lo rápidamente que fueron borradas las señales del viento y el tiempo, hasta que la gran casa de planta cuadrada estuvo tan inmaculadamente limpia como si hubiera sido levantada ayer. Había abundantes indicios de que el General Heatherstone no daba importancia al dinero, y que no era por motivos económicos por lo que él se había instalado entre nosotros.

–Puede ser que esté dedicado al estudio –sugirió mi padre, cuando hablamos del tema alrededor de la mesa del desayuno–. Quizás ha elegido este apartado lugar para terminar alguna obra maestra en la que está ocupado. Si ese es el caso con gusto permitiré que utilice mi biblioteca a sus anchas.

Esther y yo nos reímos de la forma grandilocuente en que hablaba de los dos sacos de patatas llenos de libros.

CHAPTER III

OF OUR FURTHER ACQUAINTANCE WITH MAJOR-GENERAL J. B. HEATHERSTONE

There was, as may well be imagined, much stir amongst our small community at the news that the Hall was to be inhabited once more, and considerable speculation as to the new tenants, and their object in choosing this particular part of the country for their residence.

It speedily became apparent that, whatever their motives might be, they had definitely determined upon a lengthy stay, for relays of plumbers and of joiners came down from Wigtown, and there was hammering and repairing going on from morning till night.

It was surprising how quickly the signs of the wind and weather were effaced, until the great, square-set house was all as spick-and-span as though it had been erected yesterday. There were abundant signs that money was no consideration to General Heatherstone, and that it was not on the score of retrenchment that he had taken up his abode among us.

"It may be that he is devoted to study," suggested my father, as we discussed the question round the breakfast table. "Perhaps he has chosen this secluded spot to finish some magnum opus upon which he is engaged. If that is the case I should be happy to let him have the run of my library."

Esther and I laughed at the grandiloquent manner in which he spoke of the two potato-sacksful of books.

–Puede que sea como dices –dije yo–, pero durante nuestra corta entrevista el general no me pareció ser un hombre propenso a tener gustos literarios muy marcados. Si pudiera aventurar una conjetura, diría que está aquí por consejo médico, con la esperanza de que la completa calma y el aire fresco puedan restablecer su destrozado sistema nervioso. Si hubieras visto como me fulminó con la mirada, y el movimiento nervioso de sus dedos, habrías pensado que necesitaba un restablecimiento.

–Me pregunto si tiene esposa y familia –dijo mi hermana– ¡Pobre gente, que solos deben de estar! Caramba, a excepción de nosotros mismos no hay una familia con la que puedan hablar en más de siete millas.

–El general Heatherstone es un soldado muy distinguido –comentó mi padre.

–Vaya, papá, ¿cómo llegaste a saber de él?

–Ah, queridos míos –dijo mi padre, sonriéndonos por encima de su taza de café–, estabais riéndoos justo ahora de mi biblioteca, pero ya veis que puede ser muy útil en ocasiones. –Mientras hablaba cogió un volumen de tapas rojas de un estante y volvió las páginas–. Este es un Listado del Ejército Indio de hace tres años –explicó–, y aquí está el caballero que buscamos-´Heathestone, J. B., Comandante de la Orden del Baño`, queridos míos, y ´V.C.` pensad en eso, ´V.C.`-´anteriormente coronel en la Infantería de la India, Regimiento de Infantería Bengalí n° 41 , pero ahora está retirado con el rango de teniente general.`En esta otra columna hay una relación de sus servicios- ´captura de Ghuznee y defensa de Jellalabad, Sobraon 1848, la Rebelión de los Cipayos y la sumisión por la fuerza de Oudh. Ha recibido cinco veces una mención de honor.` Creo, queridos míos, que tenemos motivos para estar orgullosos de nuestro nuevo vecino.

–No menciona ahí si está o no casado, supongo –preguntó Esther.

"It may be as you say," said I, "but the general did not strike me during our short interview as being a man who was likely to have any very pronounced literary tastes. If I might hazard a guess, I should say that he is here upon medical advice, in the hope that the complete quiet and fresh air may restore his shattered nervous system. If you had seen how he glared at me, and the twitching of his fingers, you would have thought it needed some restoring."

"I do wonder whether he has a wife and a family," said my sister. "Poor souls, how lonely they will be! Why, excepting ourselves, there is not a family that they could speak to for seven miles and more."

"General Heatherstone is a very distinguished soldier," remarked my father.

"Why, papa, however came you to know anything about him?"

"Ah, my dears," said my father, smiling at us over his coffee-cup, "you were laughing at my library just now, but you see it may be very useful at times." As he spoke he took a red-covered volume from a shelf and turned over the pages. "This is an Indian Army List of three years back," he explained, "and here is the very gentleman we want-'Heatherstone, J. B., Commander of the Bath,' my dears, and 'V.C.', think of that, 'V.C.'—'formerly colonel in the Indian Infantry, 41st Bengal Foot, but now retired with the rank of major-general.' In this other column is a record of his services—'capture of Ghuznee and defence of Jellalabad, Sobraon 1848, Indian Mutiny and reduction of Oudh. Five times mentioned in dispatches.' I think, my dears, that we have cause to be proud of our new neighbour."

"It doesn't mention there whether he is married or not, I suppose?" asked Esther.

–No –dijo mi padre, moviendo su blanca cabeza con un profundo aprecio de su propio humor–. No incluye eso bajo el título de *acciones temerarias*, aunque muy bien podría, querida mía, muy bien podría.

Sin embargo, todas nuestras dudas sobre este asunto se disiparon muy pronto, puesto que el mismo día que se terminó de reparar y de amueblar tuve ocasión de cabalgar hacia Wigtown, y me encontré por el camino un carruaje que llevaba al General Heatherstone y a su familia a su nuevo hogar. Una señora mayor, agotada y de aspecto enfermo, estaba a su lado, y enfrente de él se sentaba un joven de aproximadamente mi edad y una chica que parecía ser un par de años más joven.

Alcé el sombrero, y estaba a punto de adelantarlos, cuando el general gritó a su cochero que se detuviera, y me tendió la mano. Podía ver ahora a la luz del día que su cara, aunque dura y severa, era capaz de adoptar una expresión no del todo malintencionada.

–¿Cómo está, Señor Fothergill West? – gritó–. Debo disculparme con usted si fui un poco brusco la otra noche- ya perdonará a un viejo soldado que ha pasado la mayor parte de su vida como caballo de tiro- De todas formas, debe reconocer que es bastante oscuro de piel para ser escocés.

–Hay rasgos españoles en nuestra sangre –dije yo, preguntándome por su recurrencia al tema.

–Eso lo explicaría, por supuesto – comentó–. Querida mía –dijo a su mujer–, permíteme presentarte a Mr. Fothergill West. Estos son mi hijo y mi hija. Hemos venido aquí en busca de descanso, Mr. West- descanso total.

–Y posiblemente no podrían haber venido a un lugar mejor –dije yo.

–Oh, ¿eso cree? –respondió–. Supongo que es efectivamente muy tranquilo, y muy solitario. Podrías andar por estos senderos del campo por la noche, me atrevo a decir, y no encontrarte nunca a nadie, ¿eh?

–Bien, no hay mucha gente que salga después de que oscurezca –dije yo.

"No," said my father, wagging his white head with a keen appreciation of his own humour. "It doesn't include that under the heading of 'daring actions'—though it very well might, my dear, it very well might."

All our doubts, however, upon this head were very soon set at rest, for on the very day that the repairing and the furnishing had been completed I had occasion to ride into Wigtown, and I met upon the way a carriage which was bearing General Heatherstone and his family to their new home. An elderly lady, worn and sickly-looking, was by his side, and opposite him sat a young fellow about my own age and a girl who appeared to be a couple of years younger.

I raised my hat, and was about to pass them, when the general shouted to his coachman to pull up, and held out his hand to me. I could see now in the daylight that his face, although harsh and stern, was capable of assuming a not unkindly expression.

"How are you, Mr. Fothergill West?" he cried. "I must apologise to you if I was a little brusque the other night—you will excuse an old soldier who has spent the best part of his life in harness—All the same, you must confess that you are rather dark-skinned for a Scotchman."

"We have a Spanish strain in our blood," said I, wondering at his recurrence to the topic.

"That would, of course, account for it," he remarked. "My dear," to his wife, "allow me to introduce Mr. Fothergill West to you. This is my son and my daughter. We have come here in search of rest, Mr. West—complete rest."

"And you could not possibly have come to a better place," said I.

"Oh, you think so?" he answered. "I suppose it is very quiet indeed, and very lonely. You might walk through these country lanes at night, I dare say, and never meet a soul, eh?"

"Well, there are not many about after dark," I said.

–Y no os molestan mucho los vagabundos y los mendigos itinerantes,¿eh? No hay muchos hojalateros ni vagabundos ni gitanos pícaros – ¿no hay indeseables de ese tipo por los alrededores?

–Lo encuentro bastante frío –dijo la señora Heatherstone, envolviéndose aún más en su grueso manto de piel de foca–. Además, estamos retrasando a Mr. West.

–También nosotros, querida mía, también nosotros. Siga conduciendo, cochero. Buenos días, Mr. West.

El carruaje se alejó traqueteando hacia el Hall, y yo troté pensativamente hacia la pequeña ciudad campestre.

Mientras pasaba por High Street, Mr. McNeil salió corriendo de su oficina y me hizo señas para que parase.

–Nuestros nuevos inquilinos han salido –dijo–. Llegaron esta mañana.

–Me los encontré por el camino –respondí.

Mientras bajaba la vista al pequeño encargado de la propiedad, pude ver que su cara estaba enrojecida y que tenía toda la apariencia de haber tomado un vaso de más.

–Dame un auténtico caballero con el que hacer negocios – dijo, con una carcajada–. Ellos me entienden y yo los entiendo. '¿Por qué cantidad lo relleno?` dijo el general, sacando un cheque en blanco de su bolsa y poniéndolo encima de la mesa. 'Doscientos,` dije yo, dejando un poco de margen por mi propio tiempo y molestias.

–Pensaba que el casero te había pagado por eso – comenté.

–Sí, sí, pero está bien tener un poco de margen. Lo rellenó y me lo arrojó como si hubiera sido un viejo sello de correos. Esa es la manera en que se deberían hacer los negocios entre hombres honrados- aunque no resultaría si alguno de los dos pretendiera obtener excesivo provecho. ¿No quiere entrar, Mr. West, a probar mi whisky?

No, gracias –dije yo–, tengo negocios que atender.

"And you are not much troubled with vagrants or wandering beggars, eh? Not many tinkers or tramps or rascally gipsies—no vermin of that sort about?"

"I find it rather cold," said Mrs. Heatherstone, drawing her thick sealskin mantle tighter round her figure. "We are detaining Mr. West, too."

"So we are, my dear, so we are. Drive on, coachman. Goodday, Mr. West."

The carriage rattled away towards the Hall, and I trotted thoughtfully onwards to the little country metropolis.

As I passed up the High Street, Mr. McNeil ran out from his office and beckoned to me to stop.

"Our new tenants have gone out," he said. "They drove over this morning."

"I met them on the way," I answered.

As I looked down at the little factor, I could see that his face was flushed and that he bore every appearance of having had an extra glass.

"Give me a real gentleman to do business with," he said, with a burst of laughter. "They understand me and I understand them. 'What shall I fill it up for?' says the general, taking a blank cheque out o' his pouch and laying it on the table. 'Two hundred,' says I, leaving a bit o' a margin for my own time and trouble."

"I thought that the landlord had paid you for that," I remarked.

"Aye, aye, but it's well to have a bit margin. He filled it up and threw it over to me as if it had been an auld postage stamp. That's the way business should be done between honest men—though it wouldna do if one was inclined to take an advantage. Will ye not come in, Mr. West, and have a taste of my whisky?"

"No, thank you," said I, "I have business to do."

–Bien, bien, los negocios son lo principal. Además, es bueno no beber por la mañana. Por mi parte, excepto una gota antes del desayuno para abrirme el apetito, y quizás un vaso, o incluso dos, después para estimular la digestión, nunca pruebo los licores antes del mediodía. ¿Qué piensa del general, Mr. West?

–Vaya, apenas he tenido ocasión de juzgarle – contesté.

Mr. McNeil dio un golpecito a su frente con el dedo índice.

–Eso es lo que pienso de él –dijo en un susurro confidencial, sacudiendo la cabeza hacia mí–. Está ido, señor, ido, a mi juicio.¿Qué tomaría por ser una prueba de locura, Mr. West?

–Pues ofrecer un cheque en blanco a un agente inmobiliario de Wigtown –dije yo.

–Ah, siempre estás con tus bromas. Pero, ahora entre nosotros , si un hombre te preguntase a cuantas millas estaba de un puerto marítimo, y si los barcos llegan allí desde el este, y si había vagabundos en la carretera, y si iba contra el contrato de alquiler que construyese un muro alto alrededor del terreno, ¿qué conclusión sacarías, eh?

–Ciertamente lo consideraría un excéntrico –dije yo.

–Si todos tuvieran lo que se merecen, nuestro amigo se encontraría en una casa con un muro alto alrededor del terreno, y eso sin costarle un cuarto de penique –dijo el agente.

–¿Dónde entonces? –pregunté, siguiéndole el chiste.

–Pues en el Manicomio del Condado de Wigtown –gritó el hombrecillo, con una ligera risa, en mitad de la cual retomé mi camino, dejándole aún riéndose entre dientes de su propio chiste.

La llegada de la nueva familia a Cloomber Hall no tuvo un efecto apreciable en romper la monotonía de nuestra solitaria región, puesto que en lugar de involucrarse en los sencillos placeres que ofrecía el campo, o interesarse, como habíamos esperado, en nuestros intentos de mejorar la suerte de nuestros pobres arrendatarios y pescadores, parecían evitar toda observación y apenas nunca se aventuraban más allá de las puertas de la avenida.

"Well, well, business is the chief thing. It's well not to drink in the morning, too. For my own part, except a drop before breakfast to give me an appetite, and maybe a glass, or even twa, afterwards to promote digestion, I never touch spirits before noon. What d'ye think o' the general, Mr. West?"

"Why, I have hardly had an opportunity of judging," I answered.

Mr. McNeil tapped his forehead with his forefinger.

"That's what I think of him," he said in a confidential whisper, shaking his head at me. "He's gone, sir, gone, in my estimation. Now what would you take to be a proof of madness, Mr. West?"

"Why, offering a blank cheque to a Wigtown house-agent," said I.

"Ah, you're aye at your jokes. But between oorsel's now, if a man asked ye how many miles it was frae a seaport, and whether ships come there from the East, and whether there were tramps on the road, and whether it was against the lease for him to build a high wall round the grounds, what would ye make of it, eh?"

"I should certainly think him eccentric," said I.

"If every man had his due, our friend would find himsel' in a house with a high wall round the grounds, and that without costing him a farthing," said the agent.

"Where then?" I asked, humouring his joke.

"Why, in the Wigtown County Lunatic Asylum," cried the little man, with a bubble of laughter, in the midst of which I rode on my way, leaving him still chuckling over his own facetiousness.

The arrival of the new family at Cloomber Hall had no perceptible effect in relieving the monotony of our secluded district, for instead of entering into such simple pleasures as the country had to offer, or interesting themselves, as we had hoped, in our attempts to improve the lot of our poor crofters and fisherfolk, they seemed to shun all observation, and hardly ever to venture beyond the avenue gates.

Pronto descubrimos, también, que las palabras del encargado de la propiedad respecto del cercado del terreno estaban fundadas en hechos, puesto que cuadrillas de obreros trabajaban sin parar desde por la mañana temprano hasta tarde de noche en levantar una alta valla de madera alrededor de toda la finca. Cuando ésta estuvo terminada y rematada con pinchos, Cloomber Park se hizo impenetrable para cualquiera excepto un escalador excepcionalmente osado. Era como si el viejo soldado hubiera estado tan imbuido de ideas militares que, como mi Tío Toby, no pudiera evitar estar a la defensiva incluso en tiempos de paz.

Más extraño aún, había provisto de víveres la casa como para un asedio, puesto que Begbie, el principal tendero de Wigtown, me dijo en un rapto de deleite y sorpresa que el general le había enviado un pedido encargando cientos de docenas de cada carne en conserva y vegetal imaginable.

Puede imaginarse que todos estos inusuales incidentes no pasaron sin algún comentario malévolo. Por toda la campiña y hasta la frontera inglesa no había más que cotilleos sobre los nuevos inquilinos de Cloomber Hall y las razones que les habían llevado a vivir con nosotros.

La única hipótesis, sin embargo, que podía desarrollar la mente bucólica, era la que ya se le había ocurrido a Mr. McNeil, el encargado de la propiedad- a saber, que el viejo general y su familia estaban todos y cada uno aquejados de locura, o, como una conclusión alternativa, que había cometido algún delito atroz y estaba intentando escapar a las consecuencias de sus fechorías.

Ambas eran suposiciones lógicas en esas circunstancias, pero ninguna de ellas me parecía por sí misma una verdadera explicación de los hechos.

Es verdad que el comportamiento del General Heatherstone con ocasión de nuestra primera entrevista fue tal como para sugerir alguna sospecha de enfermedad mental, pero ningún hombre podía haber sido más razonable o más cortés de lo que él había demostrado ser después.

We soon found, too, that the factor's words as to the inclosing of the grounds were founded upon fact, for gangs of workmen were kept hard at work from early in the morning until late at night in erecting a high, wooden fence round the whole estate.

When this was finished and topped with spikes, Cloomber Park became impregnable to any one but an exceptionally daring climber. It was as if the old soldier had been so imbued with military ideas that, like my Uncle Toby, he could not refrain even in times of peace from standing upon the defensive.

Stranger still, he had victualled the house as if for a siege, for Begbie, the chief grocer of Wigtown, told me himself in a rapture of delight and amazement that the general had sent him an order for hundreds of dozens of every imaginable potted meat and vegetable.

It may be imagined that all these unusual incidents were not allowed to pass without malicious comment. Over the whole countryside and as far away as the English border there was nothing but gossip about the new tenants of Cloomber Hall and the reasons which had led them to come among us.

The only hypothesis, however, which the bucolic mind could evolve, was that which had already occurred to Mr. McNeil, the factor—namely, that the old general and his family were one and all afflicted with madness, or, as an alternative conclusion, that he had committed some heinous offence and was endeavouring to escape the consequences of his misdeeds.

These were both natural suppositions under the circumstances, but neither of them appeared to me to commend itself as a true explanation of the facts.

It is true that General Heatherstone's behaviour on the occasion of our first interview was such as to suggest some suspicion of mental disease, but no man could have been more reasonable or more courteous than he had afterwards shown himself to be.

Por otra parte, su mujer e hijos llevaban la misma vida solitaria que él mismo, así que la razón podría no ser una característica propia de su salud. En cuanto a la posibilidad de que fuera un fugitivo de la justicia, esa teoría era incluso más insostenible. Wigtownshire era inhóspito y solitario, pero no era una esquina del mundo tan recóndita como para que un famoso soldado pudiera esperar esconderse allí, ni un hombre que temía la publicidad habría dado a todo el mundo de qué hablar como había hecho el general.

Teniendo todo en cuenta, me inclinaba a creer que la verdadera solución del enigma estaba en su propia alusión al amor a la tranquilidad, y que ellos se habían refugiado aquí con un ansia casi morbosa de soledad y reposo. Muy pronto tuvimos un ejemplo de los grandes extremos a los que les llevaría este deseo de aislamiento

Mi padre había bajado una mañana con el peso de una gran determinación sobre su frente.

–Debes ponerte tu vestido rosa hoy, Esther –dijo–, y tú, John, debes ponerte elegante, puesto que he decidido que nosotros tres iremos en el carruaje esta tarde a presentar nuestros respetos a la señora Heatherstone y al general.

–Una visita a Cloomber –gritó Esther, aplaudiendo.

–Estoy aquí –dijo mi padre con dignidad–, no sólo como encargado de la propiedad del terrateniente, sino también como pariente. En esa calidad estoy convencido de que él desearía que haga una visita de cortesía a estos recién llegados y les trate con la mayor amabilidad de la que soy capaz. Por ahora, deben de sentirse solos y sin amigos.¿Qué dice el gran Firdusi? 'Los más selectos adornos de la casa de un hombre son sus amigos.'

Mi hermana y yo sabíamos por experiencia que cuando el anciano empezaba a justificar su propósito con citas de poetas persas no había oportunidad de hacer que cambiase de opinión. Como era de esperar esa tarde vi el faetón en la puerta, con mi padre sentado sobre el asiento, con su segundo mejor abrigo puesto y un par de guantes de conducir nuevos.

Then, again, his wife and children led the same secluded life that he did himself, so that the reason could not be one peculiar to his own health.

As to the possibility of his being a fugitive from justice, that theory was even more untenable. Wigtownshire was bleak and lonely, but it was not such an obscure corner of the world that a well-known soldier could hope to conceal himself there, nor would a man who feared publicity set every one's tongue wagging as the general had done.

On the whole, I was inclined to believe that the true solution of the enigma lay in his own allusion to the love of quiet, and that they had taken shelter here with an almost morbid craving for solitude and repose. We very soon had an instance of the great lengths to which this desire for isolation would carry them.

My father had come down one morning with the weight of a great determination upon his brow.

"You must put on your pink frock to-day, Esther," said he, "and you, John, you must make yourself smart, for I have determined that the three of us shall drive round this afternoon and pay our respects to Mrs. Heatherstone and the general."

"A visit to Cloomber," cried Esther, clapping her hands.

"I am here," said my father, with dignity, "not only as the laird's factor, but also as his kinsman. In that capacity I am convinced that he would wish me to call upon these newcomers and offer them any politeness which is in our power. At present they must feel lonely and friendless. What says the great Firdousi? 'The choicest ornaments to a man's house are his friends.'"

My sister and I knew by experience that when the old man began to justify his resolution by quotations from the Persian poets there was no chance of shaking it. Sure enough that afternoon saw the phaeton at the door, with my father perched upon the seat, with his second-best coat on and a pair of new driving-gloves.

—Meteos, queridos míos —gritó, restallando su látigo con brío–, demostraremos al general que no tiene motivo para estar avergonzado de sus vecinos.

¡Ay! el orgullo siempre va antes de una caída. Nuestros bien alimentados ponis y brillante arnés no estaban predestinados ese día a impresionar a los inquilinos de Cloomber con la sensación de nuestra importancia.

Habíamos llegado a la puerta de la avenida, y yo estaba a punto de salir a abrirla, cuando atrajo nuestra atención un gran letrero de madera, que estaba unido a uno de los árboles de tal manera que no había posibilidad alguna de que alguien pasara sin verlo. Sobre la blanca superficie de este cartel estaba impresa en grandes letras negras la siguiente hospitalaria inscripción:

EL GENERAL Y LA SEÑORA HEATHERSTONE NO DESEAN AUMENTAR SU CÍRCULO DE CONOCIDOS.

Todos nos sentamos mirando este anuncio durante un momento con silencioso asombro. Después Esther y yo, divertidos por lo absurdo del asunto, nos partimos de risa, pero mi padre hizo girar las cabezas de los ponis, y condujo a casa con los labios apretados y la nube de una gran cólera sobre la frente. Nunca he visto al buen hombre tan intensamente enfurecido, y estoy convencido de que su ira no surgía de ningún sentimiento insignificante de vanidad ofendida por su parte, sino del pensamiento de que se había desairado al Terrateniente de Branksome, cuya dignidad representaba.

"Jump in, my dears," he cried, cracking his whip briskly, "we shall show the general that he has no cause to be ashamed of his neighbours."

Alas! pride always goes before a fall. Our well-fed ponies and shining harness were not destined that day to impress the tenants of Cloomber with a sense of our importance.

We had reached the avenue gate, and I was about to get out and open it, when our attention was arrested by a very large wooden placard, which was attached to one of the trees in such a manner that no one could possibly pass without seeing it. On the white surface of this board was printed in big, black letters the following hospitable inscription:

GENERAL AND MRS. HEATHERSTONE HAVE NO
WISH TO INCREASE THE CIRCLE OF THEIR
ACQUAINTANCE.

We all sat gazing at this announcement for some moments in silent astonishment. Then Esther and I, tickled by the absurdity of the thing, burst out laughing, but my father pulled the ponies' heads round, and drove home with compressed lips and the cloud of much wrath upon his brow. I have never seen the good man so thoroughly moved, and I am convinced that his anger did not arise from any petty feeling of injured vanity upon his own part, but from the thought that a slight had been offered to the Laird of Branksome, whose dignity he represented.

CAPÍTULO IV

DE UN JOVEN CON LA CABEZA GRIS.

S i tuve algún resentimiento personal a causa de este desaire familiar, fue una emoción muy pasajera, y pronto fue borrada de mi mente.

Sucedió que el mismo día que siguió al evento tuve ocasión de pasar por ese camino, y me detuve para echar otro vistazo al detestable letrero. Estaba de pie mirándolo fijamente y preguntándome qué podría haber inducido a nuestros vecinos a tomar una medida tan vergonzosa, cuando fui consciente de repente de una dulce cara de niña que me espiaba desde detrás de los barrotes de la puerta, y de una mano blanca que ansiosamente me hacía señas de que me acercara. Cuando avanzaba hacia ella vi que era la misma joven dama a la que había visto en el carruaje.

–Mr. West –dijo, en un rápido susurro, mirando de lado a lado mientras hablaba de una manera nerviosa y precipitada–, deseo pedirle perdón por la humillación a la que usted y su familia fueron sometidos ayer. Mi hermano estaba en la avenida y lo vio todo, pero se siente incapaz de interferir. Le aseguro, Mr. West, que si esa cosa odiosa –señalando al letrero– le ha causado disgusto, nos ha causado mucho más a mí y a mi hermano.

–Mire, señorita Heatherstone –dije yo, quitándole importancia al asunto con una risa–, Gran Bretaña es un país libre, y si un hombre elige advertir a los visitantes que se mantengan alejados de su propiedad no hay razón por la que no debería hacerlo.

–Es auténticamente cruel – espetó, dando una patada en el suelo con mal humor–. ¡Y pensar que su hermana, también, deba recibir un insulto no provocado! Me muero de vergüenza sólo de pensarlo.

CHAPTER IV

OF A YOUNG MAN WITH A GREY HEAD

I f I had any personal soreness on account of this family snub, it was a very passing emotion, and one which was soon effaced from my mind.

It chanced that on the very next day after the episode I had occasion to pass that way, and stopped to have another look at the obnoxious placard. I was standing staring at it and wondering what could have induced our neighbours to take such an outrageous step, when I became suddenly aware of a sweet, girlish face which peeped out at me from between the bars of the gate, and of a white hand which eagerly beckoned me to approach. As I advanced to her I saw that it was the same young lady whom I had seen in the carriage.

"Mr. West," she said, in a quick whisper, glancing from side to side as she spoke in a nervous, hasty manner, "I wish to apologise to you for the indignity to which you and your family were subjected yesterday. My brother was in the avenue and saw it all, but he is powerless to interfere. I assure you, Mr. West, that if that hateful thing," pointing up at the placard, "has given you any annoyance, it has given my brother and myself far more."

"Why, Miss Heatherstone," said I, putting the matter off with a laugh, "Britain is a free country, and if a man chooses to warn off visitors from his premises there is no reason why he should not."

"It is nothing less than brutal," she broke out, with a petulant stamp of the foot. "To think that your sister, too, should have such a unprovoked insult offered to her! I am ready to sink with shame at the very thought."

–Le ruego que no pase ni un momento de inquietud a causa del tema –dije yo, de todo corazón, puesto que estaba apenado de su evidente angustia–. Estoy seguro de que su padre tiene alguna razón desconocida para nosotros para tomar esta medida.

–¡Dios sabe que la tiene! –contestó ella, con indescriptible tristeza en su voz–, y sin embargo creo que sería más varonil enfrentarse al peligro que huir de él. Sin embargo, él sabe más, y para nosotros es imposible juzgar.¿Pero quién es este? –exclamó, con inquietud, mirando detenidamente la oscura avenida–. Oh, es mi hermano Mordaunt. Mordaunt –dijo, mientras el joven se acercaba a nosotros–. He estado disculpándome con el señor West por lo que sucedió ayer, en tu nombre además de en el mío.

–Estoy muy, muy contento de tener la oportunidad de hacerlo en persona –dijo él cortésmente–. Sólo deseo poder ver a su hermana y su padre además de a usted mismo, para decirles cuanto lo siento. Creo que será mejor que corras a la casa, pequeña, puesto que se está acercando la hora del almuerzo. No, no se vaya, Mr. West. Quiero tener unas palabras con usted.

La señorita Heatherstone me dijo adiós con la mano con una alegre sonrisa, y caminó a paso ligero avenida arriba, mientras su hermano descorría el cerrojo de la puerta, y, cruzando, la cerró de nuevo, echando la llave desde fuera.

–Daré un paseo carretera abajo contigo, si no tienes objeción. Ten un manila –Sacó un par de puros de su bolsillo y me paso uno–. No los encontrarás malos –dijo–. Me volví un entendido en el tabaco cuando estuve en la India. Espero no estar interfiriendo en sus asuntos al acompañarlo.

–En absoluto – respondí–. Estoy muy contento de tener su compañía.

–Le diré un secreto –dijo mi acompañante–. Esta es la primera vez que he estado fuera del terreno desde que estamos aquí.

–¿Y su hermana?

"Pray do not give yourself one moment's uneasiness upon the subject," said I earnestly, for I was grieved at her evident distress. "I am sure that your father has some reason unknown to us for taking this step."

"Heaven knows he has!" she answered, with ineffable sadness in her voice, "and yet I think it would be more manly to face a danger than to fly from it. However, he knows best, and it is impossible for us to judge. But who is this?" she exclaimed, anxiously, peering up the dark avenue. "Oh, it is my brother Mordaunt. Mordaunt," she said, as the young man approached us. "I have been apologising to Mr. West for what happened yesterday, in your name as well as my own."

"I am very, very glad to have the opportunity of doing it in person," said he courteously. "I only wish that I could see your sister and your father as well as yourself, to tell them how sorry I am. I think you had better run up to the house, little one, for it's getting near tiffin-time. No—don't you go Mr. West. I want to have a word with you."

Miss Heatherstone waved her hand to me with a bright smile, and tripped up the avenue, while her brother unbolted the gate, and, passing through, closed it again, locking it upon the outside.

"I'll have a stroll down the road with you, if you have no objection. Have a manilla." He drew a couple of cheroots from his pocket and handed one to me. "You'll find they are not bad," he said. "I became a connoisseur in tobacco when I was in India. I hope I am not interfering with your business in coming along with you?"

"Not at all," I answered "I am very glad to have your company."

"I'll tell you a secret," said my companion. "This is the first time that I have been outside the grounds since we have been down here."

"And your sister?"

–Nunca ha estado fuera, tampoco –respondió–. He dado esquinazo hoy al gobernador, pero a él no le gustaría ni una pizca si lo supiera. Es un capricho suyo que debemos mantenerlos alejados de los demás. Al menos, algunas personas lo llamarían un capricho, por mi parte tengo razones para creer que tiene razones de peso para todo lo que hace-aunque quizás en este asunto puede que sea un poco demasiado exigente.

–Sin duda debes de encontrarlo muy solitario –dije yo– ¿No podrías arreglártelas para dejarte caer en ocasiones a fumar conmigo? Esa casa de allá lejos es Branksome.

–Ciertamente, eres muy amable –respondió, con ojos chispeantes–. Me encantaría hacerte visitas de vez en cuando. A excepción de Israel Stakes, nuestro viejo cochero y jardinero, no tengo ni un alma con quien hablar.

–Y su hermana debe de sentirlo más incluso –dije yo, pensando en mi corazón que mi nuevo amigo daba demasiada importancia a sus propios problemas y demasiada poca a los de su compañera.

–Sí; la pobre Gabriel lo siente, sin duda – espondió despreocupadamente–, pero es una cosa más antinatural para un joven de mi edad estar encerrado de esta manera que para una mujer. Mírame, ahora. Cumpliré veintitrés años el próximo marzo, y sin embargo nunca he ido a una universidad, ni a un colegio por ese asunto. Soy un ignorante tan completo como cualquiera de estos patanes. Te parece extraño, sin duda, y sin embargo es así. Ahora, ¿no crees que merezco un destino mejor?

Dejó de hablar, y se giró para ponerse cara a cara conmigo, lanzando las palmas hacia adelante como en un ruego.

Mientras le miraba, con el sol brillando sobre su cara, parecía ciertamente un extraño pájaro para ser encerrado en tal jaula. Alto y musculoso, con una cara oscura y afilada, y rasgos angulosos y finamente cincelados, podría haber salido de un cuadro de Murillo o Velázquez. Había energía latente y poder en su fuerte boca, sus cejas cuadradas, y toda la pose de su elástica y bien formada figura.

"She has never been out, either," he answered. "I have given the governor the slip to-day, but he wouldn't half like it if he knew. It's a whim of his that we should keep ourselves entirely to ourselves. At least, some people would call it a whim, for my own part I have reason to believe that he has solid grounds for all that he does—though perhaps in this matter he may be a little too exacting."

"You must surely find it very lonely," said I. "Couldn't you manage to slip down at times and have a smoke with me? That house over yonder is Branksome."

"Indeed, you are very kind," he answered, with sparkling eyes. "I should dearly like to run over now and again. With the exception of Israel Stakes, our old coachman and gardener, I have not a soul that I can speak to."

"And your sister—she must feel it even more," said I, thinking in my heart that my new acquaintance made rather too much of his own troubles and too little of those of his companion.

"Yes; poor Gabriel feels it, no doubt," he answered carelessly, "but it's a more unnatural thing for a young man of my age to be cooped up in this way than for a woman. Look at me, now. I am three-and-twenty next March, and yet I have never been to a university, nor to a school for that matter. I am as complete an ignoramus as any of these clodhoppers. It seems strange to you, no doubt, and yet it is so. Now, don't you think I deserve a better fate?"

He stopped as he spoke, and faced round to me, throwing his palms forward in appeal.

As I looked at him, with the sun shining upon his face, he certainly did seem a strange bird to be cooped up in such a cage. Tall and muscular, with a keen, dark face, and sharp, finely cut features, he might have stepped out of a canvas of Murillo or Velasquez. There were latent energy and power in his firm-set mouth, his square eyebrows, and the whole pose of his elastic, well-knit figure.

–Está el aprendizaje que se obtiene de los libros y el aprendizaje que se obtiene de la experiencia –dije sentenciosamente–. Si tienes menos de tu parte de uno, quizás tienes más del otro. No puedo creer que has pasado toda tu vida en mera ociosidad y placer.

–¡Placer! – gritó– ¡Placer! ¡Mira esto! –Se quitó el sombrero, y vi que su pelo negro estaba todo salpicado de canas– ¿Imaginas que esto ha salido por el placer? –preguntó, con una risa amarga.

–Debes de haber tenido una gran conmoción –dije, asombrado por la visión–, alguna enfermedad terrible en tu juventud. O quizás haya surgido de una causa más crónica –una ansiedad constante y persistente. He conocido hombres tan jóvenes como tú cuyo pelo era igual de gris.

–¡Pobres desdichados! –murmuró–. Los compadezco.

–Si puedes arreglártelas para bajar a Branksome en ocasiones –dije–, quizás pudieras traer a la señorita Heatherstone contigo. Sé que mi padre y mi hermana estarían encantados de verla, y un cambio, aunque fuera durante una hora o dos, podría irle bien.

–Sería bastante difícil para nosotros dos irnos juntos –respondió–. Sin embargo, si veo una oportunidad la traeré. Se podría conseguir alguna tarde quizás, puesto que el anciano se da el gusto de echarse la siesta de vez en cuando.

Habíamos llegado al comienzo del sinuoso sendero que se desvía del camino alto y conduce a la casa del terrateniente, así que mi compañero se detuvo.

–Debo regresar –dijo bruscamente–, o me echarán de menos. Es muy amable por tu parte, West, tomarte este interés en nosotros. Te estoy muy agradecido, y Gabriel también lo estará cuando se entere de tu amable invitación. Es realmente generoso por tu parte después de ese infernal cartel de mi padre.

Me dio la mano y partió carretera abajo, pero vino corriendo detrás de mí poco después, llamándome para que me detuviera.

"There is the learning to be got from books and the learning to be got from experience," said I sententiously. "If you have less of your share of the one, perhaps you have more of the other. I cannot believe you have spent all your life in mere idleness and pleasure."

"Pleasure!" he cried. "Pleasure! Look at this!" He pulled off his hat, and I saw that his black hair was all decked and dashed with streaks of grey. "Do you imagine that this came from pleasure?" he asked, with a bitter laugh.

"You must have had some great shock," I said, astonished at the sight, "some terrible illness in your youth. Or perhaps it arises from a more chronic cause—a constant gnawing anxiety. I have known men as young as you whose hair was as grey."

"Poor brutes!" he muttered. "I pity them."

"If you can manage to slip down to Branksome at times," I said, "perhaps you could bring Miss Heatherstone with you. I know that my father and my sister would be delighted to see her, and a change, if only for an hour or two, might do her good."

"It would be rather hard for us both to get away together," he answered, "However, if I see a chance I shall bring her down. It might be managed some afternoon perhaps, for the old man indulges in a siesta occasionally."

We had reached the head of the winding lane which branches off from the high road and leads to the laird's house, so my companion pulled up.

"I must go back," he said abruptly, "or they will miss me. It's very kind of you, West, to take this interest in us. I am very grateful to you, and so will Gabriel be when she hears of your kind invitation. It's a real heaping of coals of fire after that infernal placard of my father's."

He shook my hand and set off down the road, but he came running after me presently, calling me to stop.

—Acabo de pensar –dijo–, que debes de considerarnos un gran misterio allí arriba en Cloomber. Me atrevo a decir que has llegado a considerarlo un manicomio privado, y no puedo culparte. Si estás interesado en la cuestión, creo que es poco amistoso por mi parte no satisfacer tu curiosidad, pero le he prometido a mi padre guardar silencio sobre ello. Y, de hecho, si te dijera todo lo que sé podrías no saber mucho más después de todo. Quiero que comprendas esto, sin embargo- que mi padre está tan cuerdo como tú o yo, y que tiene muy buenas razones para llevar la vida que lleva. Puedo añadir que su deseo de permanecer aislado no surge de motivos indignos ni deshonrosos, sino simplemente del instinto de supervivencia.

—¿Está en peligro, entonces? –exclamé.

—Sí; está en peligro constante.

—¿Pero por qué no apela a los jueces de primera instancia en busca de protección? –pregunté–. Si tiene miedo de alguien, sólo tiene que identificarlo y ellos le obligarán a comparecer ante el magistrado para mantener la paz.

—Mi querido West –dijo el joven Heatherstone–, el peligro que amenaza a mi padre no se puede evitar por medio de ninguna intervención humana. Sin embargo es muy real, y posiblemente muy inminente.

—No querrás afirmar que es sobrenatural –dije con incredulidad.

—Bueno, tanto como eso, tampoco –respondió con indecisión–. Vaya –continuó–, he dicho bastante más de lo que debería, pero sé que no abusarás de mi confianza. ¡Adiós!

Salió corriendo y pronto estuvo fuera de la vista al rodear una curva en el camino del campo.

Un peligro que era real e inminente, no podía ser evitado por medios humanos, y sin embargo apenas sobrenatural- ¡ciertamente aquí había un misterio!

"I was just thinking," he said, "that you must consider us a great mystery up there at Cloomber. I dare say you have come to look upon it as a private lunatic asylum, and I can't blame you. If you are interested in the matter, I feel it is unfriendly upon my part not to satisfy your curiosity, but I have promised my father to be silent about it. And indeed if I were to tell you all that I know you might not be very much the wiser after all. I would have you understand this, however—that my father is as sane as you or I, and that he has very good reasons for living the life which he does. I may add that his wish to remain secluded does not arise from any unworthy or dishonourable motives, but merely from the instinct of self-preservation."

"He is in danger, then?" I ejaculated.

"Yes; he is in constant danger."

"But why does he not apply to the magistrates for protection?" I asked. "If he is afraid of any one, he has only to name him and they will bind him over to keep the peace."

"My dear West," said young Heatherstone, "the danger with which my father is threatened is one that cannot be averted by any human intervention. It is none the less very real, and possibly very imminent."

"You don't mean to assert that it is supernatural," I said incredulously.

"Well, hardly that, either," he answered with hesitation. "There," he continued, "I have said rather more than I should, but I know that you will not abuse my confidence. Good-bye!"

He look to his heels and was soon out of sight round a curve in the country road.

A danger which was real and imminent, not to be averted by human means, and yet hardly supernatural—here was a conundrum indeed!

Había llegado a considerar a los habitantes del Hall como meros excéntricos, pero después de lo que el joven Mordaunt Heatherstone me había acabado de contar, ya no podía dudar de que había algún oscuro y siniestro significado debajo de todas sus acciones. Cuanto más sopesaba el problema, más sin respuesta parecía, y sin embargo no podía sacar el asunto de mis pensamientos.

El solitario y aislado Hall, y la extraña e inminente catástrofe que pendía sobre sus inquilinos, atraía poderosamente mi imaginación. Toda esa tarde, y hasta bien entrada la noche, estuve sentado de mal humor junto al fuego, reflexionando sobre lo que había oído, y dando vueltas en mi mente a los diversos incidentes que podrían proporcionarme alguna pista al misterio.

I had come to look upon the inhabitants of the Hall as mere eccentrics, but after what young Mordaunt Heatherstone had just told me, I could no longer doubt that some dark and sinister meaning underlay all their actions. The more I pondered over the problem, the more unanswerable did it appear, and yet I could not get the matter out of my thoughts.

The lonely, isolated Hall, and the strange, impending catastrophe which hung over its inmates, appealed forcibly to my imagination. All that evening, and late into the night, I sat moodily by the fire, pondering over what I had heard, and revolving in my mind the various incidents which might furnish me with some clue to the mystery.

CAPÍTULO V

CÓMO CUATRO DE NOSOTROS LLEGAMOS A ESTAR BAJO LA SOMBRA DE CLOOMBER

onfío en que mis lectores no me considerarán un curioso metomentodo cuando digo que conforme transcurrían los días y las semanas me di cuenta de que el General Heatherstone y el misterio que le rodeaba atraían cada vez más mi atención y mis pensamientos.

Fue en vano que procurase mediante el trabajo duro y una atención estricta a los asuntos del terrateniente dirigir la mente hacia algún cauce más saludable. Hiciera lo que hiciera, sobre la tierra o sobre el agua, aún solía encontrarme a mí mismo cavilando sobre esta única cuestión, hasta que obtuvo tal control sobre mí que sentí que era inútil para mí intentar dedicarme a nada hasta que hubiera llegado a alguna solución satisfactoria de ella.

Nunca podía pasar la oscura línea de valla de cinco pies, y la gran puerta de hierro, con su sólida cerradura, sin detenerme y devanarme los sesos en cuanto a cuál podría ser el secreto que estaba encerrado por esa inescrutable barrera. Sin embargo, con todas mis conjeturas y todas mis observaciones, nunca pude llegar a ninguna conclusión que pudiera ni por un momento ser aceptada como una explicación de los hechos.

Mi hermana había salido una noche a dar un paseo, visitando a un campesino enfermo o llevando a cabo algún otro de los numerosos actos de caridad por los que se había hecho querida por toda la campiña.

–John –dijo cuando regresó– ¿has visto Cloomber Hall por la noche?

–No –contesté, dejando el libro que estaba leyendo–. No desde esa memorable tarde en que el general y el señor McNeill vinieron a hacer una inspección.

CHAPTER V

HOW FOUR OF US CAME TO BE UNDER THE SHADOW OF CLOOMBER

I trust that my readers will not set me down as an inquisitive busybody when I say that as the days and weeks went by I found my attention and my thoughts more and more attracted to General Heatherstone and the mystery which surrounded him.

It was in vain that I endeavoured by hard work and a strict attention to the laird's affairs to direct my mind into some more healthy channel. Do what I would, on land or on the water, I would still find myself puzzling over this one question, until it obtained such a hold upon me that I felt it was useless for me to attempt to apply myself to anything until I had come to some satisfactory solution of it.

I could never pass the dark line of five-foot fencing, and the great iron gate, with its massive lock, without pausing and racking my brain as to what the secret might be which was shut in by that inscrutable barrier. Yet, with all my conjectures and all my observations, I could never come to any conclusion which could for a moment be accepted as an explanation of the facts.

My sister had been out for a stroll one night, visiting a sick peasant or performing some other of the numerous acts of charity by which she had made herself beloved by the whole countryside.

"John," she said when she returned, "have you seen Cloomber Hall at night?"

"No," I answered, laying down the book which I was reading. "Not since that memorable evening when the general and Mr. McNeil came over to make an inspection."

–Bien, John, ¿quieres ponerte el sombrero y dar un pequeño paseo conmigo?

Pude ver por su actitud que algo la había inquietado o asustado.

–¡Dios bendito! –grité alborotadamente–, ¿qué pasa? El viejo Hall no está en llamas,¿no? Tienes un aspecto tan grave como si todo Wigtown estuviera incendiado.

–No es tan malo como eso –dijo, sonriendo–. Pero sal, Jack. Me gustaría mucho que lo vieras.

Siempre me he abstenido de decir cualquier cosa que pudiera alarmar a mi hermana, así que ella no sabía nada del interés que las actividades de nuestros vecinos tenían para mí. Ante su petición, cogí el sombrero y la seguí hacia la oscuridad. Ella fue delante a lo largo de un pequeño sendero sobre el páramo, que nos llevó a un terreno en pendiente, desde el que pudimos mirar sobre el Hall sin que nos taparan la vista ninguno de los abetos que había sido plantados alrededor de él.

–¡Mira eso! –dijo mi hermana, deteniéndose en la cima de esta pequeña loma.

Cloomber se encontraba debajo de nosotros en un resplandor de luz. En los pisos inferiores los postigos oscurecían la iluminación, pero arriba, desde las anchas ventanas del segundo piso hasta las delgadas rendijas en la cima de la torre, no había una grieta ni una rendija que no proyectara un torrente de luminosidad. El efecto era tan deslumbrante que por un momento estuve convencido de que la casa estaba en llamas, pero la firmeza y claridad de la luz pronto me liberó de ese temor. Aquello era claramente el resultado de muchas lámparas colocadas sistemáticamente por todo el edificio.

Se añadía al extraño efecto que todas estas habitaciones brillantemente iluminadas estaban al parecer desocupadas, y algunas de ellas, hasta donde podíamos evaluar, no estaban ni siquiera amuebladas. Por toda la gran casa no había señal de movimiento ni de vida- nada excepto la clara y fija avalancha de luz amarilla.

Aun no podía salir del asombro ante aquella visión cuando oí un corto y rápido sollozo a mi lado.

"Well, John, will you put your hat on and come a little walk with me?"

I could see by her manner that something had agitated or frightened her.

"Why, bless the girl!" cried I boisterously, "what is the matter? The old Hall is not on fire, surely? You look as grave as if all Wigtown were in a blaze."

"Not quite so bad as that," she said, smiling. "But do come out, Jack. I should very much like you to see it."

I had always refrained from saying anything which might alarm my sister, so that she knew nothing of the interest which our neighbours' doings had for me. At her request I took my hat and followed her out into the darkness. She led the way along a little footpath over the moor, which brought us to some rising ground, from which we could look down upon the Hall without our view being obstructed by any of the fir-trees which had been planted round it.

"Look at that!" said my sister, pausing at the summit of this little eminence.

Cloomber lay beneath us in a blaze of light. In the lower floors the shutters obscured the illumination, but above, from the broad windows of the second storey to the thin slits at the summit of the tower, there was not a chink or an aperture which did not send forth a stream of radiance. So dazzling was the effect that for a moment I was persuaded that the house was on fire, but the steadiness and clearness of the light soon freed me from that apprehension. It was clearly the result of many lamps placed systematically all over the building.

It added to the strange effect that all these brilliantly illuminated rooms were apparently untenanted, and some of them, so far as we could judge, were not even furnished. Through the whole great house there was no sign of movement or of life—nothing but the clear, unwinking flood of yellow light.

I was still lost in wonder at the sight when I heard a short, quick sob at my side.

–¿Qué pasa, Esther, querida? – pregunté, mirando a mi acompañante.

–Me siento tan asustada. Oh, John, John, llévame a casa, me siento tan asustada!

Se agarró a mi brazo y tiró de mi abrigo en un total arrebato de miedo.

–No pasa nada, querida – dije con dulzura–. No hay nada que temer.¿Qué te ha alterado tanto?

–Tengo miedo de ellos; tengo miedo de los Heatherstone. ¿Por qué está su casa iluminada así cada noche? He oído de otros que siempre está así. ¿Y por qué el anciano corre como una liebre asustada si alguien se encuentra con él? Hay algo malo en ello, John, y me asusta.

La calmé tan bien como pude, y la conduje a casa conmigo, donde me ocupé de que se tomara algo de vino de oporto antes de ir a la cama. Evité el asunto de los Heatherstone por miedo a ponerla nerviosa y ella no lo mencionó de motu proprio. Yo estaba convencido, sin embargo, por lo que le había oído, que durante algún tiempo había estado haciendo sus propias observaciones sobre nuestros vecinos, y que al hacerlo se había puesto una considerable tensión sobre sus nervios.

Yo podía ver que el mero hecho de que el Hall estuviera iluminado por la noche no era suficiente para explicar su extrema agitación, y que su importancia a sus ojos debía de haber derivado de ser uno de una cadena de incidentes, todos los cuales habían dejado una impresión extraña o desagradable en su mente.

Esa fue la conclusión a la que llegué en ese momento, y ahora tengo razones para saber que yo tenía razón, y que mi hermana tenía incluso más motivo que yo para creer que había algo extraño en los inquilinos de Cloomber.

Nuestro interés en el asunto puede haber surgido al principio de nada más que la curiosidad, pero los acontecimientos pronto dieron un giro que nos vinculó más estrechamente con la familia Heatherstone.

"What is it, Esther, dear?" I asked, looking down at my companion.

"I feel so frightened. Oh, John, John, take me home, I feel so frightened!"

She clung to my arm, and pulled at my coat in a perfect frenzy of fear.

"It's all safe, darling," I said soothingly. "There is nothing to fear. What has upset you so?"

"I am afraid of them, John; I am afraid of the Heatherstones. Why is their house lit up like this every night? I have heard from others that it is always so. And why does the old man run like a frightened hare if any one comes upon him. There is something wrong about it, John, and it frightens me."

I pacified her as well as I could, and led her home with me, where I took care that she should have some hot port negus before going to bed. I avoided the subject of the Heatherstones for fear of exciting her, and she did not recur to it of her own accord. I was convinced, however, from what I had heard from her, that she had for some time back been making her own observations upon our neighbours, and that in doing so she had put a considerable strain upon her nerves.

I could see that the mere fact of the Hall being illuminated at night was not enough to account for her extreme agitation, and that it must have derived its importance in her eyes from being one in a chain of incidents, all of which had left a weird or unpleasant impression upon her mind.

That was the conclusion which I came to at the time, and I have reason to know now that I was right, and that my sister had even more cause than I had myself for believing that there was something uncanny about the tenants of Cloomber.

Our interest in the matter may have arisen at first from nothing higher than curiosity, but events soon look a turn which associated us more closely with the fortunes of the Heatherstone family.

Mordaunt había aprovechado mi invitación a bajar a la casa del terrateniente, y en varias ocasiones trajo con él a su bella hermana. Nosotros cuatro solíamos deambular juntos por los páramos, o quizás si el día era bueno zarpar con nuestro pequeño esquife y adentrarnos en el Mar de Irlanda. En tales excursiones el hermano y la hermana solían estar tan alegres y felices como dos niños. Era un profundo placer para ellos escaparse de su aburrida fortaleza, y ver, auque sólo fuera durante unas pocas horas, caras amables y comprensivas alrededor de ellos.

Sólo podía haber un resultado cuando cuatro personas jóvenes se juntaban en una relación dulce y prohibida. La relación entre conocidos fue desarrollándose hacia una cálida amistad, y en la amistad de repente prendió el amor.

Gabriel se sienta a mi lado ahora mientras escribo, y está de acuerdo conmigo en que, aunque el asunto es importante para nosotros mismos, toda la historia de nuestro mutuo afecto es de una naturaleza demasiado personal como para ser algo más que mencionado de pasada en esta declaración. Basta con decir que, a las pocas semanas de nuestro primer encuentro Mordaunt Heatherstone se había ganado el corazón de mi querida hermana, y Gabriel me había dado esa promesa que la misma muerte no será capaz de romper.

He aludido de esta breve forma al doble vínculo que surgió entre las dos familias, porque no tengo el deseo de que esta narración degenere en nada que se acerque a la novela romántica, ni de que pierda el hilo de los hechos que he empezado resueltamente a narrar. Estos están relacionados con el General Heatherstone, y sólo indirectamente con mi propia historia personal

Es suficiente si digo que después de nuestro compromiso las visitas a Branksome se hicieron más frecuentes, y que nuestros amigos pudieron pasar a veces un día entero con nosotros cuando los negocios habían llevado al general a Wigtown, o cuando su gota le confinaba a su habitación.

Mordaunt had taken advantage of my invitation to come down to the laird's house, and on several occasions he brought with him his beautiful sister. The four of us would wander over the moors together, or perhaps if the day were fine set sail upon our little skiff and stand off into the Irish Sea.

On such excursions the brother and sister would be as merry and as happy as two children. It was a keen pleasure to them to escape from their dull fortress, and to see, if only for a few hours, friendly and sympathetic faces round them.

There could be but one result when four young people were brought together in sweet, forbidden intercourse. Acquaintance-ship warmed into friendship, and friendship flamed suddenly into love.

Gabriel sits beside me now as I write, and she agrees with me that, dear as is the subject to ourselves, the whole story of our mutual affection is of too personal a nature to be more than touched upon in this statement. Suffice it to say that, within a few weeks of our first meeting Mordaunt Heatherstone had won the heart of my dear sister, and Gabriel had given me that pledge which death itself will not be able to break.

I have alluded in this brief way to the double tie which sprang up between the two families, because I have no wish that this narrative should degenerate into anything approaching to romance, or that I should lose the thread of the facts which I have set myself to chronicle. These are connected with General Heatherstone, and only indirectly with my own personal history.

It is enough if I say that after our engagement the visits to Branksome became more frequent, and that our friends were able sometimes to spend a whole day with us when business had called the general to Wigtown, or when his gout confined him to his room.

En cuanto a nuestro buen padre, siempre estaba listo para darnos la bienvenida con muchas pequeñas bromas y citas de poemas orientales apropiadas para la ocasión, puesto que no teníamos secretos para él, y ya nos consideraba a todos como sus hijos.

Había veces en que debido a alguna rabieta del general particularmente oscura y agitada era imposible durante semanas que Gabriel ni Mordaunt salieran del terreno. El anciano solía incluso estar en guardia, un centinela fúnebre y silencioso, en la puerta de la avenida, o andar de un lado para otro del camino de entrada como si sospechase que se habían hecho intentos para penetrar en su aislamiento.

Pasando de noche he visto su figura oscura y sombría yendo de un lado a otro deprisa a la sombra de los árboles, o he alcanzado a ver su cara dura, angulosa y morena mirándome con sospecha desde detrás de los barrotes.

Mi corazón a menudo solía entristecerse por él cuando observaba sus movimientos torpes y nerviosos, sus miradas furtivas y rasgos llenos de tics.¿Quién habría creído que esta criatura tímida y encogida de miedo había sido una vez un gallardo oficial, que había combatido en las batallas de su país y había ganado la palma de la valentía entre la gran cantidad de hombres valientes a su alrededor?

A pesar de la vigilancia del viejo soldado, conseguíamos mantener la comunicación con nuestros amigos.

Inmediatamente detrás del Hall había un lugar donde la valla había sido levantada tan descuidadamente que dos de las barras podía ser quitadas sin dificultad, dejando un ancho hueco que nos dio la oportunidad para muchas entrevistas furtivas, aunque eran necesariamente cortas, puesto que los movimientos del general eran erráticos, y ninguna parte del terreno estaba a salvo de sus visitas.

¡Con que viveza se alza ante mí uno de estos apresurados encuentros! Destaca claro, pacífico y nítido en medio de los disparatados y misteriosos incidentes que estaban destinados a preceder a la terrible catástrofe que ha proyectado una sombra sobre nuestras vidas.

As to our good father, he was ever ready to greet us with many small jests and tags of Oriental poems appropriate to the occasion, for we had no secrets from him, and he already looked upon us all as his children.

There were times when on account of some peculiarly dark or restless fit of the general's it was impossible for weeks on end for either Gabriel or Mordaunt to get away from the grounds. The old man would even stand on guard, a gloomy and silent sentinel, at the avenue gate, or pace up and down the drive as though he suspected that attempts had been made to penetrate his seclusion.

Passing of an evening I have seen his dark, grim figure flitting about in the shadow of the trees, or caught a glimpse of his hard, angular, swarthy face peering out suspiciously at me from behind the bars.

My heart would often sadden for him as I noticed his uncouth, nervous movements, his furtive glances and twitching features. Who would have believed that this slinking, cowering creature had once been a dashing officer, who had fought the battles of his country and had won the palm of bravery among the host of brave men around him?

In spite of the old soldier's vigilance, we managed to hold communication with our friends.

Immediately behind the Hall there was a spot where the fencing had been so carelessly erected that two of the rails could be removed without difficulty, leaving a broad gap, which gave us the opportunity for many a stolen interview, though they were necessarily short, for the general's movements were erratic, and no part of the grounds was secure from his visitations.

How vividly one of these hurried meetings rises before me! It stands out clear, peaceful, and distinct amid the wild, mysterious incidents which were destined to lead up to the terrible catastrophe which has cast a shade over our lives.

Puedo recordar que mientras andaba a través de los campos la hierba estaba húmeda con la lluvia de la mañana, y el aire estaba cargado del olor de la tierra recientemente removida. Gabriel estaba esperándome debajo del espino fuera del hueco, y estuvimos de la mano mirando la larga extensión de páramo y el ancho canal azul que la rodeaba con su borde de espuma.

Lejos en el noroeste el sol brillaba sobre el alto pico del Mount Throston. Desde donde estábamos podíamos ver el humo de los barcos de vapor mientras surcaban el concurrido canal que conduce a Belfast.

–¿No es magnífico? –gritó Gabriel, estrechando las manos alrededor de mi brazo–. Ah, John, ¿por qué no somos libres para zarpar juntos sobre esta olas, y dejar todos nuestros problemas detrás de nosotros en la orilla?

–¿Y cuáles son los problemas que dejarías detrás de ti, querida? –pregunté–. ¿No puedo conocerlos, y ayudarte a soportarlos?

–No tengo secretos para ti, John –respondió–, nuestro principal problema es, como puedes adivinar, el extraño comportamiento de nuestro pobre padre. ¿No es algo triste para todos nosotros que un hombre que ha desempeñado un papel tan distinguido en el mundo merodee de una oscura esquina del país a otra, y se defienda con cerraduras y barreras como si fuera un vulgar ladrón huyendo de la justicia? Este es un problema, John, que está fuera de tu facultad aliviar.

–¿Pero por qué lo hace, Gabriel? –pregunté.

–No puedo decirlo –respondió con franqueza–. Sólo sé que imagina que algún peligro mortal pende sobre su cabeza, y que este peligro fue provocado por él durante su estancia en la India. De qué naturaleza puede ser no tengo más idea que tú.

–Entonces tu hermano tiene idea –comenté–. Estoy seguro por la forma en que un día me habló de ello que sabe lo que es, y que lo considera real.

–Sí, él sabe, y también mi madre –contestó–, pero siempre me lo han mantenido en secreto. Mi pobre padre está muy agitado actualmente. Día y noche está en una agonía de temor, pero pronto será cinco de octubre, y después de eso estará en paz.

I can remember that as I walked through the fields the grass was damp with the rain of the morning, and the air was heavy with the smell of the fresh-turned earth. Gabriel was waiting for me under the hawthorn tree outside the gap, and we stood hand-in-hand looking down at the long sweep of moorland and at the broad blue channel which encircled it with its fringe of foam.

Far away in the north-west the sun glinted upon the high peak of Mount Throston. From where we stood we could see the smoke of the steamers as they ploughed along the busy water-way which leads to Belfast.

"Is it not magnificent?" Gabriel cried, clasping her hands round my arm. "Ah, John, why are we not free to sail away over these waves together, and leave all our troubles behind us on the shore?"

"And what are the troubles which you would leave behind you, dear one?" I asked. "May I not know them, and help you to bear them?"

"I have no secrets from you, John," she answered, "Our chief trouble is, as you may guess, our poor father's strange behaviour. Is it not a sad thing for all of us that a man who has played such a distinguished part in the world should skulk from one obscure corner of the country to another, and should defend himself with locks and barriers as though he were a common thief flying from justice? This is a trouble, John, which it is out of your power to alleviate."

"But why does he do it, Gabriel?" I asked.

"I cannot tell," she answered frankly. "I only know that he imagines some deadly danger to be hanging over his head, and that this danger was incurred by him during his stay in India. What its nature may be I have no more idea than you have."

"Then your brother has," I remarked. "I am sure from the way in which he spoke to me about it one day that he knows what it is, and that he looks upon it as real."

"Yes, he knows, and so does my mother," she answered, "but they have always kept it secret from me. My poor father is very excited at present. Day and night he is in an agony of apprehension, but it will soon be the fifth of October, and after that he will be at peace."

–¿Cómo sabes eso? –pregunté con sorpresa.

–Por experiencia –respondió gravemente–. El cinco de octubre estos miedos suyos llegan a una crisis. Durante años ha tenido la costumbre de encerrarnos a Mordaunt y a mi en nuestras habitaciones en esa fecha, así que no tenemos idea de qué ocurre, pero siempre hemos encontrado que ha estado muy aliviado después, y ha seguido estando en paz relativamente hasta que ese día empieza a acercarse de nuevo.

–Entonces sólo tienes diez días de espera más o menos –comenté–, puesto que septiembre estaba llegando a su fin. Por cierto, querida, ¿por qué ilumináis todas vuestras habitaciones por la noche?

–¿Te has dado cuenta, entonces? –dijo–. Eso viene también de los miedos de mi padre. No le gusta tener una esquina oscura en toda la casa. Va y viene mucho por la noche, y examina todo, desde los áticos hasta los mismísimos sótanos. Tiene grandes lámparas en cada habitación y pasillo, incluso en los vacíos, y ordena a los criados que los enciendan al anochecer.

–Estoy bastante sorprendido de que logréis conservar a los criados –dije, riendo–. Las criadas por estos lares son una clase supersticiosa, y su imaginación se excita fácilmente por cualquier cosa que no entiendan.

–La cocinera y ambas criadas son de Londres, y están acostumbradas a nuestras costumbres. Les pagamos sueldos muy altos para compensarles por cualquier molestia a la que puedan ser expuestas. Israel Stakes, el cochero, es el único que viene de esta parte del país, y parece ser un hombre impasible y honesto, que no se asusta fácilmente.

–Pobre chiquilla –exclamé, mirando a la esbelta y grácil figura a mi lado–. Este no es un ambiente para ti en el que vivir. ¿Por qué no me dejas rescatarte de él? ¿Por qué no me permites ir directamente a pedir tu mano al general? En el peor de los casos sólo podría negarse.

Se puso completamente ojerosa y pálida sólo de pensarlo.

"How do you know that?" I asked in surprise.

"By experience," she answered gravely. "On the fifth of October these fears of his come to a crisis. For years back he has been in the habit of locking Mordaunt and myself up in our rooms on that date, so that we have no idea what occurs, but we have always found that he has been much relieved afterwards, and has continued to be comparatively in peace until that day begins to draw round again."

"Then you have only ten days or so to wait," I remarked, for September was drawing to a close. "By the way, dearest, why is it that you light up all your rooms at night?"

"You have noticed it, then?" she said. "It comes also from my father's fears. He does not like to have one dark corner in the whole house. He walks about a good deal at night, and inspects everything, from the attics right down to the cellars. He has large lamps in every room and corridor, even the empty ones, and he orders the servants to light them all at dusk."

"I am rather surprised that you manage to keep your servants," I said, laughing. "The maids in these parts are a superstitious class, and their imaginations are easily excited by anything which they don't understand."

"The cook and both housemaids are from London, and are used to our ways. We pay them on a very high scale to make up for any inconvenience to which they may be put. Israel Stakes, the coachman, is the only one who comes from this part of the country, and he seems to be a stolid, honest fellow, who is not easily scared."

"Poor little girl," I exclaimed, looking down at the slim, graceful figure by my side. "This is no atmosphere for you to live in. Why will you not let me rescue you from it? Why won't you allow me to go straight and ask the general for your hand? At the worst he could only refuse."

She turned quite haggard and pale at the very thought.

–Por Dios, John –gritó con gran seriedad–, no hagas nada de eso. Se nos llevaría a todos en plena noche, y en una semana estaríamos estableciéndonos otra vez en alguna tierra salvaje donde puede que nunca tuviéramos la oportunidad de veros ni tener noticias de vosotros de nuevo. Además, nunca nos perdonaría por aventurarnos fuera del terreno.

–No creo que sea un hombre insensible –comenté–. He visto una mirada bondadosa en sus ojos, a pesar de su severo rostro.

–Puede ser el más amable de los padres –respondió ella–. Pero es terrible cuando alguien se le opone o le frustra. Nunca le has visto así, y confío en que nunca lo veas. Era esa fuerza de voluntad e impaciencia hacia lo que se le opusiera lo que lo hacía un oficial tan magnífico. Te aseguro que en la India todo el mundo pensaba mucho en él. Los soldados le temían pero le hubieran seguido a cualquier parte.

–¿Y tenía estos ataques nerviosos entonces?

–De vez en cuando, pero ni de lejos tan intensamente. Parece pensar que el peligro- cualquier cosa que pueda ser- se vuelve más inminente cada año. Oh, John, es terrible estar esperando así con una espada sobre nuestras cabezas- y más terrible para mí ya que no tengo ni idea de dónde va a venir el golpe.

–Querida Gabriel –dije, cogiendo su mano y atrayéndola a mi lado–, echa una ojeada a todo este agradable paisaje y al ancho mar azul. ¿No es todo pacífico y bello? En estas casitas, con sus tejados de tejas rojas que se entreven desde el páramo gris, allí no vive nadie excepto hombres simples y temerosos de Dios, que trabajan duro en sus oficios y no odian a nadie. A siete millas de nosotros está una gran ciudad, con todos los instrumentos civilizados para la preservación del orden. Diez millas más allá hay alojada una guarnición, y un telegrama traería en cualquier momento una compañía de soldados. Ahora, te pregunto, querida, en nombre del sentido común, ¿qué peligro imaginable podría amenazarte en esta zona aislada, con los medios de socorro tan cerca? ¿Me aseguras que el peligro no está relacionado con la salud de tu padre?

"For Heaven's sake, John," she cried earnestly, "do nothing of the kind. He would whip us all away in the dead of the night, and within a week we should be settling down again in some wilderness where we might never have a chance of seeing or hearing from you again. Besides, he never would forgive us for venturing out of the grounds."

"I don't think that he is a hard-hearted man," I remarked. "I have seen a kindly look in his eyes, for all his stern face."

"He can be the kindest of fathers," she answered. "But he is terrible when opposed or thwarted. You have never seen him so, and I trust you never will. It was that strength of will and impatience of opposition which made him such a splendid officer. I assure you that in India every one thought a great deal of him. The soldiers were afraid of him, but they would have followed him anywhere."

"And had he these nervous attacks then?"

"Occasionally, but not nearly so acutely. He seems to think that the danger—whatever it may be—becomes more imminent every year. Oh, John, it is terrible to be waiting like this with a sword over our heads—and all the more terrible to me since I have no idea where the blow is to come from."

"Dear Gabriel," I said, taking her hand and drawing her to my side, "look over all this pleasant countryside and the broad blue sea. Is it not all peaceful and beautiful? In these cottages, with their red-tiled roofs peeping out from the grey moor, there live none but simple, God-fearing men, who toil hard at their crafts and bear enmity to no man. Within seven miles of us is a large town, with every civilised appliance for the preservation of order. Ten miles farther there is a garrison quartered, and a telegram would at any time bring down a company of soldiers. Now, I ask you, dear, in the name of common-sense, what conceivable danger could threaten you in this secluded neighbourhood, with the means of help so near? You assure me that the peril is not connected with your father's health?"

–No, estoy segura de eso. Es verdad que el doctor Easterling, de Stranraer, ha venido a verle una o dos veces, pero eso fue simplemente por una pequeña indisposición. Puedo asegurarte que no hay que buscar el peligro en esa dirección.

Entonces puedo asegurarte –dije yo riendo–, que no hay peligro en absoluto. Debe de ser alguna extraña monomanía o alucinación. Ninguna otra hipótesis cuadra.

–¿Explicaría la monomanía de mi padre el hecho de que el pelo de mi hermano se está volviendo gris y que mi madre se está consumiendo hasta ser una mera sombra?

–Indudablemente –respondí–. La larga y continuada preocupación por la inquietud e irritabilidad del general produciría esos efectos en caracteres sensibles.

–¡No, no! –dijo ella, sacudiendo la cabeza tristemente–. He estado expuesta a su inquietud e irritabilidad, pero no han tenido tal efecto sobre mí. La diferencia entre nosotros está en el hecho de que ellos conocen este horrible secreto y yo no.

Mi querida muchacha –dije yo–, los días de fantasmas familiares y ese tipo de cosas han pasado. Nadie está embrujado actualmente, así que podemos eliminar del asunto esa suposición. Una vez hecho eso, ¿qué queda? No hay ninguna otra teoría que se pueda ni siquiera sugerir. Créeme, todo el misterio es que el calor de la India ha sido demasiado para el cerebro de tu pobre padre.

No puedo decir lo que hubiera respondido, puesto que en ese momento dio un respingo como si algún sonido se hubiera posado sobre su oído Mientras miraba alrededor con temor, de repente vi que sus rasgos se ponían rígidos y sus ojos se quedaban fijos y se dilataban.

"No, I am sure of that. It is true that Dr. Easterling, of Stranraer. has been over to see him once or twice, but that was merely for some small indisposition. I can assure you that the danger is not to be looked for in that direction."

"Then I can assure you," said I, laughing, "that there is no danger at all. It must be some strange monomania or hallucination. No other hypothesis will cover the facts."

"Would my father's monomania account for the fact of my brother's hair turning grey and my mother wasting away to a mere shadow?"

"Undoubtedly," I answered, "The long continued worry of the general's restlessness and irritability would produce those effects on sensitive natures."

"No, no!" said she, shaking her head sadly, "I have been exposed to his restlessness and irritability, but they have had no such effect upon me. The difference between us lies in the fact that they know this awful secret and I do not."

"My dear girl," said I, "the days of family apparitions and that kind of thing are gone. Nobody is haunted nowadays, so we can put that supposition out of the question. Having done so, what remains? There is absolutely no other theory which could even be suggested. Believe me, the whole mystery is that the heat of India has been too much for your poor father's brain."

What she would have answered I cannot tell, for at that moment she gave a start as if some sound had fallen upon her ear. As she looked round apprehensively, I suddenly saw her features become rigid and her eyes fixed and dilated.

Siguiendo la dirección de su mirada, sentí un repentino estremecimiento de miedo pasar a través de mí cuando percibí una cara humana contemplándonos desde detrás de uno de los árboles- una cara de hombre, cada rasgo de la cual estaba distorsionado por el odio y la ira más maligna. Sintiéndose observado, dio un paso y avanzó hacia nosotros, cuando vi que no era otro que el mismísimo general. Su barba estaba erizada de furia, y sus ojos hundidos brillaban desde debajo de sus muy venosos párpados con un brillo de lo más siniestro y demoníaco.

Following the direction of her gaze, I felt a sudden thrill of fear pass through me as I perceived a human face surveying us from behind one of the trees—a man's face, every feature of which was distorted by the most malignant hatred and anger. Finding himself observed, he stepped out and advanced towards us, when I saw that it was none other than the general himself. His beard was all a-bristle with fury, and his deepset eyes glowed from under their heavily veined lids with a most sinister and demoniacal brightness.

CAPÍTULO VI

CÓMO LLEGUÉ A SER RECLUTADO COMO UNO DE LA GUARNICIÓN DE CLOOMBER

—A tu habitación, muchacha! – gritó con una voz ronca y áspera, interponiéndose entre nosotros y señalando autoritariamente hacia la casa.

Esperó hasta que Gabriel, con una última mirada asustada hacia mí, hubo pasado a través del hueco, y después se giró mí con una expresión tan asesina que retrocedí un paso o dos, y agarré firmemente mi palo de roble.

—Tú, tú –balbuceó, moviendo nerviosamente la mano sobre su garganta, como si su furia estuviera ahogándole–. ¡Te has atrevido a entrometerte en mi privacidad! ¿Crees que construí esta valla para que todos los indeseables del país puedan congregarse alrededor de ella? ¡Oh, has estado muy cerca de tu muerte, mi buen muchacho! Nunca estarás más cerca hasta que llegue tu hora.¡Mira esto! –sacó de su pecho una pistola corta y gruesa–. Si hubieras pasado a través de ese hueco y puesto el pie en mi tierra habría hecho agujeros en tu cuerpo lo bastante grandes como para que la luz del sol los atravesara. No tendré vagabundos aquí. Sé cómo tratar a la gente de ese tipo, tanto si sus caras son blancas como si son negras.

—Señor –dije yo–, no tenía intención de causar problemas viniendo aquí, y no sé qué le he hecho para que me hable de esta manera. Permítame observar, sin embargo, que todavía me está apuntando con su pistola, y que, puesto que su mano está bastante temblorosa, es más que posible que se dispare. Si no deja de apuntar con la pistola me veré obligado en mi defensa a golpearle en la muñeca con mi palo.

CHAPTER VII

HOW I CAME TO BE ENLISTED AS ONE OF THE GARRISON OF CLOOMBER

"To your room, girl!" he cried in a hoarse, harsh voice, stepping in between us and pointing authoritatively towards the house.

He waited until Gabriel, with a last frightened glance at me, had passed through the gap, and then he turned upon me with an expression so murderous that I stepped back a pace or two, and tightened my grasp upon my oak stick.

"You-you—" he spluttered, with his hand twitching at his throat, as though his fury were choking him. "You have dared to intrude upon my privacy! Do you think I built this fence that all the vermin in the country might congregate round it? Oh, you have been very near your death, my fine fellow! You will never be nearer until your time comes. Look at this!" he pulled a squat, thick pistol out of his bosom. "If you had passed through that gap and set foot on my land I'd have let daylight into you. I'll have no vagabonds here. I know how to treat gentry of that sort, whether their faces are black or white."

"Sir," said I, "I meant no harm by coming here, and I do not know how I have deserved this extraordinary outburst. Allow me to observe, however, that you are still covering me with your pistol, and that, as your hand is rather tremulous, it is more than possible that it may go off. If you don't turn the muzzle down I shall be compelled in self-defence to strike you over the wrist with my stick."

–¿Qué demonios te trajo aquí, entonces? –preguntó, con voz más tranquila, devolviendo el arma a su pecho– ¿No puede un caballero vivir tranquilamente sin que vengas a espiar y a husmear?¿No tienes asuntos propios de los que ocuparte, eh?¿Y mi hija?¿cómo llegaste a saber de ella?¿y qué has estado intentando sonsacarle? No fue el azar lo que te trajo aquí.

–No –dije con audacia–, no fue el azar lo que me trajo aquí. He tenido varias oportunidades de ver a su hija y de apreciar sus muchas nobles cualidades. Estamos comprometidos para casarnos, y me acerqué con la intención expresa de verla.

En lugar de explotar de furia, como yo había esperado, el general dio un largo silbido de asombro, y después se apoyó en la verja, riendo suavemente para sí mismo.

–A los terrier ingleses les gusta oler gusanos –comentó por fin–. Cuando los llevamos a la India, solían irse a la jungla y empezar a olfatear allí lo que imaginaban que eran gusanos. Pero el gusano resultaba ser una serpiente venenosa, y de esta manera el pobre perrito no jugaba más. Creo que te encontrarás en una posición un tanto análoga si no tienes cuidado.

–Seguramente no tiene la intención de calumniar a su propia hija –dije, sonrojándome de indignación.

–Oh, Gabriel está bien –respondió despreocupadamente–. Nuestra familia no es exactamente una, sin embargo, a la cual aconsejaría a un joven unirse mediante el matrimonio. ¿Y me puede explicar, por favor, cómo es que no fui informado de este cómodo arreglito vuestro?

–Temíamos, señor, que usted podría separarnos –contesté, considerando que la total sinceridad era la mejor política en estas circunstancias–. Es posible que estuviésemos equivocados. Antes de llegar a cualquier decisión final, le imploro que recuerde que está en juego la felicidad de ambos. Está en su poder separar nuestros cuerpos, pero nuestras almas estarán unidas para siempre.

"What the deuce brought you here, then?" he asked, in a more composed voice, putting his weapon back into his bosom. "Can't a gentleman live quietly without your coming to peep and pry? Have you no business of your own to look after, eh? And my daughter? how came you to know anything of her? and what have you been trying to squeeze out of her? It wasn't chance that brought you here."

"No," said I boldly, "it was not chance which brought me here. I have had several opportunities of seeing your daughter and of appreciating her many noble qualities. We are engaged to be married to each other, and I came up with the express intention of seeing her."

Instead of blazing into a fury, as I had expected, the general gave a long whistle of astonishment, and then leant up against the railings, laughing softly to himself.

"English terriers are fond of nosing worms," he remarked at last. "When we brought them out to India they used to trot off into the jungle and begin sniffing at what, they imagined to be worms there. But the worm turned out to be a venomous snake, and so poor doggy played no more. I think you'll find yourself in a somewhat analogous position if you don't look out."

"You surely don't mean to cast an aspersion upon your own daughter?" I said, flushing with indignation.

"Oh, Gabriel is all right," he answered carelessly. "Our family is not exactly one, however, which I should recommend a young fellow to marry into. And pray how is it that I was not informed of this snug little arrangement of yours?"

"We were afraid, sir, that you might separate us," I replied, feeling that perfect candour was the best policy under the circumstances. "It is possible that we were mistaken. Before coming to any final decision, I implore you to remember that the happiness of both of us is at stake. It is in your power to divide our bodies, but our souls shall be for ever united."

–Mi buen muchacho –dijo el general en un tono benévolo–, no sabes lo que estás pidiendo. Hay un abismo entre tú y cualquiera de la sangre de Heatherstone que nunca puede ser superado.

Todo rastro de ira había desaparecido ahora de su actitud, y había dado lugar a un aire de regocijo un tanto despectivo.

Mi orgullo familiar se sintió ofendido ante sus palabras.

–El abismo puede que sea menos de lo que imagina –dije con frialdad–. No somos patanes porque vivamos en este lugar remoto. Soy de ascendencia noble por un lado, y mi madre era una Buchan de Buchan, le aseguro que no hay tanta disparidad entre nosotros como usted parece imaginar.

–Me has entendido mal –respondió el general–. Es en nuestro lado en el que está la disparidad. Hay razones por las que mi hija Gabriel debería vivir y morir soltera. No sería beneficioso para ti casarte con ella.

–Pero sin dudad, señor –insistí–, yo soy el mejor juez de mis propios intereses y beneficios. Una vez que enfocas así el asunto, todo se vuelve sencillo, porque le aseguro que el único interés que se antepone a todos los otros es que debo tener a la mujer que amo como esposa. Si esta es su única objeción a nuestro matrimonio sin duda puede darnos su consentimiento, puesto que cualquier peligro o sufrimiento en que pueda incurrir casándome con Gabriel no será para mí más pesado que una pluma.

–¡Aquí está un joven gallito! –exclamó el viejo soldado, sonriendo ante mi vehemencia–. Es fácil desafiar al peligro cuando no sabes cuál es el peligro.

–¿Cuál es, entonces? –pregunté con pasión–. No hay peligro terrenal que pueda apartarme del lado de Gabriel. Déjeme saber lo que es y póngame a prueba.

–No, no. Eso no serviría –respondió con un suspiro, y después, pensativamente, como si su mente hablase en voz alta–. Tiene mucho valor y es un muchacho adulto, también. Sería aconsejable que hiciésemos uso de él.

Siguió hablando entre dientes para sí mismo con una mirada vacía en los ojos como si hubiera olvidado mi presencia.

"My good fellow," said the general, in a not unkindly tone, "you don't know what you are asking for. There is a gulf between you and any one of the blood of Heatherstone which can never be bridged over."

All trace of anger had vanished now from his manner, and given place to an air of somewhat contemptuous amusement.

My family pride took fire at his words. "The gulf may be less than you imagine," I said coldly. "We are not clodhoppers because we live in this out-of-the-way place. I am of noble descent on one side, and my mother was a Buchan of Buchan, I assure you that there is no such disparity between us as you seem to imagine."

"You misunderstand me," the general answered. "It is on our side that the disparity lies. There are reasons why my daughter Gabriel should live and die single. It would not be to your advantage to marry her."

"But surely, sir," I persisted, "I am the best judge of my own interests and advantages. Since you take this ground all becomes easy, for I do assure you that the one interest which overrides all others is that I should have the woman I love for my wife. If this is your only objection to our match you may surely give us your consent, for any danger or trial which I may incur in marrying Gabriel will not weigh with me one featherweight."

"Here's a young bantam!" exclaimed the old soldier, smiling at my warmth. "It's easy to defy danger when you don't know what the danger is."

"What is it, then?" I asked, hotly. "There is no earthly peril which will drive me from Gabriel's side. Let me know what it is and test me."

"No, no. That would never do," he answered with a sigh, and then, thoughtfully, as if speaking his mind aloud: "He has plenty of pluck and is a well-grown lad, too. We might do worse than make use of him."

He went on mumbling to himself with a vacant stare in his eyes as if he had forgotten my presence.

–Mira, West –dijo al rato–. Ya me perdonarás si te hablé con brusquedad hace un momento. Es la segunda vez que he tenido ocasión de disculparme contigo por la misma ofensa. No ocurrirá otra vez. Soy bastante exigente, sin duda, en mi deseo de completo aislamiento, pero tengo buenas razones para insistir en este punto. Con razón o sin ella, se me ha metido en la cabeza que algún día podría haber una incursión organizada sobre mi terreno. Si ocurriese algo de ese tipo supongo que podría contar con tu ayuda.

–Con toda mi alma.

–¿Así que si alguna vez recibieras un mensaje como ´Acércate,` o incluso ´Cloomber,` sabrías que era una petición de ayuda, e inmediatamente te darías prisa, incluso si fuera a altas horas de la noche?

–Por supuesto que sí –contesté– ¿Pero podría preguntarle qué tipo de peligro teme usted?

–No te beneficiaría en nada saberlo. Es más, apenas lo entenderías si te lo dijera. Ahora debo desearte un buen día, puesto que he permanecido contigo demasiado tiempo. Recuerda, cuento contigo ahora como uno de la guarnición de Cloomber.

–Otra cosa, señor –dije apresuradamente, debido a que se marchaba–, espero que no estará enfadado con su hija por algo que yo le haya dicho. Fue por mi bien por lo que ella lo mantuvo todo en secreto de usted.

–Bien –dijo, con su sonrisa fría e inescrutable–. No soy un ogro en el seno de mi familia como pareces pensar. En cuanto al asunto del matrimonio, te aconsejaría como amigo dejar el asunto completamente, pero si eso es imposible debo insistir en que lo pospongas totalmente por ahora. Es imposible decir qué giro inesperado pueden tomar los acontecimientos. Adiós.

Se metió en el bosque y rápidamente estuvo fuera de la vista entre la densa plantación.

"Look here, West," he said presently. "You'll excuse me if I spoke hastily a little time ago. It is the second time that I have had occasion to apologise to you for the same offence. It shan't occur again. I am rather over-particular, no doubt, in my desire for complete isolation, but I have good reasons for insisting on the point. Rightly or wrongly, I have got it into my head that some day there might be an organised raid upon my grounds. If anything of the sort should occur I suppose I might reckon upon your assistance?"

"With all my heart."

"So that if ever you got a message such as 'Come up,' or even 'Cloomber,' you would know that it was an appeal for help, and would hurry up immediately, even if it were in the dead of the night?"

"Most certainly I should," I answered. "But might I ask you what the nature of the danger is which you apprehend?"

"There would be nothing gained by your knowing. Indeed, you would hardly understand it if I told you. I must bid you good day now, for I have stayed with you too long. Remember, I count upon you as one of the Cloomber garrison now."

"One other thing, sir," I said hurriedly, for he was turning away, "I hope that you will not be angry with your daughter for anything which I have told you. It was for my sake that she kept it all secret from you."

"All right," he said, with his cold, inscrutable smile. "I am not such an ogre in the bosom of my family as you seem to think. As to this marriage question, I should advise you as a friend to let it drop altogether, but if that is impossible I must insist that it stand over completely for the present. It is impossible to say what unexpected turn events may take. Good-bye."

He plunged into the wood and was quickly out of sight among the dense plantation.

Así terminó esta extraordinaria entrevista, en la que este extraño hombre había empezado apuntando a mi pecho con una pistola cargada y había terminado, admitiendo parcialmente la posibilidad de que yo me convirtiera en su futuro yerno. Apenas sabía si estar abatido o eufórico por ello.

Por un lado era probable que él, manteniendo una vigilancia más estrecha sobre su hija, impidiese que nos comunicásemos tan libremente como habíamos hecho hasta ahora. Contra esto estaba la ventaja de haber obtenido un consentimiento tácito a la reanudación de mi noviazgo en una fecha futura. Teniendo todo en cuenta, llegué a la conclusión mientras andaba a casa pensativamente de que había mejorado mi posición con el incidente.

¡Pero este peligro -este misterioso y atroz peligro- que parecía alzarse a cada instante, y pender día y noche sobre las torres de Cloomber! Por mucho que me devané los sesos, no pude pensar en ninguna solución al problema que no fuera pueril e inadecuada.

Un hecho me dio la impresión de ser importante. Tanto el padre como el hijo me habían asegurado, independientemente el uno del otro, que si me decían cuál era el peligro, apenas me daría cuenta de su significado. ¡Que extraño y estrambótico debe de ser el miedo que apenas puede ser expresado en lenguaje inteligible!

Levanté la mano en la oscuridad antes de irme a dormir esa noche, y juré que ningún poder de hombre ni demonio debilitarían nunca mi amor por la mujer cuyo corazón puro había tenido la buena suerte de conseguir.

Thus ended this extraordinary interview, in which this strange man had begun by pointing a loaded pistol at my breast and had ended, by partially acknowledging the possibility of my becoming his future son-in-law. I hardly knew whether to be cast down or elated over it.

On the one hand he was likely, by keeping a closer watch over his daughter, to prevent us from communicating as freely as we had done hitherto. Against this there was the advantage of having obtained an implied consent to the renewal of my suit at some future date. On the whole, I came to the conclusion as I walked thoughtfully home that I had improved my position by the incident.

But this danger—this shadowy, unspeakable danger—which appeared to rise up at every turn, and to hang day and night over the towers of Cloomber! Rack my brain as I would, I could not conjure up any solution to the problem which was not puerile and inadequate.

One fact struck me as being significant. Both the father and the son had assured me, independently of each other, that if I were told what the peril was, I would hardly realise its significance. How strange and bizarre must the fear be which can scarcely be expressed in intelligible language!

I held up my hand in the darkness before I turned to sleep that night, and I swore that no power of man or devil should ever weaken my love for the woman whose pure heart I had had the good fortune to win.

CAPÍTULO VII

DEL CABO RUFUS SMITH Y SU LLEGADA A CLOOMBER

Al hacer esta declaración la he formulado a propósito en lenguaje llano y simple, por temor a ser acusado de adornar mi narración con el propósito de crear un mayor efecto. Sin embargo, si he contado mi historia con un enfoque realista, el lector me entenderá cuando digo que en este momento la sucesión de incidentes dramáticos que ocurrió atrajo mi atención y avivó mi imaginación hasta el punto de excluir de mi mente todos los asuntos de escasa importancia.

Cómo iba a poder batallar con la aburrida rutina del trabajo de un representante, o interesarme en el techo de paja de la choza de este inquilino o las velas de la barca de aquel, cuando mi mente estaba absorta en la cadena de acontecimientos que he descrito, y aún estaba ocupada buscando una explicación para ellos.

Dondequiera que iba por la campiña, podía ver la torre blanca y cuadrada entre los árboles, y bajo aquella torre esta desventurada familia estaba observando y esperando, esperando y observando -¿y qué estaban esperando? Esa era la pregunta que aún permanecía como una barrera infranqueable al final de cada pensamiento.

Considerado solamente como un problema abstracto, este misterio de la familia Heatherstone tenía una morbosa fascinación en él, pero cuando la mujer a la que amaba mil veces más que a mí mismo demostraba estar tan interesada en la solución, sentía que era imposible dirigir mis pensamientos a nada más hasta que hubiera sido esclarecido finalmente.

CHAPTER VII

OF CORPORAL RUFUS SMITH AND HIS
COMING TO CLOOMBER

In making this statement I have purposely couched it in bald and simple language, for fear I should be accused of colouring my narrative for the sake of effect. If, however, I have told my story with any approach to realism, the reader will understand me when I say that by this time the succession of dramatic incidents which had occurred had arrested my attention and excited my imagination to the exclusion of all minor topics.

How could I plod through the dull routine of an agent's work, or interest myself in the thatch of this tenant's bothy or the sails of that one's boat, when my mind was taken up by the chain of events which I have described, and was still busy seeking an explanation for them.

Go where I would over the countryside, I could see the square, white tower shooting out from among the trees, and beneath that tower this ill-fated family were watching and waiting, waiting and watching—and for what? That was still the question which stood like an impassable barrier at the end of every train of thought.

Regarded merely as an abstract problem, this mystery of the Heatherstone family had a lurid fascination about it, but when the woman whom I loved a thousandfold better than I did myself proved to be so deeply interested in the solution, I felt that it was impossible to turn my thoughts to anything else until it had been finally cleared up.

Mi buen padre había recibido una carta del terrateniente, con matasellos de Nápoles, que nos contó que había obtenido mucho beneficio del cambio, y que no tenía intención de regresar a Escocia por algún tiempo. Esto fue satisfactorio para todos nosotros, puesto que mi padre había encontrado que Branksome era un lugar tan excelente para el estudio que habría sido muy problemático para él regresar al ruido y tumulto de una ciudad. En cuanto a mi querida hermana y a mí mismo, había, como he mostrado, razones más fuertes todavía para hacernos amar los páramos de Wigtownshire.

A pesar de mi entrevista con el general – o quizás podría decir debido a ella- aproveché la ocasión por lo menos dos veces al día de andar hacia Cloomber y asegurarme de que todo estaba bien allí. Él había empezado molestándose por mi intrusión, pero había terminado por cogerme algo de confianza, e incluso pidiendo mi ayuda, así que sentí que mi relación con él era diferente de lo que había sido anteriormente, y que era menos probable que se enfadase por mi presencia. Es más, me lo encontré caminando alrededor del cercado unos pocos días después, y su actitud hacia mí fue cortés, aunque no hizo alusión a nuestra anterior conversación.

Parecía estar aún en un estado de nerviosismo extremo, sobresaltándose de vez en cuando, y mirando furtivamente a su alrededor, con pequeñas miradas fugaces y asustadas a la derecha y a la izquierda. Esperaba que su hija tuviera razón en nombrar el cinco de octubre como el punto de inflexión de su dolencia, puesto que era evidente para mí cuando miraba sus ojos brillantes y sus manos temblorosas, que un hombre no podía vivir mucho tiempo en tal estado de tensión nerviosa.

Descubrí al examinarlas que había sujetado firmemente las barras sueltas para bloquear nuestro antiguo lugar de encuentro, y aunque merodeé por toda la larga línea de valla, fui incapaz de encontrar ningún otro lugar donde se pudiera llevar a cabo una entrada.

My good father had received a letter from the laird, dated from Naples, which told us that he had derived much benefit from the change, and that he had no intention of returning to Scotland for some time. This was satisfactory to all of us, for my father had found Branksome such an excellent place for study that it would have been a sore trial to him to return to the noise and tumult of a city. As to my dear sister and myself, there were, as I have shown, stronger reasons still to make us love the Wigtownshire moors.

In spite of my interview with the general—or perhaps I might say on account of it—I took occasion at least twice a day to walk towards Cloomber and satisfy myself that all was well there. He had begun by resenting my intrusion, but he had ended by taking me into a sort of half-confidence, and even by asking my assistance, so I felt that I stood upon a different footing with him than I had done formerly, and that he was less likely to be annoyed by my presence. Indeed, I met him pacing round the inclosure a few days afterwards, and his manner towards me was civil, though he made no allusion to our former conversation.

He appeared to be still in an extreme state of nervousness, starting from time to time, and gazing furtively about him, with little frightened, darting glances to the right and the left. I hoped that his daughter was right in naming the fifth of October as the turning point of his complaint, for it was evident to me as I looked at his gleaming eyes and quivering hands, that a man could not live long in such a state of nervous tension.

I found on examination that he had had the loose rails securely fastened so as to block up our former trysting-place, and though I prowled round the whole long line of fencing, I was unable to find any other place where an entrance could be effected.

Aquí y allí entre las pocas grietas que quedaban en la barrera podía vislumbrar el Hall, y una vez vi un hombre de mediana edad y de aspecto rudo de pie en una ventana en el piso inferior, el cual supuse que era Israel Stakes, el cochero. No había señal, sin embargo, de Gabriel ni de Mordaunt, y su ausencia me alarmó. Estaba convencido de que, a menos que estuvieran bajo alguna restricción, habrían logrado comunicarse con mi hermana o conmigo. Mis miedos se agudizaban cada vez más mientras pasaban los días sin ver ni oír nada de ellos.

Una mañana-era el segundo día de octubre- estaba andando hacia el Hall, con la esperanza de que podría ser lo bastante afortunado como para enterarme de alguna noticia de mi amada, cuando observé a un hombre sentado sobre una piedra a un lado de la carretera.

Mientras me acercaba a él pude ver que era un desconocido, y por sus ropas polvorientas y apariencia desaliñada parecía haber venido desde una gran distancia. Tenía un gran trozo de pan sobre su rodilla y una navaja en la mano, pero al parecer acababa de terminar su desayuno, porque se sacudió las migas del regazo y se puso de pie cuando me percibió.

Dándome cuenta de la gran estatura del tipo y de que todavía sujetaba su arma, me mantuve bien al otro lado de la carretera, porque sabía que la indigencia hace que los hombres se desesperen y que la cadena que relucía sobre mi chaleco podría ser una tentación demasiado grande para él en esta solitaria carretera. Mis temores se confirmaron cuando le vi dar un paso hacia el centro de la carretera y bloquear mi avance.

—Bien, muchacho —dije, fingiendo una tranquilidad que no sentía de ninguna manera—, ¿qué puedo hacer por usted esta mañana?

The fellow's face was the colour of mahogany with exposure to the weather, and he had a deep scar from the corner of his mouth to his ear, which by no means improved his appearance. His hair was grizzled, but his figure was stalwart, and his fur cap was cocked on one side so as to give him a rakish, semi-military appearance. Altogether he gave me the impression of being one of the most dangerous types of tramp that I had ever fallen in with.

Instead of replying to my question, he eyed me for some time in silence with sullen, yellow-shot eyes, and then closed his knife with a loud snick.

"You're not a beak," he said, "too young for that, I guess. They had me in chokey at Paisley and they had me in chokey at Wigtown, but by the living thunder if another of them lays a hand on me I'll make him remember Corporal Rufus Smith! It's a darned fine country this, where they won't give a man work, and then lay him by the heels for having no visible means of subsistence."

"I am sorry to see an old soldier so reduced," said I. "What corps did you serve in?"

"H Battery, Royal Horse Artillery. Bad cess to the Service and every one in it! Here I am nigh sixty years of age, with a beggarly pension of thirty-eight pound ten—not enough to keep me in beer and baccy."

"I should have thought thirty-eight pound ten a year would have been a nice help to you in your old age," I remarked.

"Would you, though?" he answered with a sneer, pushing his weather-beaten face forward until it was within a foot of my own.

"How much d'ye think that slash with a tulwar is worth? And my foot with all the bones rattling about like a bagful of dice where the trail of the gun went across it. What's that worth, eh? And a liver like a sponge, and ague whenever the wind comes round to the east—what's the market value of that? Would you take the lot for a dirty forty pound a year—would you now?"

–Somos gente pobre en esta parte del país –contesté–. Pasarías por un hombre rico aquí abajo.

–Son gente tonta y tienen gustos tontos –dijo él, sacando una pipa negra de su bolsillo y rellenándola de tabaco–. Sé lo que es vivir bien, y, ¡por Cristo! mientras tengo un chelín en el bolsillo me gusta gastarlo como debe ser gastado un chelín. He luchado por mi país y mi país ha hecho muy poco por mí. Iré a los rusos, ¡así que ayúdame! Podría enseñarles cómo cruzar el Himalaya para que ello dejase perplejos tanto a los afganos como a los británicos y los detenga. ¿Cuál es el valor de ese secreto en San Petersburgo, eh, señor?

–Estoy avergonzado de oír a un viejo soldado hablar así, incluso en broma – dije severamente.

–¡En broma, ciertamente! –gritó, con una gran y estruendosa palabrota–. Lo habría hecho hace años si los rusos hubieran estado dispuestos a aceptarlo. Skobeloff era el mejor del grupo, pero ha sido asesinado. Sin embargo, eso no viene al caso. Lo que quiero preguntarte es si has oído algo en este distrito de un hombre llamado Heatherstone, el mismo que solía ser coronel del 41 de Bengalíes. Me dijeron en Wigtown que vivía en alguna parte bajando por este camino.

–Vive en esa gran casa allá lejos –dije yo, señalando a Cloomber Tower–. Encontrarás la puerta de la avenida a poca distancia bajando por la carretera, pero al general no le gustan los visitantes.

La última parte de mi discurso cayó en oídos sordos para el cabo Rufus Smith; en el instante en que yo señalaba la puerta salió saltando a la pata coja por la carretera.

Su modo de progresión era el más singular que he visto nunca, porque sólo ponía el pie derecho en el suelo una vez cada media docena de zancadas, aunque trabajaba tan duro y alcanzaba tanto impulso con la otra extremidad que atravesó el suelo a una velocidad asombrosa.

"We are poor folk in this part of the country," I answered. "You would pass for a rich man down here."

"They are fool folk and they have fool tastes," said he, drawing a black pipe from his pocket and stuffing it with tobacco. "I know what good living is, and, by cripes! while I have a shilling in my pocket I like to spend it as a shilling should be spent. I've fought for my country and my country has done darned little for me. I'll go to the Rooshians, so help me! I could show them how to cross the Himalayas so that it would puzzle either Afghans or British to stop 'em. What's that secret worth in St. Petersburg, eh, mister?"

"I am ashamed to hear an old soldier speak so, even in jest," said I sternly.

"Jest, indeed!" He cried, with a great, roaring oath. "I'd have done it years ago if the Rooshians had been game to take it up. Skobeloff was the best of the bunch, but he's been snuffed out. However, that's neither here nor there. What I want to ask you is whether you've ever heard anything in this quarter of a man called Heatherstone, the same who used to be colonel of the 41st Bengalis? They told me at Wigtown that he lived somewhere down this way."

"He lives in that large house over yonder," said I, pointing to Cloomber Tower. "You'll find the avenue gate a little way down the road, but the general isn't over fond of visitors."

The last part of my speech was lost upon Corporal Rufus Smith; for the instant that I pointed out the gate he set off hopping down the road.

His mode of progression was the most singular I have ever seen, for He would only put his right foot to the ground once in every half-dozen strides, while he worked so hard and attained such a momentum with the other limb that he got over the ground at an astonishing speed.

Yo estaba tan sorprendido que me quedé de pie en la calzada mirando la corpulenta figura hasta que se me ocurrió que podría ocurrir un grave resultado de un encuentro entre un hombre con una forma de hablar tan directa y el colérico e irascible general. Por lo tanto le seguí mientras avanzaba a saltos como un pájaro grande y torpe, y le adelanté en la puerta de la avenida, donde estaba parado agarrando la artesanía de hierro de la verja y mirando la oscura entrada para carruajes de más allá.

–Es un viejo chacal astuto –dijo, mirándome y asintiendo con la cabeza en la dirección del Hall–. Es un taimado perro viejo. ¿Y ese es su bungalow, entre los árboles?

–Esa es su casa –respondí–, pero te aconsejaría que cuidaras tu lenguaje si tienes intención de hablar con el general. No es un hombre que soporte estupideces.

–Tienes razón. Siempre fue un hueso duro de roer.¿Pero no es él el que baja por la avenida?

Miré a través de la puerta y vi que era ciertamente el general, quien, habiéndonos visto o habiendo sido atraído por nuestras voces, estaba bajando deprisa hacia nosotros. Mientras avanzaba solía parar de vez en cuando a mirarnos detenidamente a través de la oscura sombra arrojada por los árboles, como si estuviera indeciso entre continuar viniendo o no.

–¡Está haciendo un reconocimiento del terreno! –susurró mi acompañante con una risita ronca–. Tiene miedo- y yo sé de qué tiene miedo. No será cogido en una trampa si puede evitarlo, el viejo.¡No hay persona más espabilada que él, puedes estar seguro!

Entonces de repente levantándose sobre la punta de los pies y agitando la mano a través de los barrotes de la puerta, gritó al máximo de su voz:

–¡Vamos, mi gallardo comandante! ¡Vamos! La costa está despejada y no hay enemigos a la vista.

Este discurso informal tuvo el efecto de tranquilizar al general, porque vino recto hacia nosotros, aunque podía decir por su color subido que su humor estaba al límite de su aguante.

100

I was so surprised that I stood in the roadway gazing after this hulking figure until the thought suddenly struck me that some serious result might come from a meeting between a man of such blunt speech and the choleric, hot-headed general. I therefore followed him as he hopped along like some great, clumsy bird, and overtook him at the avenue gate, where he stood grasping the ironwork and peering through at the dark carriage-drive beyond.

"He's a sly old jackal," he said, looking round at me and nodding his head in the direction of the Hall. "He's a deep old dog. And that's his bungalow, is it, among the trees?"

"That is his house," I answered; "but I should advise you to keep a more civil tongue in your head if you intend to speak with the general. He is not a man to stand any nonsense."

"Right you are. He was always a hard nut to crack. But isn't this him coming down the avenue?"

I looked through the gate and saw that it was indeed the general, who, having either seen us or been attracted by our voices, was hurrying down towards us. As he advanced he would stop from time to time and peer at us through the dark shadow thrown by the trees, as if he were irresolute whether to come on or no.

"He's reconnoitering!" whispered my companion with a hoarse chuckle. "He's afraid—and I know what he's afraid of. He won't be caught in a trap if he can help it, the old 'un. He's about as fly as they make 'em, you bet!"

Then suddenly standing on his tip-toes and waving his hand through the bars of the gate, he shouted at the top of his voice:

"Come on, my gallant commandant! Come on! The coast's clear, and no enemy in sight."

This familiar address had the effect of reassuring the general, for he came right for us, though I could tell by his heightened colour that his temper was at boiling point.

–¿Qué, tú por aquí, Mr. West? –dijo, cuando su mirada cayó sobre mí– ¿Qué es lo que quieres y por qué has traído a este hombre contigo?

–No le he traído conmigo, señor –respondí, sintiéndome bastante indignado de ser hecho responsable por la presencia del vagabundo de aspecto poco respetable que estaba a mi lado–. Le encontré en la carretera de aquí, y él deseó que le dirigiera a usted, así que le enseñé el camino. Yo no sé nada de él.

–¿Qué quiere de mí, entonces? –preguntó el general severamente, volviéndose hacia mi acompañante.

–Si le complace, señor –dijo el ex cabo, hablando con una voz quejumbrosa, y tocando su gorra de piel de topo con una humildad que contrastaba extrañamente con la anterior tosca independencia de su comportamiento–, soy un viejo soldado de artillería al servicio de la Reina, señor, y conociendo su nombre por oírlo en la India pensé que quizás me tomaría como su mozo de cuadra o jardinero, o me daría cualquier otro lugar que estuviese vacante.

–Siento no poder hacer nada por usted, amigo –respondió el viejo soldado sin inmutarse.

–Entonces me dará un poco sólo para ayudarme en mi camino, señor –dijo el servil pordiosero–. No querrá ver a un viejo camarada ir por el mal camino a causa de unas pocas rupias. Yo estuve con la brigada de Sale en los Pasos, señor, y estuve en la segunda toma de Kabul.

El general Heatherstone miraba con mucho interés al solicitante, pero estaba mudo ante su petición.

–Estaba en Ghuznee con usted cuando los muros fueros sacudidos por un terremoto, y cuando encontramos cuarenta mil afganos que nos tenían a tiro. Pregúnteme sobre ello, y verá si estoy mintiendo o no. Pasamos por todo esto cuando éramos jóvenes, y ahora que somos viejos a ti te toca vivir en un buen bungalow, y a mí morirme de hambre junto a la cuneta. No me parece que sea justo.

"What, you here, Mr. West?" he said, as his eye fell upon me. "What is it you want, and why have you brought this fellow with you?"

"I have not brought him with me, sir," I answered, feeling rather disgusted at being made responsible for the presence of the disreputable-looking vagabond beside me. "I found him on the road here, and he desired to be directed to you, so I showed him the way. I know nothing of him myself."

"What do you want with me, then?" the general asked sternly, turning to my companion.

"If you please, sir," said the ex-corporal, speaking in a whining voice, and touching his moleskin cap with a humility which contrasted strangely with the previous rough independence of his bearing, "I'm an old gunner in the Queen's service, sir, and knowing your name by hearing it in India I thought that maybe you would take me as your groom or gardener, or give me any other place as happened to be vacant."

"I am sorry that I cannot do anything for you, my man," the old soldier answered impressively.

"Then you'll give me a little just to help me on my way, sir," said the cringing mendicant. "You won't see an old comrade go to the bad for the sake of a few rupees? I was with Sale's brigade in the Passes, sir, and I was at the second taking of Cabul."

General Heatherstone looked keenly at the supplicant, but was silent to his appeal.

"I was in Ghuznee with you when the walls were all shook down by an earthquake, and when we found forty thousand Afghans within gunshot of us. You ask me about it, and you'll see whether I'm lying or not. We went through all this when we were young, and now that we are old you are to live in a fine bungalow, and I am to starve by the roadside. It don't seem to me to be fair."

–Eres un bribón impertinente –dijo el general–. Si hubieras sido un buen soldado nunca necesitarías pedir ayuda. No te daré ni un cuarto de penique.

–Una palabra más, señor –gritó el vagabundo, porque el otro estaba dándose la vuelta–. He estado en el Paso de Tarada. El viejo soldado se giró como si las palabras hubieran sido un disparo de pistola.

–¿Qué..., qué quieres decir? –tartamudeó–. He estado en el Paso de Tarada, señor, y conocí allí a un hombre llamado Ghoolab Shah.

Estas últimas palabras fueron siseadas en voz baja y una sonrisa maliciosa cubrió la cara del que hablaba.

Su efecto sobre el general fue extraordinario. Se tambaleó hacia atrás de la puerta, y su semblante amarillo palideció hasta quedarse lívido y moteado de gris. Por un momento estuvo demasiado abrumado para hablar. Al fin dijo jadeando:

–Ghoolab Shah. ¿Quién eres que conoces a Ghoolab Shah?

–Echa otro vistazo –dijo el vagabundo–, tu vista no es tan aguda como lo era hace cuarenta años.

El general echó un vistazo largo y concienzudo al descuidado trotamundos que estaba delante de él, y mientras miraba vi surgir en sus ojos la luz del reconocimiento.

–¡Dios bendiga mi alma! –gritó–. Pero si es el cabo Rufus Smith.

–Te has dado cuenta por fin –dijo el otro, riendo para sí mismo entre dientes–. Me estaba preguntando cuánto tiempo pasaría antes de que me reconocieras. Y, lo primero de todo, abre esta verja,¿quieres? Es difícil hablar a través de una reja. Es como diez minutos con un visitante en las celdas.

El general, cuya cara aún tenía evidencias de su agitación, abrió los cerrojos con dedos nerviosos y temblorosos. El reconocimiento del cabo Rufus Smith había sido, imaginaba, un alivio para él, y sin embargo mostraba claramente por su actitud que consideraba su presencia de ninguna manera una pura bendición.

"You are an impertinent scoundrel," said the general. "If you had been a good soldier you would never need to ask for help. I shall not give you a farthing."

"One word more, sir," cried the tramp, for the other was turning away, "I've been in the Tarada Pass."

The old soldier sprang round as if the words had been a pistol-shot.

"What—what d'ye mean?" he stammered. "I've been in the Tarada Pass, sir, and I knew a man there called Ghoolab Shah."

These last were hissed out in an undertone, and a malicious grin overspread the face of the speaker.

Their effect upon the general was extraordinary. He fairly staggered back from the gateway, and his yellow countenance blanched to a livid, mottled grey. For a moment he was too overcome to speak. At last he gasped out:

"Ghoolab Shah' Who are you who know Ghoolab Shah?"

"Take another look," said the tramp, "your sight is not as keen as it was forty years ago."

The general took a long, earnest look at the unkempt wanderer in front of him, and as he gazed I saw the light of recognition spring up in his eyes.

"God bless my soul!" he cried. "Why, it's Corporal Rufus Smith."

"You've come on it at last," said the other, chuckling to himself. "I was wondering how long it would be before you knew me. And, first of all, just unlock this gate, will you? It's hard to talk through a grating. It's too much like ten minutes with a visitor in the cells."

The general, whose face still bore evidences of his agitation, undid the bolts with nervous, trembling fingers. The recognition of Corporal Rufus Smith had, I fancied, been a relief to him, and yet he plainly showed by his manner that he regarded his presence as by no means an unmixed blessing.

–Vaya, cabo –dijo, mientras se abría la puerta–, a menudo me he preguntado si estabas vivo o muerto, pero nunca esperaba verte de nuevo. ¿Cómo has estado todos estos largos años?

–¿Cómo he estado? –contestó el cabo con brusquedad–. Caramba, he estado borracho casi en su totalidad. Cuando cobro mi dinero lo gasto en alcohol, y mientras dura consigo paz en la vida. Cuando estoy limpio vagabundeo, en parte con la esperanza de adquirir el precio de un trago, y en parte para buscarte.

–Ya nos perdonarás que hablemos de estos asuntos privados, West –dijo el general, mirándome, porque estaba empezando a alejarme–. No nos dejes. Ya sabes algo de este asunto, y puedes encontrarte completamente metido en el asunto alguno de estos días.

El cabo Rufus Smith me miró atónito.

–¿Metido en el asunto? –dijo–. ¿Cómo es posible que esté allí?

–Por voluntad propia, por voluntad propia –explicó el general, bajando apresuradamente la voz–. Es un vecino mío, y ha ofrecido su ayuda por si alguna vez la necesitase.

Esta explicación pareció, en todo caso, aumentar la sorpresa del gran forastero.

–¡Bien, que cosa más rara! – exclamó, contemplándome con admiración–. Nunca oí decir tal cosa.

–Y ahora que me has encontrado, cabo Smith –dijo el inquilino de Cloomber– ¿Qué es lo que quieres de mí?

–Vaya, todo lo que quiero es un tejado para cubrirme, y ropa que llevar puesta, y comida que comer, y, sobre todo, brandy para beber.

–Bien, te alojaré y haré lo que pueda por ti –dijo lentamente el general–. Pero mire usted, Smith, debemos tener disciplina. Soy el general y tú eres el cabo; yo soy el amo y tú eres el criado. Ahora, no permitas que tenga que recordarte eso de nuevo.

El vagabundo se levantó hasta su estatura completa y levantó la mano derecha con la palma hacia delante en un saludo militar.

"Why, Corporal," he said, as the gate swung open, "I have often wondered whether you were dead or alive, but I never expected to see you again. How have you been all these long years?"

"How have I been?" the corporal answered gruffly. "Why, I have been drunk for the most part. When I draw my money I lay it out in liquor, and as long as that lasts I get some peace in life. When I'm cleaned out I go upon tramp, partly in the hope of picking up the price of a dram, and partly in order to look for you."

"You'll excuse us talking about these private matters, West," the general said, looking round at me, for I was beginning to move away. "Don't leave us. You know something of this matter already, and may find yourself entirely in the swim with us some of these days."

Corporal Rufus Smith looked round at me in blank astonishment.

"In the swim with us?" he said. "However did he get there?"

"Voluntarily, voluntarily," the general explained, hurriedly sinking his voice. "He is a neighbour of mine, and he has volunteered his help in case I should ever need it."

This explanation seemed, if anything, to increase the big stranger's surprise.

"Well, if that don't lick cock-fighting!" he exclaimed, contemplating me with admiration. "I never heard tell of such a thing."

"And now you have found me, Corporal Smith," said the tenant of Cloomber, "what is it that you want of me?"

"Why, everything. I want a roof to cover me, and clothes to wear, and food to eat, and, above all, brandy to drink."

"Well, I'll take you in and do what I can for you," said the general slowly. "But look here, Smith, we must have discipline. I'm the general and you are the corporal; I am the master and you are the man. Now, don't let me have to remind you of that again."

The tramp drew himself up to his full height and raised his right hand with the palm forward in a military salute.

–Puedo contratarte como jardinero y deshacerme del hombre que tengo. En cuanto al brandy, tendrás una ración y no más. No somos grandes bebedores en el Hall.

–¿No toma opio, ni brandy, ni nada, señor? –preguntó el cabo Rufus Smith.

–Nada –dijo con firmeza el general.

–Bien, todo lo que puedo decir es que usted tiene más valor y coraje de lo que yo tendré nunca. Ahoya ya no me pregunto por qué ganó esa cruz en el Motín de la India. Si tuviese que escuchar esas cosas noche tras noche cosas sin tomar nunca una gota de algo para alegrar mi corazón- vaya, me volvería loco.

El general Heatherstone levantó la mano, como si temiera que su compañero pudiera decir demasiado.

–Debo agradecerle, señor West –dijo–, por haber mostrado mi puerta a este hombre. No permitiría de buen grado a un viejo camarada, aunque humilde, ir por el mal camino, y si no reconocí su demanda más fácilmente fue simplemente porque tenía mis dudas en cuanto a si era realmente lo que aparentaba ser. Camina hasta el Hall, cabo, y te seguiré en un minuto.

–¡Pobre hombre! –continuó, mientras observaba al recién llegado cojeando por la avenida de la torpe manera que he descrito–. Un cañón pasó sobre su pie, y aplastó los huesos, pero el terco idiota no dejó a los médicos amputarlo. Le recuerdo ahora como un inteligente joven soldado en Afganistán. Él y yo estuvimos vinculados en algunas extrañas aventuras, de las que puede que te cuente algún día, y lógicamente siento lástima hacia él, y me haría amigo de él. ¿Te dijo algo acerca de mí antes de que llegase?

–Ni una palabra –contesté.

–Oh –dijo el general despreocupadamente, pero con una evidente expresión de alivio–, pensaba que quizás podría haber dicho algo de los viejos tiempos. Bien, debo ir a ocuparme de él, o los criados se asustarán, porque no es una belleza. ¡Adiós!

"I can take you on as gardener and get rid of the fellow I have got. As to brandy, you shall have an allowance and no more. We are not deep drinkers at the Hall."

"Don't you take opium, or brandy, or nothing yourself, sir?" asked Corporal Rufus Smith.

"Nothing," the general said firmly.

"Well, all I can say is, that you've got more nerve and pluck than I shall ever have. I don't wonder now at your winning that Cross in the Mutiny. If I was to go on listening night after night to them things without ever taking a drop of something to cheer my heart—why, it would drive me silly."

General Heatherstone put his hand up, as though afraid that his companion might say too much.

"I must thank you, Mr. West," he said, "for having shown this man my door. I would not willingly allow an old comrade, however humble, to go to the bad, and if I did not acknowledge his claim more readily it was simply because I had my doubts as to whether he was really what he represented himself to be. Just walk up to the Hall, Corporal, and I shall follow you in a minute."

"Poor fellow!" he continued, as he watched the newcomer hobbling up the avenue in the ungainly manner which I have described. "He got a gun over his foot, and it crushed the bones, but the obstinate fool would not let the doctors take it off. I remember him now as a smart young soldier in Afghanistan. He and I were associated in some queer adventures, which I may tell you of some day, and I naturally feel sympathy towards him, and would befriend him. Did he tell you anything about me before I came?"

"Not a word," I replied.

"Oh," said the general carelessly, but with an evident expression of relief, "I thought perhaps he might have said something of old times. Well, I must go and look after him, or the servants will be frightened, for he isn't a beauty to look at. Good-bye!"

Con un gesto de la mano el anciano se apartó de mí y se apresuró por la avenida tras esta inesperada incorporación a su hogar, mientras yo seguía caminando alrededor de la alta y negra empalizada, esforzándome por ver a través de cada grieta entre las tablas, pero sin ver ni rastro de Mordaunt ni de su hermana.

He traído ahora esta declaración debido a la llegada del cabo Rufus Smith, que resultará ser el principio del fin.

He puesto por escrito con sobriedad y en orden los sucesos que nos trajeron a Wigtownshire, la llegada de los Heatherstone a Cloomber, los muchos extraños incidentes que provocaron primero nuestra curiosidad y finalmente nuestro intenso interés en esa familia, y he mencionado de pasada brevemente las circunstancias que llevaron a mi hermana y a mí mismo hacia una relación más cercana y personal con ellos. Creo que no puede haber un mejor momento que este para entregar la narración a aquellos que tenían medios de saber algo de lo que estaba pasando dentro de Cloomber durante los meses que yo estuve observándolo desde fuera.

Israel Stakes, el cochero, resultó ser incapaz de leer ni escribir, pero Mr. Mathew Clark, el pastor presbiteriano de Stoneykirk, ha tomado nota de su declaración, debidamente avalada por una cruz al lado de su nombre. El buen clérigo ha puesto, imagino, algún ligero refinamiento en la historia del narrador, que lamento bastante, puesto que podría haber sido más interesante, aunque menos inteligible, cuando estaba contada al pie de la letra. Todavía mantiene, sin embargo, considerables rastros de la individualidad de Israel, y puede ser considerada como una relación exacta de lo que vio e hizo mientras estuvo al servicio del general Heatherstone.

With a wave of the hand the old man turned away from me and hurried up the drive after this unexpected addition to his household, while I strolled on round the high, black paling, peering through every chink between the planks, but without seeing a trace either of Mordaunt or of his sister.

I have now brought this statement down to the coming of Corporal Rufus Smith, which will prove to be the beginning of the end.

I have set down soberly and in order the events which brought us to Wigtownshire, the arrival of the Heatherstones at Cloomber, the many strange incidents which excited first our curiosity and finally our intense interest in that family, and I have briefly touched upon the circumstances which brought my sister and myself into a closer and more personal relationship with them. I think that there cannot be a better moment than this to hand the narrative over to those who had means of knowing something of what was going on inside Cloomber during the months that I was observing it from without.

Israel Stakes, the coachman, proved to be unable to read or write, but Mr. Mathew Clark, the Presbyterian Minister of Stoneykirk, has copied down his deposition, duly attested by the cross set opposite to his name. The good clergyman has, I fancy, put some slight polish upon the narrator's story, which I rather regret, as it might have been more interesting, if less intelligible, when reported verbatim. It still preserves, however, considerable traces of Israel's individuality, and may be regarded as an exact record of what he saw and did while in General Heatherstone's service.

CAPÍTULO VIII

DECLARACIÓN DE ISRAEL STAKES

(Copiada y autentificada por el reverendo
Mathew Clark, pastor presbiteriano de
Stoneykirk, en Wigtownshire.)

El señor Fothergill West y el pastor dicen que debo contar
todo lo que pueda acerca del general Heatherstone y su
casa, pero que no debo decir mucho sobre mí mismo porque a los lectores no les preocupa saber acerca de mí o mis
asuntos. No estoy tan seguro de eso, porque los Stakes es una
familia muy conocida y respetada a ambos lados de la frontera,
y hay muchos en Nithsdale y Annandale que estarían muy contentos de oír noticias del hijo de Archie Stakes, de Ecclefechan.

Debo también hacer lo que se me ha dicho, sin embargo,
por el bien del señor West, esperando que él no me olvidará
cuando por casualidad tenga que pedirle un favor.(1) No sé escribir porque mi padre me envió a asustar cuervos en lugar de
enviarme al colegio, pero por otra parte me educó en los prin-
cipios y la práctica de la auténtica iglesia del Covenant, ¡por lo
cual el Señor sea alabado!

Fue en mayo del año pasado cuando el hombre encargado
de la propiedad, Mr. McNeill, vino hacia mí por la calle y me
preguntó si tenía necesidad de un puesto de cochero y jardinero. Resulta que yo iba buscando algo de ese tipo en ese momento, pero no le dejé ver inmediatamente que quería el puesto.

–Puedes tomarlo o dejarlo –dijo bruscamente–. Es un buen
lugar, y hay muchos que estarían contentos con él. Si lo quieres
puedes acercarte a mi oficina mañana a las dos y hacer tus propias preguntas al caballero.

CHAPTER VIII

STATEMENT OF ISRAEL STAKES

(Copied and authenticated by the Reverend
Mathew Clark, Presbyterian Minister of
Stoneykirk, in Wigtownshire)

Maister Fothergill West and the meenister say that I maun tell all I can aboot General Heatherstone and his hoose, but that I maunna say muckle aboot mysel' because the readers wouldna care to hear aboot me or my affairs. I am na sae sure o' that, for the Stakes is a family weel kenned and respeced on baith sides o' the Border, and there's mony in Nithsdale and Annandale as would be gey pleased to hear news o' the son o' Archie Stakes, o' Ecclefechan.

I maun e'en do as I'm tauld, however, for Mr. West's sake, hoping he'll no forget me when I chance to hae a favour tae ask.(1) I'm no able tae write mysel' because my feyther sent me oot to scare craws instead o' sendin' me tae school, but on the ither hond he brought me up in the preenciples and practice o' the real kirk o' the Covenant, for which may the Lord be praised!

It way last May twel'month that the factor body, Maister McNeil, cam ower tae me in the street and speered whether I was in want o' a place as a coachman and gairdner. As it fell oot I chanced tae be on the look oot for something o' the sort mysel' at the time, but I wasna ower quick to let him see that I wanted it.

"Ye can tak it or leave it," says he sharp like. "It's a guid place, and there's mony would be glad o't. If ye want it ye can come up tae my office at twa the morn and put your ain questions tae the gentleman."

Eso fue todo lo que pude conseguir de él, porque es un hombre reservado y sabe regatear- lo que le beneficiará poco en la otra vida, aunque junte mucho dinero en esta. Cuando llegue el día habrá una gran cantidad de encargados de la propiedad a mano izquierda del trono y no me sorprendería si el señor McNeill se encontrase entre ellos.

Bien, fui a la oficina por la mañana y allí encontré al encargado de la propiedad y un hombre largo, delgado y adusto con pelo gris y una cara tan morena y arrugada como una nuez. Me miró fijamente con un par de ojos que brillaban como dos yescas, y entonces dijo:

—Has nacido por estos lares, tengo entendido.

—Sí —dije yo—, y nunca los he abandonado tampoco.

—¿Nunca has estado fuera de Escocia? – pregunta él.

—Fui dos veces a la feria de Carlisle —dije yo, porque soy un hombre que ama la verdad; y además sabía que al encargado de la propiedad no le gustaría que hubiese ido allí, porque yo compré dos novillos y un ternero que él quería para abastecer la Granja Drumleugh.

—Me ha dicho el señor McNeill —dijo el general Heatherstone, porque fue él y ningún otro-, que no sabes escribir.

—No —dije yo.

—¿Ni leer?

—No —dije yo.

—Me parece —dice él, volviéndose hacia el encargado de la propiedad—, que este es justo el hombre que quiero. Los sirvientes están malcriados hoy en día —dice él—, por un exceso de educación. No tengo dudas, Stakes, de que usted me encaja bastante bien. Tendrá tres libras al mes y comida y alojamiento, pero me quedo con el derecho de echarle con un preaviso de veinticuatro horas en cualquier momento.¿Eso le viene bien?

—Es muy diferente de mi último trabajo —dije yo, como si estuviera descontento.

Y era verdad, porque el viejo granjero Scott sólo me daba una libra al mes y avena dos veces al día.

That was a' I could get frae him, for he's a close man and a hard one at a bargain—which shall profit him leetle in the next life, though he lay by a store o' siller in this. When the day comes there'll be a hantle o' factors on the left hand o' the throne, and I shouldna be surprised if Maister McNeil found himsel' amang them.

Weel, on the morn I gaed up to the office and there I foond the factor and a lang, thin, dour man wi' grey hair and a face as brown and crinkled as a walnut. He looked hard at me wi' a pair o' een that glowed like twa spunks, and then he says, says he:

"You've been born in these pairts, I understan'?"

"Aye," says I, "and never left them neither."

"Never been oot o' Scotland?" he speers.

"Twice to Carlisle fair," says I, for I am a man wha loves the truth; and besides I kenned that the factor would mind my gaeing there, for I bargained fur twa steers and a stirk that he wanted for the stockin' o' the Drumleugh Fairm.

"I learn frae Maister McNeil," says General Heatherstone—for him it was and nane ither—"that ye canna write."

"Na," says I.

"Nor read?"

"Na," says I.

"It seems tae me," says he, turnin' tae the factor, "that this is the vera man I want. Servants is spoilt noo-a-days," says he, "by ower muckle eddication. I hae nae doobt, Stakes, that ye will suit me well enough. Ye'll hae three pund a month and a' foond, but I shall resairve the right o' givin' ye twenty-four hoors' notice at any time. How will that suit ye?"

"It's vera different frae my last place," says I, discontented-like.

And the words were true enough, for auld Fairmer Scott only gave me a pund a month and parritch twice a day.

–Bien, bien –dijo–, quizás te daremos un aumento si resultas ser apto. Mientras tanto aquí está el chelín de Handsel que me dice el señor McNeill que es la costumbre dar, y espero verte en Cloomber el lunes.

Cuando llegó el lunes salí hacia Cloomber, que es una gran casa, con cien ventanas o más, y suficiente espacio para esconder a la mitad de la parroquia.

En cuanto a la jardinería, no había jardín para mí en el que trabajar, y nunca se sacó al caballo de los establos de un fin de semana a otro. Yo estaba lo bastante ocupado por todo aquello, porque había mucho cercado que colocar, y una cosa u otra, además limpiar los cuchillos y cepillar las botas y trabajos por el estilo más adecuados para una esposa anciana que para un hombre hecho y derecho.

Había dos además de mí en la cocina, la cocinera Eliza, y Mary la criada, las pobres, ignorantes seres ambas, que habían malgastado todas sus vidas en Londres, y sabían poco acerca del mundo y de los asuntos carnales.

No tenía mucho que decirles, puesto que eran gente simple que apenas podía entender el inglés, y apenas tenían más aprecio por sus propias almas que los zorros del páramo. Cuando la cocinera dijo que no pensaba mucho de John Knox, y la otra que no daría seis peniques por oír el discurso del señor Donald McSnaw de la verdadera iglesia, supe que era hora de que las dejase a un Juez más alto.

Eran cuatro en la familia, el general, la señora, el señor Mordaunt, y la señorita Gabriel, y no pasó mucho tiempo antes de que descubriese que todo no era exactamente como debería ser. La señora estaba tan delgada y tan blanca como un fantasma, y muchas veces me he tropezado con ella y la he encontrado gimoteando y sollozando sola. La he observado andando arriba y abajo por el bosque donde pensaba que nadie podía verla y retorcerse las manos como una demente.

116

"Weel, weel," says he, "maybe we'll gie ye a rise if ye suit. Meanwhile here's the han'sel shillin' that Maister McNeil tells me it's the custom tae give, and I shall expec' tae see ye at Cloomber on Monday."

When the Monday cam roond I walked oot tae Cloomber, and a great muckle hoose it is, wi' a hunderd windows or mair, and space enough tae hide awa' half the parish.

As tae gairdening, there was no gairden for me tae work at, and the horse was never taken oot o' the stables frae week's end tae week's end. I was busy enough for a' that, for there was a deal o' fencing tae be put up, and one thing or anither, forbye cleanin' the knives and brushin' the boots and such-like jobs as is mair fit for an auld wife than for a grown man.

There was twa besides mysel' in the kitchen, the cook Eliza, and Mary the hoosemaid, puir, benighted beings baith o' them, wha had wasted a' their lives in London, and kenned leetle aboot the warld or the ways o' the flesh.

I hadna muckle tae say to them, for they were simple folk who could scarce understand English, and had hardly mair regard for their ain souls than the tods on the moor. When the cook said she didna think muckle o' John Knox, and the ither that she wouldna give saxpence tae hear the discourse o' Maister Donald McSnaw o' the true kirk, I kenned it was time for me tae leave them tae a higher Judge.

There was four in family, the general, my leddy, Maister Mordaunt, and Miss Gabriel, and it wasna long before I found that a' wasna just exactly as it should be. My leddy was as thin and as white as a ghaist, and many's the time as I've come on her and found her yammerin' and greetin' all by hersel'. I've watched her walkin' up and doon in the wood where she thought nane could see her and wringin' her honds like one demented.

Estaba también el joven caballero, y su hermana –ambos parecían tener algún problema en la mente, y el general el que más de todos, porque los otros estaban animados un día y desanimados otro, pero él estaba siempre igual, con una cara tan adusta y triste como un criminal cuando siente la soga alrededor del cuello.

Pregunté a las mujeres de la cocina si sabían qué problema tenía la familia, pero la cocinera me respondió que su labor no era preguntar por los asuntos de sus superiores, y que aquello no representaba nada para ella en tanto que hiciera su trabajo y cobrase sus salarios. Eran pobres personas inútiles, las dos, y apenas darían una respuesta a una pregunta cortés, aunque podían hacer mucho ruido cuando querían.

Bien, las semanas pasaron convirtiéndose en meses y todas las cosas empeoraron en vez de mejorar en el Hall. El general estaba más nervioso, y su señora más melancólica cada día, y sin embargo no había ninguna pelea ni discusiones entre ellos, porque cuando estaban juntos en el cuarto del desayuno yo solía a menudo pasar a podar el rosal al lado de la ventana, así que no podía evitar oír una gran parte de su conversación, aunque eso va mucho en contra de mi naturaleza.

Cuando los jóvenes estaban con ellos solían hablar poco, pero cuando se habían ido solían hablar siempre como si algún desgraciado padecimiento estuviera a punto de caer sobre ellos, aunque nunca pude deducir de sus palabras qué era aquello de lo que tenían miedo.

He oído al general decir más de una vez que no le asustaba la muerte ni ningún peligro al que pudiera hacer frente y terminar con él, pero que era la larga y cansada espera y la incertidumbre lo que le había quitado toda la fuerza y la entereza. Entonces la señora solía consolarlo y decirle que quizás no era tan malo como él pensaba, y que todo se arreglaría al final pero todas sus alegres palabras eran totalmente desperdiciadas con él.

There was the young gentleman, tae, and his sister—they baith seemed to hae some trouble on their minds, and the general maist of a', for the ithers were up ane day and down anither; but he was aye the same, wi' a face as dour and sad as a felon when he feels the tow roond his neck.

I speered o' the hussies in the kitchen whether they kenned what was amiss wi' the family, but the cook she answered me back that it wasna for her tae inquire into the affairs o' her superiors, and that it was naething to her as long as she did her work and had her wages. They were puir, feckless bodies, the twa o' them, and would scarce gie an answer tae a ceevil question, though they could clack lood eneugh when they had a mind.

Weel, weeks passed into months and a' things grew waur instead o' better in the Hall. The general he got mair nairvous, and his leddy mair melancholy every day, and yet there wasna any quarrel or bickering between them, for when they've been togither in the breakfast room I used often tae gang round and prune the rose-tree alongside o' the window, so that I couldna help hearin' a great pairt o' their conversation, though sair against the grain.

When the young folk were wi' them they would speak little, but when they had gone they would aye talk as if some waefu' trial ere aboot to fa' upon them, though I could never gather from their words what it was that they were afeared o'.

I've heard the general say mair than ance that he wasna frighted o' death, or any danger that he could face and have done wi', but that it was the lang, weary waitin' and the uncertainty that had taken a' the strength and the mettle oot o' him. Then my leddy would console him and tell him that maybe it wasna as bad as he thocht, and that a' would come richt in the end—but a' her cheery words were clean throwed away upon him.

En cuanto a los jóvenes, yo sabía bien que no se quedaban en la finca, y que salían siempre que tenían una oportunidad con el señor Fothergill West a Branksome, pero el general estaba demasiado preocupado por sus propios problemas para saber de ello, y no me parecía que fuera parte de mis obligaciones como cochero o jardinero cuidar de los niños. Él debería haber aprendido que prohibir a una chica y a un chaval hacer algo es justo la manera más segura de ocasionarlo. El Señor descubrió eso en el jardín del Edén, y no hay mucha diferencia entre la gente del Edén y la gente de Wigtown.

Hay una cosa de la que no he hablado aún, pero que debería ser puesta por escrito.

El general no compartía su habitación con su mujer, sino que dormía solo en una cámara al final de la casa, tan lejana como era posible de todos los demás. Esta habitación estaba siempre cerrada cuando no estaba en ella, y no se le permitía a nadie entrar. Él solía hacer su propia cama, y limpiarla y quitarle el polvo todo por sí mismo, pero no permitía que ninguno de nosotros pusiera el pie en el pasillo que conducía a ella.

Por la noche él solía andar por toda la casa, y tenía lámparas colgadas en cada habitación y esquina, para que ninguna parte estuviera oscura.

Muchas veces desde mi habitación en el desván he oído sus pasos yendo y viniendo, yendo y viniendo, bajando por un pasillo y subiendo por otro desde la medianoche hasta el canto del gallo. Era tedioso estar tumbado escuchando su traqueteo y preguntándome si estaba completamente loco o si quizás había aprendido trucos paganos e idólatras en la India, y que su conciencia ahora era como el gusano que carcome y no muere. Le hubiera preguntado si no le aliviaría hablar con el santo Donald McSnaw, pero podría haber sido un error, y con el general no convenía equivocarse.

Un día yo estaba trabajando en el arriate de hierba cuando viene y dice:

—¿Alguna vez has tenido ocasión de disparar una pistola, Israel?

120

As tae the young folks, I kenned weel that they didna bide in the groonds, and that they were awa' whenever they got a chance wi' Maister Fothergill West tae Branksome, but the general was too fu' o' his ain troubles tae ken aboot it, and it didna seem tae me that it was pairt o' my duties either as coachman or as gairdner tae mind the bairns. He should have lairnt that if ye forbid a lassie and a laddie to dae anything it's just the surest way o' bringin' it aboot. The Lord foond that oot in the gairden o' Paradise, and there's no muckle change between the folk in Eden and the folk in Wigtown.

There's ane thing that I havena spoke aboot yet, but that should be set doon.

The general didna share his room wi' his wife, but slept a' alane in a chamber at the far end o' the hoose, as distant as possible frae every one else. This room was aye lockit when he wasna in it, and naebody was ever allowed tae gang into it. He would mak' his ain bed, and red it up and dust it a' by himsel', but he wouldna so much as allow one o' us to set fut on the passage that led tae it.

At nicht he would walk a' ower the hoose, and he had lamps hung in every room and corner, so that no pairt should be dark.

Many's the time frae my room in the garret I've heard his futsteps comin' and gangin', comin' and gangin' doon one passage and up anither frae midnight till cockcraw. It was weary wark to lie listenin' tae his clatter and wonderin' whether he was clean daft, or whether maybe he'd lairnt pagan and idolatrous tricks oot in India, and that his conscience noo was like the worm which gnaweth and dieth not. I'd ha' speered frae him whether it wouldna ease him to speak wi' the holy Donald McSnaw, but it might ha' been a mistake, and the general wasna a man that you'd care tae mak' a mistake wi'.

Ane day I was workin' at the grass border when he comes up and he says, says he:

"Did ye ever have occasion tae fire a pistol, Israel?"

–¡Por el amor de Dios! – dije yo–, nunca tuve tal cosa en las manos en mi vida.

–Entonces será mejor que no empieces ahora –dijo él–. Cada hombre con su propia arma –dice– ¡Pero te garantizo que podrías hacer algo con un buen garrote de madera de manzano!

–Sí, podría –respondí alegremente–, tan bien como cualquier muchacho de la Frontera.

–Esta es una casa solitaria –dijo él–, y podríamos ser molestados por algunos granujas. Está bien estar preparados para lo que pueda venir. Tú y yo y mi hijo Mordaunt y Mr. Fothergill West de Branksome, que vendría si fuera requerido, deberíamos ser capaces de mostrar aspecto de armas tomar- ¿qué piensas?

–Ciertamente, señor –dije–, festejar es siempre mejor que luchar- pero si me aumenta una libra al mes no eludiré mi responsabilidad hacia cualquiera de las dos cosas.

–No discutiremos por eso –,dijo él, y estuvo de acuerdo con las doce libras extra al año tan fácilmente como si fueran doce medios peniques. No quiero ser malpensado, pero no pude evitar suponer en ese momento que el dinero que era desembolsado tan a la ligera quizás no era conseguido tan honradamente.

No soy un hombre curioso ni entrometido por naturaleza, pero iba dándole vueltas al asunto, buscando una explicación para las andanzas nocturnas del general y qué era lo que le quitaba el sueño.

Bien, un día estaba limpiando los pasillos cuando me fijé en un gran montón de cortinas y viejas alfombras y cosas por el estilo que estaban apiladas en una esquina, no muy lejos de la puerta de la habitación del general. De repente me vino un pensamiento a la cabeza y me dije a mí mismo:

–Israel, muchacho –me dije– ¿qué te impide esconderte detrás de eso esta misma noche y observar al anciano cuando no sepa que hay ojos humanos mirándole?

Cuanto más pensaba en ello más simple parecía, y decidí ejecutar la idea de inmediato.

"Godsakes!" says I, "I never had siccan a thing in my honds in my life."

"Then you'd best not begin noo," says he. "Every man tae his ain weepon," he says. "Now I warrant ye could do something wi' a guid crab-tree cudgel!"

"Aye, could I," I answered blithely, "as well as ony lad on the Border."

"This is a lonely hoose," says he, "and we might be molested by some rascals. It's weel tae be ready for whatever may come. Me and you and my son Mordaunt and Mr. Fothergill West of Branksome, who would come if he was required, ought tae be able tae show a bauld face—what think ye?"

"'Deed, sir," I says, "feastin' is aye better than fechtin'—but if ye'll raise me a pund a month, I'll no' shirk my share o' either."

"We won't quarrel ower that," says he, and agreed tae the extra twal' pund a year as easy as though it were as many bawbees. Far be it frae me tae think evil, but I couldna help surmisin' at the time that money that was so lightly pairted wi' was maybe no' so very honestly cam by.

I'm no' a curious or a pryin' mun by nature, but I was sair puzzled in my ain mind tae tell why it was that the general walked aboot at nicht and what kept him frae his sleep.

Weel, ane day I was cleanin' doon the passages when my e'e fell on a great muckle heap o' curtains and auld cairpets and sic' like things that were piled away in a corner, no vera far frae the door o' the general's room. A' o' a sudden a thocht came intae my heid and I says tae mysel':

"Israel, laddie," says I, "what's tae stop ye frae hidin' behind that this vera nicht and seein' the auld mun when he doesna ken human e'e is on him?"

The mair I thocht o't the mair seemple it appeared, and I made up my mind tae put the idea intae instant execution.

Cuando llegó la noche dije a las mujeres que me dolía la mandíbula, y que me iría pronto a mi habitación. Sabía bien que una vez llegase allí no había posibilidad de que nadie me molestase, así que esperé un rato, y después cuando todo estuvo tranquilo, me quité las botas y bajé corriendo la otra escalera hasta que llegué al montón de ropa vieja, y me eché allí espiando con un ojo a través de una abertura y el resto tapado con una alfombra grande y harapienta.

Allí aguardé el momento oportuno tan tranquilo como un ratón hasta que el general me sobrepasó en su camino a la cama, y todo estuvo en calma en la casa.

¡Por los clavos de Cristo! No pasaría otra vez por ello por todo el dinero del Union Bank de Dunfries, no puedo pensar en ello ahora sin sentir un escalofrío bajando por mi espalda.

Era simplemente horrible estar echado allí en un silencio de muerte, esperando y esperando sin un sonido que rompiera la monotonía, excepto el pesado tictac de un viejo reloj en algún sitio debajo del pasillo.

Primero miraba el pasillo en una dirección, y a continuación miraba en la otra, pero siempre me parecía como si hubiera algo acercándose por el lado al que no estaba mirando. Tenía un sudor frío en la frente, y el corazón me latía dos veces a cada tictac del reloj, y lo que más temía de todo era que el polvo de las cortinas estaba siempre bajando hacia mis pulmones, y todo lo que podía hacer era contenerme de toser.

¡Por el amor de Dios! Me pregunto por qué mi pelo no se volvió gris con todo lo que pasé. No lo haría otra vez ni aunque me hicieran Lord Provost de Glasgow.

Bien, puede que fueran las dos de la mañana o quizás un poco más, y estaba pensando que no iba a ver nada después de todo- y tampoco lo sentía mucho – cuando de repente un sonido llegó a mis oídos claro y nítido a través de la quietud de la noche.

When the nicht cam roond I tauld the women-folk that I was bad wi' the jawache, and would gang airly tae my room. I kenned fine when ance I got there that there was na chance o' ony ane disturbin' me, so I waited a wee while, and then when a' was quiet, I slippit aff my boots and ran doon the ither stair until I cam tae the heap o' auld clothes, and there I lay doon wi' ane e'e peepin' through a kink and a' the rest covered up wi' a great, ragged cairpet.

There I bided as quiet as a mouse until the general passed me on his road tae bed, and a' was still in the hoose.

My certie! I wouldna gang through wi' it again for a' the siller at the Union Bank of Dumfries, I canna think o't noo withoot feelin' cauld a' the way doon my back.

It was just awfu' lyin' there in the deid silence, waitin' and waitin' wi' never a soond tae break the monotony, except the heavy tickin' o' an auld clock somewhere doon the passage.

First I would look doon the corridor in the one way, and syne I'd look doon in t'ither, but it aye seemed to me as though there was something coming up frae the side that I wasna lookin' at. I had a cauld sweat on my broo, and my hairt was beatin' twice tae ilka tick o' the clock, and what feared me most of a' was that the dust frae the curtains and things was aye gettin' doon intae my lungs, and it was a' I could dae tae keep mysel' frae coughin'.

Godsakes! I wonder my hair wasna grey wi' a' that I went through. I wouldna dae it again to be made Lord Provost o' Glasgie.

Weel, it may have been twa o'clock in the mornin' or maybe a little mair, and I was just thinkin' that I wasna tae see onything after a'—and I wasna very sorry neither—when all o' a sudden a soond cam tae my ears clear and distinct through the stillness o' the nicht.

Se me ha pedido antes de ahora que describa ese sonido, pero siempre he encontrado que no es muy fácil dar una idea clara de él, aunque era distinto a cualquier otro sonido que yo haya escuchado nunca. Era un sonido metálico agudo y resonante, como el que puede ser causado al dar un golpe con la uña al borde de una copa de vino, pero era mucho más alto y más débil que aquel, y tenía, también, una especie de chapoteo, como el tintineo de una gota de lluvia en un tonel de agua.

Asustado me incorporé entre mis alfombras, como una rana entre hojas de margarita, y escuché con todo mi empeño. Ahora todo estaba en calma de nuevo, excepto por el amortiguado tictac del lejano reloj.

De repente el sonido vino de nuevo, tan claro, tan estridente, tan agudo como siempre, y esta vez lo oyó el general, porque le oí dar una especie de gemido, como podría hacerlo un hombre cansado que ha sido levantado de su sueño.

Se levantó de la cama, y pude oír un ruido crujiente, como si se estuviera vistiendo, y en breve sus pisadas cuando empezó a andar arriba y abajo en su habitación.

¡Dios santo! no pasó mucho tiempo hasta que me dejé caer entre las alfombras de nuevo y me tapé. Allí quedé tumbado con las extremidades temblando, y rezando tantas oraciones como pude recordar, con el ojo aún espiando a través de la mirilla, y con la mirada fija en la puerta de la habitación del general.

Un momento después oí el ruido del picaporte, y la puerta se abrió lentamente. Había una luz ardiendo en la habitación más allá, y por poco pude ver brevemente lo que me pareció una fila de espadas colgadas a lo largo de un lado de la pared, cuando el general salió y cerró la puerta tras él. Estaba vestido con una bata, con un gorro rojo en la cabeza, y un par de zapatillas de casa con los talones cortados y las puntas vueltas hacia atrás.

I've been asked afore noo tae describe that soond, but I've aye foond that it's no' vera easy tae gie a clear idea o't, though it was unlike any other soond that ever I hearkened tae. It was a shairp, ringin' clang, like what could be caused by flippin' the rim o' a wineglass, but it was far higher and thinner than that, and had in it, tae, a kind o' splash, like the tinkle o' a rain-drop intae a water-butt.

In my fear I sat up amang my cairpets, like a puddock among gowan-leaves, and I listened wi' a' my ears. A' was still again noo, except for the dull tickin' o' the distant clock.

Suddenly the soond cam again, as clear, as shrill, as shairp as ever, and this time the general heard it, for I heard him gie a kind o' groan, as a tired man might wha has been roosed oot o' his sleep.

He got up frae his bed, and I could make oot a rustling noise, as though he were dressin' himsel', and presently his footfa' as he began tae walk up and doon in his room.

Mysakes! it didna tak lang for me tae drap doon amang the cairpets again and cover mysel' ower. There I lay tremblin' in every limb, and sayin' as mony prayers as I could mind, wi' my e'e still peepin' through the keek-hole, and' fixed upon the door o' the general's room.

I heard the rattle o' the handle presently, and the door swung slowly open. There was a licht burnin' in the room beyond, an' I could just catch a glimpse o' what seemed tae me like a row o' swords stuck alang the side o' the wa', when the general stepped oot and shut the door behind him. He was dressed in a dressin' goon, wi' a red smokin'-cap on his heid, and a pair o' slippers wi' the heels cut off and the taes turned up.

Por un momento se me ocurrió que quizás estaba andando en sueños, pero cuando vino hacia mí pude ver el destello de la luz en sus ojos, y su cara estaba toda crispada, como un hombre que está muy angustiado. Juro que me dan escalofríos ahora cuando pienso en su alta figura y su cara amarilla bajando tan solemnes y silenciosas por el largo y solitario pasillo.

Contuve la respiración y me situé cerca observándole, pero justo cuando vino hacia donde yo estaba el mismísimo corazón se me paró en el pecho, porque "¡ting!"- alto y claro a una yarda de mí llegó el sonido resonante y fuerte que ya había escuchado.

De dónde venía o qué lo causaba es más de lo que puedo decir. Podría ser que lo hiciera el general, pero era muy dudoso decir cómo, porque tenía las manos a los lados mientras me sobrepasaba. Venía de su dirección, ciertamente, pero me parecía que venía de encima de su cabeza, pero era un tipo de sonido tan débil, inquietante, estridente y extraño que no era fácil decir exactamente de dónde venía.

El general no le prestó atención, sino que siguió andando y pronto estuvo fuera de la vista, y yo no perdí un minuto en arrastrarme fuera de mi escondite y corretear de vuelta a mi habitación, y aunque todos los espíritus del Mar Rojo estuvieran andando toda la noche arriba y abajo, nunca sacaría la cabeza de nuevo para echarles un vistazo.

No dije una palabra a nadie de lo que había visto, pero decidí que no me quedaría mucho más tiempo en Cloomber Hall. Cuatro libras al mes es un buen sueldo, pero no es bastante para pagar a un hombre por la pérdida de su tranquilidad, y quizás también la pérdida de su alma, porque cuando el diablo está alrededor no puedes decir qué tipo de trampa puede tenderte, y aunque dicen que la Providencia es más fuerte que él, puede que sea mejor no arriesgarse.

Para mí estaba claro que tanto el general como la casa estaban bajo alguna maldición, y era apropiado que la maldición cayese sobre los que se la habían ganado, y no sobre un honrado presbiteriano, que nunca había ido por mal camino.

For a moment it cam into my held that maybe he was walkin' in his sleep, but as he cam towards me I could see the glint o' the licht in his e'en, and his face was a' twistin', like a man that's in sair distress o' mind. On my conscience, it gies me the shakes noo when I think o' his tall figure and his yelley face comin' sae solemn and silent doon the lang, lone passage.

I haud my breath and lay close watchin' him, but just as he cam tae where I was my vera hairt stood still in my breast, for "ting!"—loud and clear, within a yaird o' me cam the ringin', clangin' soond that I had a'ready hairkened tae.

Where it cam frae is mair than I can tell or what was the cause o't. It might ha' been that the general made it, but I was sair puzzled tae tell hoo, for his honds were baith doon by his side as he passed me. It cam frae his direction, certainly, but it appeared tae me tae come frae ower his heid, but it was siccan a thin, eerie, high-pitched, uncanny kind o' soond that it wasna easy tae say just exactly where it did come frae.

The general tuk nae heed o't, but walked on and was soon oot o' sicht, and I didna lose a minute in creepin' oot frae my hidin' place and scamperin' awa' back tae my room, and if a' the bogies in the Red Sea were trapesin' up and doon the hale nicht through, I wud never put my heid oot again tae hae a glimpse o' them.

I didna say a word tae anybody aboot what I'd seen, but I made up my mind that I wudna stay muckle langer at Cloomber Ha'. Four pund a month is a good wage, but it isna enough tae pay a man for the loss o' his peace o' mind, and maybe the loss o' his soul as weel, for when the deil is aboot ye canna tell what sort o' a trap he may lay for ye, and though they say that Providence is stronger than him, it's maybe as weel no' to risk it.

It was clear tae me that the general and his hoose were baith under some curse, and it was fit that that curse should fa' on them that had earned it, and no' on a righteous Presbyterian, wha had ever trod the narrow path.

Mi corazón lo sentía por la joven Miss Gabriel- porque era una chica hermosa y encantadora- pero por todo aquello, sentía que mi deber era para conmigo mismo y que debería ponerme en camino, incluso como Lot salió de las malvadas ciudades de la llanura.

Aquel horrible cling-clang estaba siempre sonando en mis oídos, y no podía soportar estar solo en los pasillos por miedo a oírlo una vez más. Sólo quería una oportunidad o una excusa para presentar la renuncia al general, y para volver a algún lugar donde pudiera ver gente cristiana, y tener la iglesia a mano por si acaso.

Pero resultó que estaba predestinado que, en lugar de que yo dijera las palabras, viniesen del mismo general.

Era un día más o menos a comienzos de octubre, yo estaba saliendo del establo, después de dar al caballo su avena, cuando vi un gran idiota venir saltando sobre una pierna por el camino de entrada, más como un cuervo grande y desagradable que un hombre.

Cuando puse los ojos en él pensé que quizás este era uno de los granujas de los que había estado hablando el amo, así que sin más preámbulos fui a buscar mi garrote con la intención de golpear con él al bribón en la cabeza. Me vio ir hacia él, y leyendo mis intenciones quizás en mi mirada, o quizás en el palo en mi mano, sacó un cuchillo largo de su bolsillo y juró con las más horribles palabrotas que si yo no retrocedía me mataría.

¡Por el amor de Dios! las palabras que usaba el muchacho eran suficiente para hacer que el pelo se pusiera de punta en tu cabeza. Me pregunto por qué no murió fulminado donde estaba.

Aún estábamos de pie enfrente el uno del otro- él con su cuchillo y yo con el palo- cuando el general se acercó por el camino de entrada y se encontró con nosotros. Para mi sorpresa empezó a hablar con el desconocido como si lo hubiera conocido de toda la vida.

—Pon tu cuchillo en el bolsillo, cabo, – dijo–. Tus temores han perturbado tu cerebro.

My hairt was sair for young Miss Gabriel—for she was a bonnie and winsome lassie—but for a' that, I felt that my duty was tae mysel' and that I should gang forth, even as Lot ganged oot o' the wicked cities o' the plain.

That awfu' cling-clang was aye dingin' in my lugs, and I couldna bear to be alane in the passages for fear o' hearin' it ance again. I only wanted a chance or an excuse tae gie the general notice, and tae gang back to some place where I could see Christian folk, and have the kirk within a stone-cast tae fa' back upon.

But it proved tae be ordained that, instead o' my saying the word, it should come frae the general himsel'.

It was ane day aboot the beginning of October, I was comin' oot o' the stable, after giein' its oats tae the horse, when I seed a great muckle loon come hoppin' on ane leg up the drive, mair like a big, ill-faured craw than a man.

When I clapped my een on him I thocht that maybe this was ane of the rascals that the maister had been speakin' aboot, so withoot mair ado I fetched oot my bit stick with the intention o' tryin' it upon the limmer's heid. He seed me comin' towards him, and readin' my intention frae my look maybe, or frae the stick in my hand, he pu'ed oot a lang knife frae his pocket and swore wi' the most awfu' oaths that if I didna stan' back he'd be the death o' me.

Ma conscience! the words the chiel used was eneugh tae mak' the hair stand straight on your heid. I wonder he wasna struck deid where he stood.

We were still standin' opposite each ither—he wi' his knife and me wi' the stick—when the general he cam up the drive and foond us. Tae my surprise he began tae talk tae the stranger as if he'd kenned him a' his days.

"Put your knife in your pocket, Corporal," says he. "Your fears have turned your brain."

–¡Por los clavos de Cristo! –dijo el otro–. Él habría perturbado mi cerebro de otra manera con ese garrote suyo si yo no hubiera sacado mi puñal. No deberías tener un viejo salvaje como este en tu domicilio.

El amo frunció el ceño y le miró, como si no le gustara un consejo que venía de esa fuente. Después se volvió hacia mí.

–No se te necesitará después de hoy, Israel –dijo–; has sido un buen criado, y no tengo ninguna queja de ti, pero han surgido unas circunstancias que van a provocar que cambie mis planes.

–Muy bien, señor –dije yo.

–Puedes irte esta tarde –dijo él–, y tendrás una paga extra de un mes para compensarte por esta poca anticipación.

Con eso entró en la casa, seguido por el hombre al que había llamado cabo, y desde ese día hasta hoy nunca he puesto los ojos ni en uno ni en otro. Mi dinero me fue enviado en un sobre, y habiendo dicho unas pocas palabras de despedida a la cocinera y a la moza en relación a la ira que viene y el tesoro que es más rico que los rubíes sacudí el polvo de Cloomber de mis pies para siempre.

El señor Fothergill West dice que no debo expresar una opinión en cuanto lo que sucedió después, sino que debo limitarme a lo que vi. Sin duda tiene sus razones para esto – y está lejos de mi intención insinuar que no son buenas- pero debo decir esto, que lo que sucedió no me sorprendió. Fue tal como esperaba, y así se lo dije a Donald McSnaw.

Ahora les he contado todo sobre ello, y no tengo una palabra que añadir ni que retirar. Estoy muy agradecido al señor Mathew Clairk por ponerlo todo por escrito para mí, y si hay alguno que desearía preguntar algo más de mí soy bien conocido y respetado en Ecclefechan, y el señor McNeil, el encargado de la propiedad de Wigtown, siempre puede decir dónde se me puede encontrar.

"Blood an' wounds!" says the other. "He'd ha' turned my brain tae some purpose wi' that muckle stick o' his if I hadna drawn my snickersnee. You shouldna keep siccan an auld savage on your premises."

The maister he frooned and looked black at him, as though he didna relish advice comin' frae such a source. Then turnin' tae me—"You won't be wanted after to-day, Israel," he says; "you have been a guid servant, and I ha' naething tae complain of wi' ye, but circumstances have arisen which will cause me tae change my arrangements."

"Vera guid, sir," says I.

"You can go this evening," says he, "and you shall have an extra month's pay tae mak up t'ye for this short notice."

Wi' that he went intae the hoose, followed by the man that he ca'ed the corporal, and frae that day tae this I have never clapped een either on the ane or the ither. My money was sent oot tae me in an envelope, and havin' said a few pairtin' words tae the cook and the wench wi' reference tae the wrath tae come and the treasure that is richer than rubies, I shook the dust o' Cloomber frae my feet for ever.

Maister Fothergill West says I maunna express an opeenion as tae what cam aboot afterwards, but maun confine mysel' tae what I saw mysel'. Nae doubt he has his reasons for this—and far be it frae me tae hint that they are no' guid anes—but I maun say this, that what happened didna surprise me. It was just as I expeckit, and so I said tae Maister Donald McSnaw.

I've tauld ye a' aboot it noo, and I havena a word tae add or tae withdraw. I'm muckle obleeged tae Maister Mathew Clairk for puttin' it a' doon in writin' for me, and if there's ony would wish tae speer onything mair o' me I'm well kenned and respeckit in Ecclefechan, and Maister McNeil, the factor o' Wigtown, can aye tell where I am tae be foond.

CAPÍTULO IX

NARRACIÓN DE JOHN EASTERLING, MIEMBRO DEL REAL COLEGIO DE MÉDICOS DE EDINBURGO

Habiendo dado la declaración de Israel Stakes *in extenso*, añadiré un corto memorándum del doctor Easterling, que ahora ejerce en Stranraer. Es verdad que el doctor sólo estuvo una vez dentro de los muros de Cloomber durante su alquiler por el general Heatherstone, pero hubo algunas circunstancias relacionadas con esta visita que la hicieron valiosa, especialmente cuando se la considera como un suplemento a las experiencias que acabo de presentar al lector.

El doctor ha encontrado tiempo entre las llamadas de una concurrida consulta en el campo para anotar sus recuerdos, y creo que lo mejor que puedo hacer es adjuntarlos exactamente como son.

Me complace mucho proporcionar al señor Fothergill West un informe de mi solitaria visita a Cloomber Hall, no sólo debido a la estima que me he formado por ese caballero desde su residencia en Branksome, sino también porque tengo la convicción de que los hechos en el caso del general Heatherstone son de una naturaleza tan singular que es de la mayor importancia que sean expuestos ante el público de una manera fidedigna.

Era aproximadamente a comienzos de septiembre del año pasado cuando recibí una nota de la señora Heatherstone, de Cloomber Hall, deseando que hiciese una visita profesional a su marido, cuya salud, dijo, había estado durante algún tiempo en un estado muy insatisfactorio.

Había oído algo de los Heatherstone y del extraño aislamiento en el que vivían, así que estuve muy satisfecho por esta oportunidad de llegar a conocerlos mejor, y no perdí tiempo en acceder a su solicitud.

CHAPTER IX

NARRATIVE OF JOHN EASTERLING, F.R.C.P.EDIN.

Having given the statement of Israel Stakes *in extenso*, I shall append a short memorandum from Dr. Easterling, now practising at Stranraer. It is true that the doctor was only once within the walls of Cloomber during its tenancy by General Heatherstone, but there were some circumstances connected with this visit which made it valuable, especially when considered as a supplement to the experiences which I have just submitted to the reader.

The doctor has found time amid the calls of a busy country practice to jot down his recollections, and I feel that I cannot do better than subjoin them exactly as they stand.

I have very much pleasure in furnishing Mr. Fothergill West with an account of my solitary visit to Cloomber Hall, not only on account of the esteem which I have formed for that gentleman ever since his residence at Branksome, but also because it is my conviction that the facts in the case of General Heatherstone are of such a singular nature that it is of the highest importance that they should be placed before the public in a trustworthy manner.

It was about the beginning of September of last year that I received a note from Mrs. Heatherstone, of Cloomber Hall, desiring me to make a professional call upon her husband, whose health, she said, had been for some time in a very unsatisfactory state.

I had heard something of the Heatherstones and of the strange seclusion in which they lived, so that I was very much pleased at this opportunity of making their closer acquaintance, and lost no time in complying with her request.

Había conocido el Hall en los viejos días de Mr. McVittie, el propietario original y me quedé atónito cuando llegué a la puerta de la avenida al observar los cambios que habían tenido lugar.

La puerta, que solía abrirse tan hospitalariamente sobre la carretera, estaba ahora cerrada y con barrotes, y una alta valla de madera, con clavos sobre la parte superior, rodeaba todo el terreno. El camino de entrada estaba cubierto de hojas y abandonado, y todo el lugar tenía un aire deprimente de abandono y deterioro.

Tuve que llamar dos veces antes de que una criada abriera la puerta y me acompañara a través de un lúgubre vestíbulo a una pequeña habitación, donde se sentaba una anciana preocupada, que se presentó a sí misma como la señora Heatherstone. Con su cara pálida, su pelo gris, sus ojos tristes e incoloros, y su vestido de seda descolorido, estaba en perfecta consonancia con su melancólico entorno.

–Nos encuentra en grandes dificultades, doctor –dijo, con una voz tranquila y refinada–. Mi pobre marido ha tenido mucho de lo que preocuparse, y su sistema nervioso ha estado en un estado muy débil durante un largo tiempo. Vinimos a esta parte del país con la esperanza de que el aire fresco y la tranquilidad tendrían un buen efecto sobre él. En lugar de mejorar, sin embargo, parece que está más débil, y esta mañana tiene fiebre alta y tendencia a delirar. Los niños y yo estábamos tan asustados que le hicimos llamar enseguida. Si me sigue le llevaré al dormitorio del general.

Ella abrió el camino por una serie de pasillos a la cámara del enfermo, que estaba situada en el ala más lejana del edificio.

Era una habitación sin alfombra, de aspecto lóbrego, escasamente amueblada con una pequeña carriola, una silla de campaña, y una sencilla mesa de pino, en la que estaban esparcidos numerosos papeles y libros. En el centro de esta mesa había un gran objeto de contorno irregular, que estaba cubierto con una sábana de lino.

I had known the Hall in the old days of Mr. McVittie, the original proprietor, and I was astonished on arriving at the avenue gate to observe the changes which had taken place.

The gate itself, which used to yawn so hospitably upon the road, was now barred and locked, and a high wooden fence, with nails upon the top, encircled the whole grounds. The drive itself was leaf-strewn and uncared-for, and the whole place had a depressing air of neglect and decay.

I had to knock twice before a servant-maid opened the door and showed me through a dingy hall into a small room, where sat an elderly, careworn lady, who introduced herself as Mrs. Heatherstone. With her pale face, her grey hair, her sad, colourless eyes, and her faded silk dress, she was in perfect keeping with her melancholy surroundings.

"You find us in much trouble, doctor," she said, in a quiet, refined voice. "My poor husband has had a great deal to worry him, and his nervous system for a long time has been in a very weak state. We came to this part of the country in the hope that the bracing air and the quiet would have a good effect upon him. Instead of improving, however, he has seemed to grow weaker, and this morning he is in a high fever and a little inclined to be delirious. The children and I were so frightened that we sent for you at once. If you will follow me I will take you to the general's bedroom."

She led the way down a series of corridors to the chamber of the sick man, which was situated in the extreme wing of the building.

It was a carpetless, bleak-looking room, scantily furnished with a small truckle bed, a campaigning chair, and a plain deal table, on which were scattered numerous papers and books. In the centre of this table there stood a large object of irregular outline, which was covered over with a sheet of linen.

Alrededor de las paredes y en las esquinas estaba dispuesta una muy selecta y variada colección de armas, principalmente espadas, algunas de las cuales eran del modelo recto de uso común en el Ejército Británico, mientras que entre las otras había cimitarras, tulwars, cuchillos, y un montón de otros ejemplares de factura oriental. Muchos de estos estaban ricamente engarzados, con vainas con incrustaciones y empuñaduras centelleando por las piedras preciosas, así que había un agudo contraste entre la sencillez del apartamento y la riqueza que relucía en las paredes.

Tuve poco tiempo, sin embargo, para observar la colección del general, ya que el mismo general yacía sobre el sofá y evidentemente necesitaba mucho mis servicios.

Estaba tendido con la cabeza a medio girar de nosotros. Respirando pesadamente, y aparentemente no consciente de nuestra presencia. Sus ojos brillantes que miraban fijamente y el profundo y febril rubor sobre su mejilla mostraban que su fiebre estaba en el punto más alto.

Avancé hacia la cabecera, y agachándome sobre él, coloqué los dedos sobre su pulso, cuando inmediatamente se sentó de un salto y me golpeó frenéticamente con los puños cerrados. Nunca he visto tal intensidad de miedo y horror estampado sobre una cara humana como la que aparecía sobre aquella que estaba ahora fulminándome con la mirada.

—¡Acosador! —gritó— ¡déjame ir, déjame ir, digo!¡Mantén tus manos lejos de mí! ¿No es suficiente que mi vida haya sido arruinada? ¿Cuándo va a terminar todo? ¿Cuánto tiempo tengo que soportarlo?

—¡Shh, querido, shh! —dijo su esposa con voz tranquilizadora, pasando su fría mano sobre su acalorada frente—. Este es el doctor Easterling, de Stranraer. No ha venido a hacerte daño, sino a ayudarte.

El general se desplomó cansinamente sobre su almohada, y pude ver por la cambiada expresión de su cara que su delirio le había abandonado, y que entendía lo que se decía.

All round the walls and in the corners were arranged a very choice and varied collection of arms, principally swords, some of which were of the straight pattern in common use in the British Army, while among the others were scimitars, tulwars, cuchurries, and a score of other specimens of Oriental workmanship. Many of these were richly mounted, with inlaid sheaths and hilts sparkling with precious stones, so that there was a piquant contrast between the simplicity of the apartment and the wealth which glittered on the walls.

I had little time, however, to observe the general's collection, since the general himself lay upon the couch and was evidently in sore need of my services.

He was lying with his head turned half away from us. Breathing heavily, and apparently unconscious of our presence. His bright, staring eyes and the deep, hectic flush upon his cheek showed that his fever was at its height.

I advanced to the bedside, and, stooping over him, I placed my fingers upon his pulse, when immediately he sprang up into the sitting position and struck at me frenziedly with his clenched hands. I have never seen such intensity of fear and horror stamped upon a human face as appeared upon that that which was now glaring up at me.

"Bloodhound!" he yelled; "let me go—let me go, I say! Keep your hands off me! Is it not enough that my life has been ruined? When is it all to end? How long am I to endure it?"

"Hush, dear, hush!" said his wife in a soothing voice, passing her cool hand over his heated forehead. "This is Doctor Easterling, from Stranraer. He has not come to harm you, but to do you good."

The general dropped wearily back upon his pillow, and I could see by the changed expression of his face that his delirium had left him, and that he understood what had been said.

Deslicé mi termómetro clínico en su axila y conté su pulso. Ascendía a 120 por minuto, y su temperatura resultó ser 104 grados. Claramente era un caso de fiebre remitente, tal como ocurre en hombres que han pasado una gran parte de sus vidas en el trópico.

–No hay peligro –comenté–. Con una poca quinina y arsénico muy pronto superaremos el ataque y le devolveremos la salud.

–No hay peligro, ¿eh? –dijo–. Nunca hay ningún peligro para mí. Soy tan difícil de matar como el Judío Errante. Tengo la cabeza completamente lúcida ahora, Mary, así que puedes dejarme con el doctor.

La señora Heatherstone abandonó la habitación- bastante a regañadientes, según pensé- y yo me senté junto a la cabecera para escuchar cualquier cosa que mi paciente pudiera tener que comunicar.

–Quiero que examine mi hígado –dijo cuando la puerta estuvo cerrada–. Solía tener un absceso ahí, y Brodie, el cirujano militar, dijo que era diez a uno que me ocasionaría la muerte. No lo he sentido mucho desde que dejé Oriente. Aquí es donde solía estar, justo debajo del ángulo de las costillas.

–Puedo encontrar el lugar –dije yo, después de hacer un cuidadoso examen–; pero estoy contento de decirle que el absceso o ha sido completamente absorbido, o se ha vuelto calcáreo, como hacen estos abscesos solitarios. No hay temor de que le haga daño ahora.

Él no parecía estar de ninguna manera demasiado alegre ante la información.

I slipped my clinical thermometer into his armpit and counted his pulse rate. It amounted to 120 per minute, and his temperature proved to be 104 degrees. Clearly it was a case of remittent fever, such as occurs in men who have spent a great part of their lives in the tropics.

"There is no danger," I remarked. "With a little quinine and arsenic we shall very soon overcome the attack and restore his health."

"No danger, eh?" he said. "There never is any danger for me. I am as hard to kill as the Wandering Jew. I am quite clear in the head now, Mary; so you may leave me with the doctor."

Mrs. Heatherstone left the room-rather unwillingly, as I thought—and I sat down by the bedside to listen to anything which my patient might have to communicate.

"I want you to examine my liver," he said when the door was closed. "I used to have an abscess there, and Brodie, the staff-surgeon, said that it was ten to one that it would carry me off. I have not felt much of it since I left the East. This is where it used to be, just under the angle of the ribs."

"I can find the place," said I, after making a careful examination; "but I am happy to tell you that the abscess has either been entirely absorbed, or has turned calcareous, as these solitary abscesses will. There is no fear of its doing you any harm now."

He seemed to be by no means overjoyed at the intelligence.

–Las cosas siempre suceden así conmigo –dijo de mal humor–. Ahora, si otro compañero estuviera con fiebre y delirante sin duda estaría en peligro, y sin embargo usted me dirá que yo no estoy en ninguno. Ahora, mire esto –Mostró el pecho y me enseñó una herida arrugada sobre la zona del corazón–. Ahí es donde entró la bala del jezail de un Hombre de las Colinas. Usted pensaría que estaba en el lugar correcto para matar a un hombre, y sin embargo qué hace excepto rebotar contra una costilla, y hacer un arco limpiamente alrededor de un pulmón y salir por la espalda, sin siquiera penetrar en lo que ustedes, los médicos, llaman la pleura. ¿Oyó alguna vez de una cosa así?–

–Ciertamente es usted una persona con suerte –observé, con una sonrisa.

–Eso es una cuestión de opinión – contestó, agitando la cabeza–. La muerte no me da miedo, si llega en alguna forma familiar, pero confieso que la expectación de alguna forma de muerte extraña y sobrenatural es muy atroz e inquietante.

–¿Quiere decir –dije yo, bastante desconcertado ante su comentario–, que preferiría una muerte natural a una muerte violenta?

–No, no quiero decir eso exactamente –respondió–. Estoy demasiado familiarizado con el frío acero y el plomo para tener miedo de cualquiera de ellos.¿Sabe algo acerca de la fuerza odílica, doctor?

–No –contesté, mirándole intensamente para ver si había señales de que volvía su delirio. Sin embargo, su expresión era inteligente, y el rubor febril de sus mejillas había perdido intensidad.

"Things always happen so with me," he said moodily. "Now, if another fellow was feverish and delirious he would surely be in some danger, and yet you will tell me that I am in none. Look at this, now." He bared his chest and showed me a puckered wound over the region of the heart. "That's where the jezail bullet of a Hillman went in. You would think that was in the right spot to settle a man, and yet what does it do but glance upon a rib, and go clean round and out at the back, without so much as penetrating what you medicos call the pleura. Did ever you hear of such a thing?"

"You were certainly born under a lucky star," I observed, with a smile.

"That's a matter of opinion," he answered, shaking his head. "Death has no terrors for me, if it will but come in some familiar form, but I confess that the anticipation of some strange, some preternatural form of death is very terrible and unnerving."

"You mean," said I, rather puzzled at his remark, "that you would prefer a natural death to a death by violence?"

"No, I don't mean that exactly," he answered. "I am too familiar with cold steel and lead to be afraid of either. Do you know anything about odyllic force, doctor?"

"No, I do not," I replied, glancing sharply at him to see if there were any signs of his delirium returning. His expression was intelligent, however, and the feverish flush had faded from his cheeks.

–Ah, ustedes los hombres de ciencia occidentales se encuentran muy atrasados en algunas cosas –comentó–. En todo lo que es material y propicio para la comodidad del cuerpo ustedes son preeminentes, pero en lo que concierne a las sutiles fuerzas de la Naturaleza y los poderes latentes del espíritu humano vuestros mejores hombres están siglos por detrás de los obreros no cualificados más humildes de la India. Incontables generaciones de antepasados comedores de carne de vaca y amantes de la comodidad han dado a nuestros instintos animales el mando sobre los espirituales. El cuerpo, que debería haber sido una mera herramienta para el uso del alma, se ha convertido ahora en una cárcel degradante en la que está confinada. El alma y cuerpo orientales no están tan unidos como lo están los nuestros, y hay mucho menos dolor cuando se separan al morir.

–No parecen obtener mucho beneficio de esta peculiaridad en su organización –comenté con incredulidad.

–Solamente el beneficio del conocimiento superior –contestó el general–. Si fuera a ir a la India, probablemente la primera cosa que encontraría en lo que respecta a la diversión sería un nativo haciendo lo que se llama el truco del mango. Por supuesto usted ha oído o leído acerca de él. El tipo planta una semilla de mango, y hace pases sobre ella hasta que germina y da hojas y fruta- todo en el espacio de media hora. No es realmente un truco –es un poder. Estos hombres saben más que vuestros Tyndalls o Huxleys sobre los procesos de la Naturaleza, y pueden acelerar o retrasar su funcionamiento por medios sutiles de los que no tenemos noción. Estos magos de baja casta- como son llamados- son simples vulgares aficionados, pero los hombres que han pisado el camino más alto son tan superiores a nosotros en conocimiento como nosotros lo somos a los hotentotes o los patagones.

–Habla como si estuviera muy familiarizado con ellos –observé.

"Ah, you Western scientific men are very much behind the day in some things," he remarked. "In all that is material and conducive to the comfort of the body you are pre-eminent, but in what concerns the subtle forces of Nature and the latent powers of the human spirit your best men are centuries behind the humblest coolies of India. Countless generations of beef-eating, comfort loving ancestors have given our animal instincts the command over our spiritual ones. The body, which should have been a mere tool for the use of the soul, has now become a degrading prison in which it is confined. The Oriental soul and body are not so welded together as ours are, and there is far less wrench when they part in death."

"They do not appear to derive much benefit from this peculiarity in their organisation," I remarked incredulously.

"Merely the benefit of superior knowledge," the general answered. "If you were to go to India, probably the very first thing you would see in the way of amusement would be a native doing what is called the mango trick. Of course you have heard or read of it. The fellow plants a mango seed, and makes passes over it until it sprouts and bears leaves and fruit—all in the space of half-an-hour. It is not really a trick—it is a power. These men know more than your Tyndalls or Huxleys do about Nature's processes, and they can accelerate or retard her workings by subtle means of which we have no conception. These low-caste conjurers—as they are called—are mere vulgar dabblers, but the men who have trod the higher path are as far superior to us in knowledge as we are to the Hottentots or Patagonians."

"You speak as if you were well acquainted with them," I remarked.

–Para mi desgracia, lo estoy. He sido puesto en contacto con ellos de una manera en la que confío que ningún otro pobre tipo lo sea nunca. Pero, realmente, en lo que respecta a la fuerza odílica, debería saber algo de ella, porque tiene un gran futuro ante ella en su profesión. Debería leer 'Investigaciones sobre el Magnetismo y la Fuerza Vital`, de Reichcnbach y ´Cartas sobre el Magnetismo Animal` de Gregory. Estas, complementadas por los veintisiete Aforismos de Mesmer, y las obras del Dr. Justinus Kerner, de Weinsberg, ampliarían sus ideas.

No me entusiasmaba particularmente tener un tratamiento de lectura prescrito para mí sobre un asunto relacionado con mi propia profesión, así que no hice comentarios, sino que me levanté para marcharme. Antes de hacerlo le tomé el pulso una vez más, y descubrí que la fiebre le había abandonado por completo de la forma súbita e inexplicable que es característica de estos tipos de enfermedad palúdica.

Volví la cara hacia él para felicitarle por su mejoría, y tendí la mano al mismo tiempo para recoger mis guantes de la mesa, con el resultado de que levanté no sólo mis propias pertenencias, sino también la tela de lino que estaba colocada sobre un objeto en el centro.

Podría no haberme dado cuenta de lo que había hecho si no hubiera visto una mirada enfadada sobre la cara del inválido y no le hubiera oído lanzar una exclamación impaciente. Me giré de inmediato y volví a colocar la tela tan rápidamente que habría sido incapaz de decir que había debajo de ella, más allá de tener una impresión general de que parecía una tarta de boda.

–De acuerdo, doctor –dijo el general de buen humor, percatándose de que el incidente era completamente accidental–. No hay razón por la que no deba verlo – y tendiendo la mano quitó el lino que cubría por segunda vez.

"To my cost, I am," he answered. "I have been brought in contact with them in a way in which I trust no other poor chap ever will be. But, really, as regards odyllic force, you ought to know something of it, for it has a great future before it in your profession. You should read Reichcnbach's 'Researches on Magnetism and Vital Force,' and Gregory's 'Letters on Animal Magnetism.' These, supplemented by the twenty-seven Aphorisms of Mesmer, and the works of Dr. Justinus Kerner, of Weinsberg, would enlarge your ideas."

I did not particularly relish having a course of reading prescribed for me on a subject connected with my own profession, so I made no comment, but rose to take my departure. Before doing so I felt his pulse once more, and found that the fever had entirely left him in the sudden, unaccountable fashion which is peculiar to these malarious types of disease.

I turned my face towards him to congratulate him upon his improvement, and stretched out my hand at the same time to pick my gloves from the table, with the result that I raised not only my own property, but also the linen cloth which was arranged over some object in the centre.

I might not have noticed what I had done had I not seen an angry look upon the invalid's face and heard him utter an impatient exclamation. I at once turned, and replaced the cloth so promptly that I should have been unable to say what was underneath it, beyond having a general impression that it looked like a bride-cake.

"All right, doctor," the general said good-humouredly, perceiving how entirely accidental the incident was. "There is no reason why you should not see it," and stretching out his hand, he pulled away the linen covering for the second time.

Entonces me di cuenta de que lo que había tomado por una tarta de boda era en realidad un modelo admirablemente realizado de una alta cordillera, cuyos picos cubiertos de nieve no eran diferentes de los familiares pináculos y minaretes de azúcar.

–Este es el Himalaya, o por lo menos su rama Surinam –comentó–, mostrando los principales pasos entre la India y Afganistán. Es un modelo excelente. Este terreno tiene un interés especial para mí porque es el escenario de mi primera campaña. Allí está el paso enfrente de Kalabagh y el valle del Tul, donde estuve involucrado durante el verano de 1841 en proteger los convoys y mantener a los afridis en orden. No fue una sinecura, se lo prometo.

–Y esto –dije yo, indicando un punto rojo sangre que había sido marcado sobre un lado del paso que él había señalado–, esto es la escena de alguna lucha en la que estuvo involucrado.

–Sí, tuvimos una escaramuza ahí –contestó, inclinándose hacia delante y mirando la marca roja–. Fuimos atacados por ...

En ese momento cayó sobre su almohada como si le hubieran disparado, mientras llenó su cara la misma mirada de horror que había observado cuando entré por primera vez en la habitación. En el mismo instante llegó, aparentemente del aire inmediatamente sobre sobre su cama, un sonido agudo, resonante, tintineante, que sólo puedo comparar con el ruido hecho por una alarma de bicicleta, aunque se diferenciaba de este en tener un carácter marcadamente vibrante. Nunca, antes o después, he oído ningún sonido que pudiera ser confundido con él.

Miré fijamente alrededor con asombro, preguntándome de dónde podría haber venido, pero sin percibir nada a lo que pudiera ser atribuido.

–Está bien, doctor –dijo el general con una sonrisa cadavérica–. Sólo es mi gong privado. Quizás sea mejor que vaya abajo y escriba mi receta en el comedor.

I then perceived that what I had taken for a bride-cake was really an admirably executed model of a lofty range of mountains, whose snow-clad peaks were not unlike the familiar sugar pinnacles and minarets.

"These are the Himalayas, or at least the Surinam branch of them," he remarked, "showing the principal passes between India and Afghanistan. It is an excellent model. This ground has a special interest for me, because it is the scene of my first campaign. There is the pass opposite Kalabagh and the Thul valley, where I was engaged during the summer of 1841 in protecting the convoys and keeping the Afridis in order. It wasn't a sinecure, I promise you."

"And this "said I, indicating a blood-red spot which had been marked on one side of the pass which he had pointed out", this is the scene of some fight in which you were engaged.

–Yes, we had a skirmish there –he answered, leaning forward and looking at the red mark. "We were attacked by—"

At this moment he fell back upon his pillow as if he had been shot, while the same look of horror came over his face which I had observed when I first entered the room. At the same instant there came, apparently from the air immediately above his bed, a sharp, ringing, tinkling sound, which I can only compare with the noise made by a bicycle alarm, though it differed from this in having a distinctly throbbing character. I have never, before or since, heard any sound which could be confounded with it.

I stared round in astonishment, wondering where it could have come from, but without perceiving anything to which it could be ascribed.

"It's all right, doctor," the general said with a ghastly smile. "It's only my private gong. Perhaps you had better step downstairs and write my prescription in the dining-room."

Evidentemente estaba ansioso por deshacerse de mí, así que me vi obligado a marcharme, aunque gustosamente me habría quedado un poco más, con la esperanza de descubrir algo respecto del origen del sonido misterioso.

Me alejé conduciendo de la casa con la completa determinación de pasar a ver otra vez a mi interesante paciente, e intentar sonsacar más detalles en cuanto a su vida pasada y sus circunstancias presentes. Estaba destinado, sin embargo, a quedar decepcionado, puesto que recibí esa misma tarde una nota del general, adjuntando unos cuantiosos honorarios por mi única visita, e informándome de que mi tratamiento le había hecho tanto bien que se consideraba convaleciente, y no me molestaría para que le viese de nuevo.

Esta fue el último y único mensaje que recibí nunca del inquilino de Cloomber.

Se me ha preguntado frecuentemente por parte de los vecinos y otros que estaban interesados en el asunto si él me dio la impresión de locura. A esto debo responder negativamente sin vacilar. Por el contrario, sus comentarios me daban idea de un hombre que había leído y pensado a fondo.

Observé, sin embargo, durante nuestra única entrevista, que sus reflejos eran débiles, su arco senil bien marcado y sus arterias ateromatosas- señales todas de que su constitución estaba en una condición insatisfactoria, y que se podría esperar una crisis súbita.

He was evidently anxious to get rid of me, so I was forced to take my departure, though I would gladly have stayed a little longer, in the hope of learning something as to the origin of the mysterious sound.

I drove away from the house with the full determination of calling again upon my interesting patient, and endeavouring to elicit some further particulars as to his past life and his present circumstances. I was destined, however, to be disappointed, for I received that very evening a note from the general himself, enclosing a handsome fee for my single visit, and informing me that my treatment had done him so much good that he considered himself to be convalescent, and would not trouble me to see him again.

This was the last and only communication which I ever received from the tenant of Cloomber.

I have been asked frequently by neighbours and others who were interested in the matter whether he gave me the impression of insanity. To this I must unhesitatingly answer in the negative. On the contrary, his remarks gave me the idea of a man who had both read and thought deeply.

I observed, however, during our single interview, that his reflexes were feeble, his arcus senilis well marked, and his arteries atheromatous—all signs that his constitution was in an unsatisfactory condition, and that a sudden crisis might be apprehended.

CAPITULO X.

DE LA CARTA QUE LLEGÓ DEL HALL

Habiendo arrojado esta información aclaratoria sobre mi narración, ahora puedo reanudar la exposición de mis propias experiencias personales. Había relatado éstas, como el lector sin duda recordará, hasta la fecha de la llegada del vagabundo de aspecto salvaje que se llamaba a sí mismo cabo Rufus Smith. Este incidente ocurrió alrededor del comienzo del mes de octubre, y encuentro por una comparación de fechas que la visita del doctor Easterling a Cloomber lo precedió en tres semanas o más.

Durante todo este tiempo estuve muy angustiado, porque no había visto a Gabriel ni a su hermano desde la entrevista en la que el general había descubierto la comunicación que manteníamos entre nosotros. No tenía dudas de que se les había puesto algún tipo de restricción; y el pensamiento de que les habíamos causado problemas era amargo tanto para mi hermana como para mí mismo.

Nuestra ansiedad, sin embargo, fue mitigada considerablemente por la recepción, un par de días después de mi última charla con el general, de una nota de Mordaunt Heatherstone. Nos la trajo un pequeño y harapiento golfillo, el hijo de uno de los pescadores, que nos informó de que le había sido entregada en la puerta de la avenida por una anciana –que, espero, debía de haber sido la cocinera de Cloomber.

"MIS QUERIDOS AMIGOS," decía, "Gabriel y yo nos entristecemos al pensar lo preocupados que debéis de estar al no tener noticias de nosotros ni vernos. El hecho es que estamos obligados a permanecer en la casa. Y esta obligación no es física sino moral.

CHAPTER X

OF THE LETTER WHICH CAME FROM THE HALL

Having thrown this side-light upon my narrative, I can now resume the statement of my own personal experiences. These I had brought down, as the reader will doubtless remember, to the date of the arrival of the savage-looking wanderer who called himself Corporal Rufus Smith. This incident occurred about the beginning of the month of October, and I find upon a comparison of dates that Dr. Easterling's visit to Cloomber preceded it by three weeks or more.

During all this time I was in sore distress of mind, for I had never seen anything either of Gabriel or of her brother since the interview in which the general had discovered the communication which was kept up between us. I had no doubt that some sort of restraint had been placed upon them; and the thought that we had brought trouble on their heads was a bitter one both to my sister and myself.

Our anxiety, however, was considerably mitigated by the receipt, a couple of days after my last talk with the general, of a note from Mordaunt Heatherstone. This was brought us by a little, ragged urchin, the son of one of the fishermen, who informed us that it had been handed to him at the avenue gate by an old woman—who, I expect, must have been the Cloomber cook.

"MY DEAREST FRIENDS," it ran, "Gabriel and I have grieved to think how concerned you must be at having neither heard from nor seen us. The fact is that we are compelled to remain in the house. And this compulsion is not physical but moral.

"Nuestro pobre padre, que está más y más nervioso cada día, nos ha rogado que le prometamos que no saldremos hasta después del cinco de octubre, y para calmar sus miedos le hemos hecho la promesa que deseaba. Por otro lado, nos ha prometido que después del cinco —eso es, en menos de una semana- seríamos tan libres como el aire para ir o venir como nos plazca, así que tenemos algo que esperar con ilusión.

"Gabriel dice que te ha explicado que el viejo siempre es un hombre cambiado después de esta fecha particular, en la que sus miedos alcanzan una crisis. Aparentemente tiene más razón de lo habitual este año para prever que se están gestando problemas para esta desventurada familia, porque nunca le he visto tomar tantas elaboradas precauciones ni parecer tan completamente perturbado. ¿Quién pensaría nunca, al ver su figura doblada y sus manos temblorosas, que es el mismo hombre que solía hace unos pocos años disparar a los tigres a pie entre las junglas del Terai, y solía reírse de los deportistas más asustadizos que buscaban la protección del howdah de su elefante?

"Sabes que tiene la Cruz de la Victoria, que ganó en las calles de Delhi, y sin embargo aquí está temblando de terror y asustándose de cada ruido, en el rincón más pacífico del mundo.¡Oh, que pena, West! Recuerda lo que ya te he dicho- que no es un peligro fantástico ni imaginario, sino uno del que tenemos todas las razones para suponer que es de lo más real. Es, sin embargo, de tal naturaleza que ni puede ser evitado ni puede ser provechosamente expresado en palabras. Si todo va bien, nos verás en Branksome el día seis.

"Con nuestro más afectuoso cariño a vosotros dos, soy siempre, mis queridos amigos, vuestro inseparable
"MORDAUNT."

"Our poor father, who gets more and more nervous every day, has entreated us to promise him that we will not go out until after the fifth of October, and to allay his fears we have given him the desired pledge. On the other hand, he has promised us that after the fifth—that is, in less than a week—we shall be as free as air to come or go as we please, so we have something to look forward to.

"Gabriel says that she has explained to you that the governor is always a changed man after this particular date, on which his fears reach a crisis. He apparently has more reason than usual this year to anticipate that trouble is brewing for this unfortunate family, for I have never known him to take so many elaborate precautions or appear so thoroughly unnerved. Who would ever think, to see his bent form and his shaking hands, that he is the same man who used some few short years ago to shoot tigers on foot among the jungles of the Terai, and would laugh at the more timid sportsmen who sought the protection of their elephant's howdah?

"You know that he has the Victoria Cross, which he won in the streets of Delhi, and yet here he is shivering with terror and starting at every noise, in the most peaceful corner of the world. Oh, the pity of it. West! Remember what I have already told you—that it is no fanciful or imaginary peril, but one which we have every reason to suppose to be most real. It is, however, of such a nature that it can neither be averted nor can it profitably be expressed in words. If all goes well, you will see us at Branksome on the sixth.

"With our fondest love to both of you, I am ever, my dear friends, your attached

"MORDAUNT."

155

Esta carta fue un gran alivio para nosotros puesto que nos permitía saber que el hermano y la hermana no estaban bajo restricción física, pero nuestra impotencia e incapacidad para comprender cuál era el peligro que amenazaba a aquellos a los que habíamos llegado a querer más que a nosotros mismos era poco menos que exasperante.

Cincuenta veces al día nos preguntábamos a nosotros mismos y nos preguntábamos el uno al otro de qué posible parte tenía que esperarse este peligro, pero cuanto más pensábamos en ello más imposible parecía cualquier solución.

En vano aunamos nuestras experiencias y reconstruimos cada palabra que había salido de los labios de cualquier residente en Cloomber que se pudiera suponer que estaba relacionado directa o indirectamente con el asunto.

Por fin, cansados de conjeturas infructuosas, intentamos de buen grado sacar el asunto de nuestros pensamientos, consolándonos con la reflexión de que en unos pocos días más se eliminarían todas las restricciones, y podríamos tener noticias de los propios labios de nuestros amigos.

Aquellos pocos días intermedios, sin embargo, serían, nos temíamos, sombríos y largos. Y así lo habrían sido, si no hubiera sido por un incidente nuevo y de lo más inesperado, que distrajo nuestras mentes de nuestros propios problemas y les dio algo nuevo con lo que entretenerse.

This letter was a great relief to us as letting us know that the brother and sister were under no physical restraint, but our powerlessness and inability even to comprehend what the danger was which threatened those whom we had come to love better than ourselves was little short of maddening.

Fifty times a day we asked ourselves and asked each other from what possible quarter this peril was to be expected, but the more we thought of it the more hopeless did any solution appear.

In vain we combined our experiences and pieced together every word which had fallen from the lips of any inmate of Cloomber which might be supposed to bear directly or indirectly upon the subject.

At last, weary with fruitless speculation, we were fain to try to drive the matter from our thoughts, consoling ourselves with the reflection that in a few more days all restrictions would be removed, and we should be able to learn from our friends' own lips.

Those few intervening days, however, would, we feared, be dreary, long ones. And so they would have been, had it not been for a new and most unexpected incident, which diverted our minds from our own troubles and gave them something fresh with which to occupy themselves.

CAPÍTULO XI

DEL NAUFRAGIO DE LA BARCA "BELINDA"

El tres de octubre había amanecido propiciamente con un sol brillante y un cielo sin nubes. Había habido una ligera brisa por la mañana, y unas pocas coronas pequeñas de vapor iban a la deriva aquí y allí como las plumas dispersas de un pájaro gigantesco, pero, mientras el día iba pasando, el viento disminuyó completamente, y el aire se volvió pesado y estancado.

El sol abrasaba con un grado de calor que era extraordinario a esas alturas de la estación, y una neblina brillante se extendía sobre los páramos de las tierras altas y ocultaba las montañas irlandesas al otro lado del Canal.

El mar ascendió y cayó en una ola larga, pesada y grasienta, barriendo lentamente hacia tierra, y rompiendo sombríamente con un ruido sordo y monótono sobre la orilla bordeada de rocas. Para los inexpertos, todo parecía tranquilo y en calma, pero para aquellos que están acostumbrados a leer las advertencias de la naturaleza había una oscura amenaza en el aire y el cielo y el mar.

Mi hermana y yo salimos a caminar por la tarde, paseando lentamente a lo largo del borde de la lengua de tierra grande y arenosa que se proyecta en el Mar de Irlanda, flanqueando sobre un lado la magnífica Bahía de Luce, y sobre el otro la más oscura ensenada de Kirkmaiden, en las orillas de la cual está situada la propiedad de Branksome.

Hacía demasiado bochorno para ir lejos, así que pronto nos sentamos sobre uno de los montículos arenosos, cubiertos de matas de hierba descoloridas, que se extienden a lo largo de la línea de costa, y que forman los diques de la naturaleza contra las intrusiones del océano.

CHAPTER XI

OF THE CASTING AWAY OF THE BARQUE "BELINDA"

The third of October had broken auspiciously with a bright sun and a cloudless sky. There had in the morning been a slight breeze, and a few little white wreaths of vapour drifted here and there like the scattered feathers of some gigantic bird, but, as the day wore on, such wind as there was fell completely away, and the air became close and stagnant.

The sun blazed down with a degree of heat which was remarkable so late in the season, and a shimmering haze lay upon the upland moors and concealed the Irish mountains on the other side of the Channel.

The sea itself rose and fell in a long, heavy, oily roll, sweeping slowly landward, and breaking sullenly with a dull, monotonous booming upon the rock-girt shore. To the inexperienced all seemed calm and peaceful, but to those who are accustomed to read Nature's warnings there was a dark menace in air and sky and sea.

My sister and I walked out in the afternoon, sauntering slowly along the margin of the great, sandy spit which shoots out into the Irish Sea, flanking upon one side the magnificent Bay of Luce, and on the other the more obscure inlet of Kirkmaiden, on the shores of which the Branksome property is situated.

It was too sultry to go far, so we soon seated ourselves upon one of the sandy hillocks, overgrown with faded grass-tufts, which extend along the coast-line, and which form Nature's dykes against the encroachments of the ocean.

Nuestro descanso fue pronto interrumpido por el crujido de pesadas botas sobre los guijarros, y Jamieson, el viejo marinero veterano a quien ya he tenido ocasión de mencionar, hizo su aparición, con la red plana y circular sobre su espalda que usaba para coger gambas. Vino hacia nosotros en cuanto nos vio, y dijo a su manera tosca y amable que esperaba que no nos tomásemos a mal que nos enviase un plato de gambas para nuestro te en Branksome.

–Siempre hago una buena captura antes de una tormenta –comentó.

–¿Crees que va a haber una tormenta, entonces? –pregunté.

–Caramba, incluso un infante de marina podría ver eso –respondió, metiéndose en el carrillo un gran trozo de tabaco–. Los páramos cerca de Cloomber están blancos a causa de las gaviotas. ¿Para qué crees que vienen hacia la orilla excepto para escapar habiendo sido desplumadas por el viento? Recuerdo bien un día como este en que estaba con Charlie Napier cerca de Cronstadt. El viento casi nos llevó bajo los cañones de la fortaleza, pese a nuestros motores y hélices.

–¿Has sabido alguna vez de un naufragio por aquí?– pregunté.

–Que pregunta, señor, es un lugar famoso por los naufragios. Vaya, en esa misma bahía allí abajo dos de los excelentes barcos del Rey Philip se fueron a pique con toda la tripulación en los días de la guerra con España. Si esa extensión de agua y la bahía de Luce que está a la vuelta de la esquina pudieran contar su propia historia tendrían mucho de qué hablar. Cuando llegue el día del Juicio esa agua estará bullendo por el número de gente que se elevará del fondo.

–Confío en que no habrá naufragios mientras estamos aquí – dijo Esther con gran seriedad.

El anciano sacudió su cabeza entrecana y miró con desconfianza al brumoso horizonte.

Our rest was soon interrupted by the scrunching of heavy boots upon the shingle, and Jamieson, the old man-o'-war's man whom I have already had occasion to mention, made his appearance, with the flat, circular net upon his back which he used for shrimp-catching. He came towards us upon seeing us, and said in his rough, kindly way that he hoped we would not take it amiss if he sent us up a dish of shrimps for our tea at Branksome.

"I aye make a good catch before a storm," he remarked.

"You think there is going to be a storm, then?" I asked.

"Why, even a marine could see that," he answered, sticking a great wedge of tobacco into his cheek. "The moors over near Cloomber are just white wi' gulls and kittiewakes. What d'ye think they come ashore for except to escape having all the feathers blown out o' them? I mind a day like this when I was wi' Charlie Napier off Cronstadt. It well-nigh blew us under the guns of the forts, for all our engines and propellers."

"Have you ever known a wreck in these parts?" I asked.

"Lord love ye, sir, it's a famous place for wrecks. Why, in that very bay down there two o' King Philip's first-rates foundered wi' all hands in the days o' the Spanish war. If that sheet o' water and the Bay o' Luce round the corner could tell their ain tale they'd have a gey lot to speak of. When the Jedgment Day comes round that water will be just bubbling wi' the number o' folks that will be coming up frae the bottom."

"I trust that there will be no wrecks while we are here," said Esther earnestly.

The old man shook his grizzled head and looked distrustfully at the hazy horizon.

–Si sopla del oeste –dijo–, algunos de estos barcos que navegan puede que descubran que no es una broma estar atrapado sin espacio para maniobrar en el Canal del Norte. Allí está esa barca allá fuera- me atrevo a decir que su dueño estaría muy contento de encontrarse seguro en el Clyde.

–Parece estar absolutamente quieta –observé, mirando a la embarcación en cuestión, cuyo casco negro y velas brillantes subían y bajaban con la vibración del latido gigante que tenía debajo–. Quizás, Jamieson, estamos equivocados, y no habrá tormenta después de todo.

El viejo marinero rió entre dientes para sí mismo con un aire de superior conocimiento, y se marchó arrastrando los pies con su red de coger gambas, mientras mi hermana y yo andábamos lentamente de camino a casa a través del aire caliente y estancado.

Subí al estudio de mi padre para ver si el viejo caballero tenía instrucciones en cuanto a la finca, puesto que había estado absorto en una nueva obra sobre literatura oriental, y la gestión práctica de la propiedad en consecuencia me había correspondido exclusivamente a mí.

Lo encontré sentado a su mesa cuadrada de la biblioteca, que estaba tan sobrecargada de libros y papeles que no había nada visible de él desde la puerta excepto un mechón de pelo blanco.

–Mi querido hijo –me dijo mientras entraba–, es una gran pena para mí que no seas más versado en sánscrito. Cuando yo tenía tu edad, podía conversar no sólo en ese noble idioma, sino también en los dialectos tamúlico, lohítico, gangélico, taico, y maláico, que son todos brotes de la rama turaniana.

–Lamento enormemente, señor– respondí–, no haber heredado tus maravillosas aptitudes como políglota.

"If it blows from the west," he said, "some o' these sailing ships may find it no joke to be caught without sea-room in the North Channel. There's that barque out yonder—I daresay her maister would be glad enough to find himsel' safe in the Clyde."

"She seems to be absolutely motionless," I remarked, looking at the vessel in question, whose black hull and gleaming sails rose and fell slowly with the throbbing of the giant pulse beneath her. "Perhaps, Jamieson, we are wrong, and there will be no storm after all."

The old sailor chuckled to himself with an air of superior knowledge, and shuffled away with his shrimp-net, while my sister and I walked slowly homewards through the hot and stagnant air.

I went up to my father's study to see if the old gentleman had any instructions as to the estate, for he had become engrossed in a new work upon Oriental literature, and the practical management of the property had in consequence devolved entirely upon me.

I found him seated at his square library table, which was so heaped with books and papers that nothing of him was visible from the door except a tuft of white hair.

"My dear son," he said to me as I entered, "it is a great grief to me that you are not more conversant with Sanscrit. When I was your age, I could converse not only in that noble language, but also in the Tamulic, Lohitic, Gangelic, Taic, and Malaic dialects, which are all offshoots from the Turanian branch."

"I regret extremely, sir," I answered, "that I have not inherited your wonderful talents as a polyglot."

–Me he asignado una tarea –explicó–, la cual, si pudiera continuarse de generación en generación en nuestra propia familia hasta que estuviera terminada, haría inmortal el nombre de West. Esta es nada menos que publicar una traducción al inglés de los Djarmas budistas, con un prólogo dando una idea de la posición del brahmanismo antes de la venida de Sakyamuni. Con diligencia es posible que yo mismo pudiera ser capaz de terminar parte del prólogo antes de morir.

–Y dime, señor –pregunté–, ¿cuánto tiempo tardaría la obra completa en estar acabada?

–La edición abreviada de la Biblioteca Imperial de Pekín –dijo mi padre restregándose las manos–, consiste en 325 volúmenes de un peso medio de cinco libras. Entonces el prólogo, que debe incluir algún informe del Rig-veda, el Sama-veda, el Yagur-veda, y el Atharva-veda, con los Brahmanas, apenas podría ser terminado en menos de diez volúmenes. Ahora, si asignamos un volumen a cada año, hay todas las posibilidades de que la familia llegue al fin de su tarea alrededor de la fecha de 2250, la duodécima generación acabando la obra, mientras la decimotercera podría ocuparse del índice.

–Y cómo van a vivir nuestros descendientes, señor –pregunté, con una sonrisa–, durante el desarrollo de esta gran tarea.

–Eso es lo peor de ti, Jack –gritó mi padre de mal humor–. No hay nada práctico en ti. En lugar de limitar tu atención al desarrollo de mi noble proyecto, empiezas a plantear todo tipo de absurdas objeciones. Es un mero detalle cómo vivan nuestros descendientes, en tanto se mantengan apegados a los Djarmas. Ahora, quiero que subas a la cabaña de Fergus McDonald a encargarte del techo de paja, y Willie Fullerton ha escrito para decir que su vaca lechera está mala. Podrías llegar de camino y preguntar por ello.

"I have set myself a task," he explained, "which, if it could only be continued from generation to generation in our own family until it was completed, would make the name of West immortal. This is nothing less than to publish an English translation of the Buddhist Djarmas, with a preface giving an idea of the position of Brahminism before the coming of Sakyamuni. With diligence it is possible that I might be able myself to complete part of the preface before I die."

"And pray, sir," I asked, "how long would the whole work be when it was finished?"

"The abridged edition in the Imperial Library of Pekin," said my father, rubbing his hands together, "consists of 325 volumes of an average weight of five pounds. Then the preface, which must embrace some account of the Rig-veda, the Samaveda, the Yagur-veda, and the Atharva-veda, with the Brahmanas, could hardly be completed in less than ten volumes. Now, if we apportion one volume to each year, there is every prospect of the family coming to an end of its task about the date 2250, the twelfth generation completing the work, while the thirteenth might occupy itself upon the index."

"And how are our descendants to live, sir," I asked, with a smile, "during the progress of this great undertaking:'"

"That's the worst of you, Jack," my father cried petulantly. "There is nothing practical about you. Instead of confining your attention to the working out of my noble scheme, you begin raising all sorts of absurd objections. It is a mere matter of detail how our descendants live, so long as they stick to the Djarmas. Now, I want you to go up to the bothy of Fergus McDonald and see about the thatch, and Willie Fullerton has written to say that his milk-cow is bad. You might took in upon your way and ask after it."

Empecé mis recados, pero antes de hacerlo eché un vistazo al barómetro sobre la pared. El mercurio había bajado al fenomenal nivel de veintiocho pulgadas. Claramente el viejo marinero no se había equivocado en su interpretación de las señales de la Naturaleza.

Mientras volvía sobre los páramos por la tarde, el viento soplaba con ráfagas breves y furiosas, y hacia el oeste el horizonte estaba lleno de nubes sombrías que extendían sus largos e irregulares tentáculos hasta el cenit.

Contra su fondo oscuro uno o dos manchas lívidas, de color de azufre se mostraban malignas y amenazantes, mientras la superficie del mar había cambiado del aspecto de mercurio bruñido al de cristal molido. Un sonido bajo y quejumbroso se elevaba del océano como si supiera que se le avecinaban problemas.

A lo lejos en el canal vi una sola embarcación de vapor resollando entusiasta de camino a la Ría de Belfast, y la gran barca que había observado por la mañana todavía a la vista cambiando de dirección, intentando pasar hacia el norte.

A las nueve soplaba una brisa cortante, a las diez había arreciado en un vendaval, y antes de la medianoche la más furiosa tormenta que puedo recordar estaba bramando sobre aquella costa golpeada por el tiempo.

Me senté por algún tiempo en nuestra pequeña sala de estar de paneles de roble escuchando el chillido y aullido de las ráfagas de viento y el ruido de la grava y los guijarros mientras golpeteaban contra la ventana. La lúgubre orquesta de la Naturaleza estaba tocando su pieza tan antigua como el mundo con un compás que se extendía desde el profundo diapasón del atronador arrebato hasta el agudo chillido de los guijarros dispersos y el agudo pitido de los asustados pájaros marinos.

Una vez, muy brevemente, abrí la ventana de celosía, pero una ráfaga de viento y lluvia vino soplando con fuerza, llevando con ella una gran capa de algas marinas, que cayó de golpe sobre la mesa. Todo lo que pude hacer fue cerrarla de nuevo con un empujón de hombro en la cara de la ráfaga.

I started off upon my errands, but before doing so I took a look at the barometer upon the wall. The mercury had sunk to the phenomenal point of twenty-eight inches. Clearly the old sailor had not been wrong in his interpretation of Nature's signs.

As I returned over the moors in the evening, the wind was blowing in short, angry puffs, and the western horizon was heaped with sombre clouds which stretched their long, ragged tentacles right up to the zenith.

Against their dark background one or two livid, sulphur-coloured splotches showed up malignant and menacing, while the surface of the sea had changed from the appearance of burnished quicksilver to that of ground glass. A low, moaning sound rose up from the ocean as if it knew that trouble was in store for it.

Far out in the Channel I saw a single panting, eager steam vessel making ifs way to Belfast Lough, and the large barque which I had observed in the morning still beating about in the offing, endeavouring to pass to the northward.

At nine o'clock a sharp breeze was blowing, at ten it had freshened into a gale, and before midnight the most furious storm was raging which I can remember upon that weather-beaten coast.

I sat for some time in our small, oak-panelled sitting-room listening to the screeching and howling of the blast and to the rattle of the gravel and pebbles as they pattered against the window. Nature's grim orchestra was playing its world-old piece with a compass which ranged from the deep diapason of the thundering surge to the thin shriek of the scattered shingle and the keen piping of frightened sea birds.

Once for an instant I opened the lattice window, but a gust of wind and rain came blustering through, bearing with it a great sheet of seaweed, which flapped down upon the table. It was all I could do to close it again with a thrust of my shoulder in the face of the blast.

Mi hermana y mi padre se habían retirado a sus habitaciones, pero mis pensamientos estaban demasiado ocupados como para dormir, así que continué sentado y fumando junto a las pavesas.

¿Qué estaba pasando ahora en el Hall, me pregunté?¿Qué pensaba Gabriel de la tormenta, y cómo afectaba al anciano que deambulaba por las noches?¿Daba la bienvenida a estas espantosas fuerzas de la Naturaleza como algo que era del mismo tipo de cosas que sus propios pensamientos tumultuosos?

Sólo faltaban dos días para la fecha que me habían asegurado que iba a marcar una crisis en su fortuna. ¿Consideraría él que esta súbita tempestad estaba de alguna manera relacionada con la misteriosa suerte que le amenazaba?

Sopesé todas estas cosas y muchas más mientras estaba sentado junto a las brasas resplandecientes hasta que se extinguieron gradualmente, y el frío aire nocturno me avisó de que era hora de acostarme.

Puede que hubiera dormido un par de horas cuando fui despertado por alguien que tiraba de mi hombro furiosamente. Incorporándome en la cama, vi a la tenue luz que mi padre estaba de pie a medio vestir junto a mi cabecera, y que era su apretón lo que sentí sobre mi camisa de dormir.

—¡Levanta, Jack, levanta! —gritaba con excitación—. Hay un gran barco en la orilla de la bahía, y la pobre gente se va a ahogar. Ven, muchacho, y veamos qué podemos hacer.

El buen anciano parecía estar casi fuera de sí por la excitación y la impaciencia. Salté de mi cama, y estaba vistiéndome a toda prisa con unas pocas ropas, cuando un sonido sordo y estruendoso se hizo oír por encima del aullido del viento y el estruendo de las olas.

—¡Allí está otra vez! —gritó mi padre—. ¡Es su pistola de señales, pobres criaturas! Jamieson y los pescadores están abajo. Ponte tu abrigo impermeable y el sombrero Glengarry¡ ¡Vamos, vamos, cada segundo puede significar una vida humana!

My sister and father had retired to their rooms, but my thoughts were too active for sleep, so I continued to sit and to smoke by the smouldering fire.

What was going on in the Hall now, I wondered? What did Gabriel think of the storm, and how did it affect the old man who wandered about in the night? Did he welcome these dread forces of Nature as being of the same order of things as his own tumultuous thoughts?

It was only two days now from the date which I had been assured was to mark a crisis in his fortunes. Would he regard this sudden tempest as being in any way connected with the mysterious fate which threatened him?

Over all these things and many more I pondered as I sat by the glowing embers until they died gradually out, and the chill night air warned me that it was time to retire.

I may have slept a couple of hours when I was awakened by some one tugging furiously at my shoulder. Sitting up in bed, I saw by the dim light that my father was standing half-clad by my bedside, and that it was his grasp which I felt on my night-shirt.

"Get up, Jack, get up!" he was crying excitedly. "There's a great ship ashore in the bay, and the poor folk will all be drowned. Come down, my boy, and let us see what we can do."

The good old man seemed to be nearly beside himself with excitement and impatience. I sprang from my bed, and was huddling on a few clothes, when a dull, booming sound made itself heard above the howling of the wind and the thunder of the breakers.

"There it is again!" cried my father. "It is their signal gun, poor creatures! Jamieson and the fishermen are below. Put your oil-skin coat on and the Glengarry hat. Come, come, every second may mean a human life!"

Bajamos juntos a toda prisa y nos dirigimos a la playa, acompañados por una docena más o menos de los habitantes de Branksome. El temporal había aumentado en lugar de amainar, y el viento chillaba alrededor de nosotros con un clamor infernal. Era tan grande su fuerza que teníamos que poner los hombros contra él, y abrirnos camino a través de él, mientras la arena y la gravilla aguijoneaban nuestros rostros.

Había justo la luz suficiente para ver las nubes desplazarse rápidamente y el brillo blanco de las olas, pero más allá de eso todo era oscuridad absoluta.

Estábamos de pie hasta los tobillos en los guijarros y algas, protegiéndonos los ojos con las manos y esforzándonos por ver en la negra oscuridad.

Me parecía mientras escuchaba que podía oír altas y aterrorizadas voces humanas suplicando ayuda, pero en medio de la salvaje confusión de la Naturaleza era difícil distinguir un sonido de otro.

De repente, sin embargo, una luz brilló tenuemente en el corazón de la tempestad, y al instante siguiente la playa y el mar y la ancha bahía de aguas agitadas estaban intensamente iluminadas por el salvaje brillo de una señal de luz.

El barco escoraba peligrosamente justo en centro del terrible arrecife Hansel, inclinado en tal ángulo que se podían ver todas las tablas de su cubierta. Reconocí enseguida que era la misma barca de tres mástiles que había observado en el Canal por la mañana, y la bandera inglesa que estaba clavada al revés al serrado resto de su mástil de popa proclamaba su nacionalidad.

We hurried down together and made our way to the beach, accompanied by a dozen or so of the inhabitants of Branksome.

The gale had increased rather than moderated, and the wind screamed all round us with an infernal clamour. So great was its force that we had to put our shoulders against it, and bore our way through it, while the sand and gravel tingled up against our faces.

There was just light enough to make out the scudding clouds and the white gleam of the breakers, but beyond that all was absolute darkness.

We stood ankle deep in the shingle and seaweed, shading our eyes with our hands and peering out into the inky obscurity.

It seemed to me as I listened that I could hear human voices loud in intreaty and terror, but amid the wild turmoil of Nature it was difficult to distinguish one sound from another.

Suddenly, however, a light glimmered in the heart of the tempest, and next instant the beach and sea and wide, tossing bay were brilliantly illuminated by the wild glare of a signal light.

The ship lay on her beam-ends right in the centre of the terrible Hansel reef, hurled over to such an angle that I could see all the planking of her deck. I recognised her at once as being the same three-masted barque which I had observed in the Channel in the morning, and the Union Jack which was nailed upside down to the jagged slump of her mizzen proclaimed her nationality.

Cada palo y cuerda y trozo retorcido de cordaje se distinguía de manera nítida bajo la vívida luz que chisporroteaba y parpadeaba desde la parte más alta del castillo de proa. Más allá del barco condenado, fuera de la gran oscuridad venían las largas y onduladas líneas de las grandes olas, interminables, incansables, con un petulante penacho de espuma aquí y allí sobre sus crestas. Cada una mientras alcanzaba el amplio círculo de luz antinatural parecía cobrar fuerza y volumen y avanzar deprisa más impetuosamente hasta que con un rugido y un estruendo chirriante saltaba sobre su víctima.

Aferrándose a los obenques de barlovento podíamos ver con claridad a diez o una docena de asustados marineros que, cuando la luz reveló nuestra presencia, volvieron sus caras blancas hacia nosotros e hicieron señas con las manos de modo suplicante. A los pobres desgraciados les había vuelto la esperanza con nuestra presencia, aunque estaba claro que sus propios botes o habían sido arrastrados por el oleaje o estaban tan dañados que se habían vuelto inútiles.

Los marineros que se aferraban a las jarcias no eran, sin embargo, los únicos infortunados a bordo. Sobre la quebrada popa estaban de pie tres hombres que parecían ser de una diferente raza y naturaleza que los atemorizados desdichados que imploraban nuestra ayuda.

Inclinados sobre el pasamano de la borda hecho añicos parecían estar conversando juntos tan tranquila y despreocupadamente como si fueran inconscientes del peligro mortal que los rodeaba.

Cuando la señal luminosa parpadeó sobre ellos, pudimos ver desde la orilla que estos inalterables forasteros llevaban puestos fezes rojos, y que sus caras eran de un tipo moreno y de rasgos grandes, lo que revelaba un origen oriental.

Había poco tiempo, sin embargo, para que tomásemos nota de tales detalles. El barco se estaba rompiendo rápidamente, y había que hacer un intento de salvar al pobre y empapado grupo de seres humanos que suplicaban nuestra ayuda.

Every spar and rope and writhing piece of cordage showed up hard and clear under the vivid light which spluttered and flickered from the highest portion of the forecastle. Beyond the doomed ship, out of the great darkness came the long, rolling lines of big waves, never ending, never tiring, with a petulant tuft of foam here and there upon their crests. Each as it reached the broad circle of unnatural light appeared to gather strength and volume and to hurry on more impetuously until with a roar and a jarring crash it sprang upon its victim.

Clinging to the weather shrouds we could distinctly see ten or a dozen frightened seamen who, when the light revealed our presence, turned their white faces towards us and waved their hands imploringly. The poor wretches had evidently taken fresh hope from our presence, though it was clear that their own boats had either been washed away or so damaged as to render them useless.

The sailors who clung to the rigging were not, however, the only unfortunates on board. On the breaking poop there stood three men who appeared to be both of a different race and nature from the cowering wretches who implored our assistance.

Leaning upon the shattered taff-rail they seemed to be conversing together as quietly and unconcernedly as though they were unconscious of the deadly peril which surrounded them.

As the signal light flickered over them, we could see from the shore that these immutable strangers wore red fezes, and that their faces were of a swarthy, large-featured type, which proclaimed an Eastern origin.

There was little time, however, for us to take note of such details. The ship was breaking rapidly, and some effort must be made to save the poor, sodden group of humanity who implored our assistance.

El bote salvavidas más cercano estaba en la Bahía de Luce, a diez largas millas, pero aquí estaba nuestra propia amplia y espaciosa embarcación sobre los guijarros de la playa, y muchos valientes pescadores para formar una tripulación. Seis de nosotros nos abalanzamos sobre los remos, los otros nos empujaron, y nos abrimos paso a través de las aguas revueltas y embravecidas, tambaleándonos y retrocediendo ante las grandes y extensas nubes, pero sin embargo disminuyendo constantemente la distancia entre la barca y nosotros mismos.

Parecía, sin embargo, que nuestros esfuerzos estaban condenados a ser en vano.

Mientras cabalgábamos sobre una ola vi una ola gigante, que sobrepasaba todas las otras, y que venía tras ellas como un pastor siguiendo un rebaño, abalanzarse sobre la embarcación, enroscando su gran arco verde sobre la quebrada cubierta

Con un sonido desgarrador el barco se partió en dos donde la terrible y dentada parte de atrás del arrecife Hansel le serraba la quilla. La parte trasera, con el palo de popa roto y los tres orientales, se hundió hacia atrás en el agua profunda y desapareció, mientras la parte delantera oscilaba inútilmente, manteniendo su precario equilibrio sobre las rocas.

Un lamento de miedo ascendió del naufragio y se repitió desde la playa, pero por una bendición de la Providencia la barca se mantuvo a flote hasta que nos abrimos paso bajo su bauprés y rescatamos a todos los hombres de la tripulación.

No habíamos llegado a la mitad de camino en nuestro regreso, sin embargo, cuando otra gran ola barrió del arrecife el castillo de proa hecho añicos, y, extinguiendo la señal luminosa, ocultó de nuestra vista el salvaje desenlace.

Nuestros amigos de la orilla expresaron en voz alta su felicitación y alabanza, y no se quedaron atrás en dar la bienvenida y confortar a los náufragos. Eran trece en total, un grupo de mortales tan frío e intimidado como nunca se escurrió de los dedos de la Muerte, salvo, ciertamente, su capitán, que era un hombre fuerte y robusto, y no daba importancia al asunto.

The nearest lifeboat was in the Bay of Luce, ten long miles away, but here was our own broad, roomy craft upon the shingle, and plenty of brave fisher lads to form a crew. Six of us sprang to the oars, the others pushed us off, and we fought our way through the swirling, raging waters, staggering and recoiling before the great, sweeping billows, but still steadily decreasing the distance between the barque and ourselves.

It seemed, however, that our efforts were fated to be in vain.

As we mounted upon a surge I saw a giant wave, topping all the others, and coming after them like a driver following a flock, sweep down upon the vessel, curling its great, green arch over the breaking deck.

With a rending, riving sound the ship split in two where the terrible, serrated back of the Hansel reef was sawing into her keel. The after-part, with the broken mizzen and the three Orientals, sank backwards into deep water and vanished, while the fore-half oscillated helplessly about, retaining its precarious balance upon the rocks.

A wail of fear went up from the wreck and was echoed from the beach, but by the blessing of Providence she kept afloat until we made our way under her bowsprit and rescued every man of the crew.

We had not got half-way upon our return, however, when another great wave swept the shattered forecastle off the reef, and, extinguishing the signal light, hid the wild denouement from our view.

Our friends upon the shore were loud in congratulation and praise, nor were they backward in welcoming and comforting the castaways. They were thirteen in all, as cold and cowed a set of mortals as ever slipped through Death's fingers, save, indeed, their captain, who was a hardy, robust man, and who made light of the affair.

Algunos fueron llevados a esta casita de campo y algunos a aquella, pero la mayor parte volvió a Branksome con nosotros, donde les dimos la ropa seca que teníamos en las manos, y les servimos carne de vaca y cerveza junto al fuego de la cocina. El capitán, cuyo nombre era Meadows, comprimió su voluminosa silueta en un traje mío, y bajó al salón, donde él mismo mezcló algo de grog y nos hizo a mi padre y a mí un relato del desastre.

–Si no hubiera sido por usted, señor, y sus valientes compañeros –dijo, sonriéndome–, estaríamos a diez brazas de profundidad en este momento. En cuanto al *Belinda*, era una vieja cuba agujereada y estaba bien asegurada, así que es probable que ni los propietarios ni yo nos rompamos el corazón por él.

–Me temo –dijo mi padre con tristeza–, que nunca veremos de nuevo a tus tres pasajeros. He dejado hombres en la playa por si hubieran sido arrastrados a la orilla, pero me temo que es inútil. Les vi hundirse cuando la embarcación se partió, y ningún hombre podría haber sobrevivido ni por un momento entre esa terrible oleaje.

–¿Quiénes eran? –pregunté–. No puedo creer que fuera posible en unos hombres parecer tan despreocupados al enfrentarse a un peligro tan inminente.

–En cuanto a quién son o eran –respondió el capitán, fumando pensativamente su pipa–, eso no es de ninguna manera fácil de decir. Nuestro último puerto fue Kurrachee, en el norte de la India, y allí les cogimos a bordo como pasajeros para Glasgow. Ram Singh era el nombre del más joven, y es el único con el que he tenido contacto, pero todos parecían ser caballeros tranquilos e inofensivos. Nunca pregunté por sus asuntos, pero consideraría que eran comerciantes parsis de Hyderabad cuya profesión les llevó a Europa. Nunca pude entender por qué la tripulación les temía, y el primer oficial, también, él debería haber tenido más juicio.

–¿Temerlos yo? –exclamé con sorpresa.

Some were taken off to this cottage and some to that, but the greater part came back to Branksome with us, where we gave them such dry clothes as we could lay our hands on, and served them with beef and beer by the kitchen fire. The captain, whose name was Meadows, compressed his bulky form into a suit of my own, and came down to the parlour, where he mixed himself some grog and gave my father and myself an account of the disaster.

"If it hadn't been for you, sir, and your brave fellows," he said, smiling across at me, "we should be ten fathoms deep by this time. As to the *Belinda*, she was a leaky old tub and well insured, so neither the owners nor I are likely to break our hearts over her."

"I am afraid," said my father sadly, "that we shall never see your three passengers again. I have left men upon the beach in case they should be washed up, but I fear it is hopeless. I saw them go down when the vessel split, and no man could have lived for a moment among that terrible surge."

"Who were they?" I asked. "I could not have believed that it was possible for men to appear so unconcerned in the face of such imminent peril."

"As to who they are or were," the captain answered, puffing thoughtfully at his pipe, "that is by no means easy to say. Our last port was Kurrachee, in the north of India, and there we took them aboard as passengers for Glasgow. Ram Singh was the name of the younger, and it is only with him that I have come in contact, but they all appeared to be quiet, inoffensive gentlemen. I never inquired their business, but I should judge that they were Parsee merchants from Hyderabad whose trade took them to Europe. I could never see why the crew should fear them, and the mate, too, he should have had more sense."

"Fear them I!" I ejaculated in surprise.

–Sí, tenían la absurda idea de que eran compañeros de tripulación peligrosos. No tengo dudas de que si fueras a bajar ahora a la cocina te encontrarías con que están todos de acuerdo en que nuestros pasajeros fueron la causa de todo el desastre. Mientras el capitán hablaba se abrió la puerta del salón y el primer oficial de la barca, un marinero alto y de barba roja, entró. Había conseguido un atavío completo de algún pescador de buen corazón, y con su cómodo jersey y botas marineras bien engrasadas parecía un ejemplo muy favorable de un marinero naufragado.

Con unas pocas palabras de reconocimiento agradecido de nuestra hospitalidad, acercó una silla al fuego y calentó sus grandes y bronceadas manos ante la lumbre.

–¿Qué piensa ahora, Capitán Meadows? –preguntó inmediatamente, mirando a su oficial superior– ¿No le advertí cuál sería el resultado de tener a esos negros a bordo del *Belinda*?

El capitán se recostó en su silla y se rió con entusiasmo.

–¿No os lo dije? –gritó, apelando a nosotros– ¿No os lo dije?

–Podría no haber sido un asunto de risa para nosotros – observó el otro con irritación–. He perdido un buen equipo marinero y casi la vida por añadidura.

–¿He de entender que dices –dije yo–, que atribuyes tu mala suerte a tus desafortunados pasajeros?

El primer oficial abrió los ojos ante el adjetivo.

–¿Por qué desafortunados, señor? –preguntó.

–Porque están ahogados con toda seguridad –respondí.

Inhaló por la nariz con incredulidad y siguió calentándose las manos.

"Yes, they had some preposterous idea that they were dangerous shipmates. I have no doubt if you were to go down into the kitchen now you would find that they are all agreed that our passengers were the cause of the whole disaster."

As the captain was speaking the parlour door opened and the mate of the barque, a tall, red-bearded sailor, stepped in. He had obtained a complete rig-out from some kind-hearted fisherman, and looked in his comfortable jersey and well-greased seaboots a very favourable specimen of a shipwrecked mariner.

With a few words of grateful acknowledgment of our hospitality, he drew a chair up to the fire and warmed his great, brown hands before the blaze.

"What d'ye think now, Captain Meadows?" he asked presently, glancing up at his superior officer. "Didn't I warn you what would be the upshot of having those niggers on board the *Belinda*?"

The captain leant back in his chair and laughed heartily.

"Didn't I tell you?" he cried, appealing to us. "Didn't I tell you?"

"It might have been no laughing matter for us," the other remarked petulantly. "I have lost a good sea-kit and nearly my life into the bargain."

"Do I understand you to say," said I, "that you attribute your misfortunes to your ill-fated passengers?"

The mate opened his eyes at the adjective.

"Why ill-fated, sir?" he asked.

"Because they are most certainly drowned," I answered.

He sniffed incredulously and went on warming his hands.

–Los hombres de ese tipo nunca se ahogan –dijo, después de una pausa–. Su padre, el diablo, cuida de ellos. ¿Los visteis de pie en la popa y liando cigarrillos en el momento en que el palo de popa era arrastrado y los botes salvavidas se desfondaban? Eso fue suficiente para mí. No me sorprende que vosotros los campesinos no seáis capaces de asimilarlo, pero el capitán, que ha estado navegando desde que tenía la altura de la bitácora, debería saber ya que un gato y un sacerdote son el peor cargamento que se puede llevar. Si un sacerdote cristiano es malo, supongo que un sacerdote pagano idólatra es cincuenta veces peor. ¡Apoyo la vieja religión, y cualquiera que no esté de acuerdo conmigo puede irse al infierno!

Mi padre y yo no pudimos evitar reírnos ante la forma muy poco ortodoxa del rudo marinero de proclamar su ortodoxia. El primer oficial, sin embargo, evidentemente estaba terriblemente serio, y procedió a exponer su caso, delimitando los distintos puntos con los ásperos y rojos dedos de su mano izquierda.

–Fue en Kurrachee, inmediatamente después de que vinieran cuando te lo advertí –dijo al capitán en tono acusador–. Había tres marineros budistas en mi turno, y ¿qué hicieron cuando estos tipos llegaron a bordo? Vaya, se postraron sobre sus estómagos y restregaron sus narices sobre la cubierta- eso es lo que hicieron. No habrían hecho lo mismo por un almirante de la Marina Real. Ellos saben quien es quien-estos negros lo saben, y me olí la jugarreta en el momento en que los vi sobre sus caras. Les pregunté después en su presencia, capitán, por qué lo habían hecho, y respondieron que los pasajeros eran hombres santos. Usted mismo los oyó.

–Bien, no hay perjuicio en eso, Hawkins –dijo el capitán Meadows.

"Men of that kind are never drowned," he said, after a pause. "Their father, the devil, looks after them. Did you see them standing on the poop and rolling cigarettes at the time when the mizzen was carried away and the quarter-boats stove? That was enough for me. I'm not surprised at you landsmen not being able to take it in, but the captain here, who's been sailing since he was the height of the binnacle, ought to know by this time that a cat and a priest are the worst cargo you can carry. If a Christian priest is bad, I guess an idolatrous pagan one is fifty times worse. I stand by the old religion, and be d—d to it!"

My father and I could not help laughing at the rough sailor's very unorthodox way of proclaiming his orthodoxy. The mate, however, was evidently in deadly earnest, and proceeded to state his case, marking off the different points upon the rough, red fingers of his left hand.

"It was at Kurrachee, directly after they come that I warned ye," he said reproachfully to the captain. "There was three Buddhist Lascars in my watch, and what did they do when them chaps come aboard? Why, they down on their stomachs and rubbed their noses on the deck—that's what they did. They wouldn't ha' done as much for an admiral of the R'yal Navy. They know who's who—these niggers do; and I smelt mischief the moment I saw them on their faces. I asked them afterwards in your presence, Captain, why they had done it, and they answered that the passengers were holy men. You heard 'em yourself."

"Well, there's no harm in that, Hawkins," said Captain Meadows.

–No lo sé –dijo el primer oficial sin convicción–. El cristiano más santo es el que está más cerca de Dios, pero el negro más santo es, en mi opinión, el que está más cerca del diablo. Después usted mismo vio, capitán Meadows, cómo siguieron durante el viaje, leyendo libros que estaban escritos en madera en vez de papel, y no acostándose en toda la noche para parlotear juntos en el alcázar. ¿Para qué querían tener una carta de navegación propia y señalar el rumbo de la embarcación cada día?

–No lo hicieron –dijo el capitán.

–Si que lo hicieron, y si no te lo dije antes fue porque siempre estabas preparado para reírte de lo que yo decía sobre ellos. Tenían instrumentos propios- cuándo los usaban no puedo decirlo- pero cada día al mediodía calculaban la latitud y longitud, y marcaban la posición de la embarcación en una carta de navegación que estaba clavada en la mesa de su camarote. Les vi en ello, y también el sobrecargo desde su despensa.

–Bien, no veo qué demuestras con eso –observó el capitán–, aunque admito que es una cosa extraña.

–Te diré otra cosa extraña –dijo el primer oficial de forma impactante– ¿Conoces el nombre de esta bahía en la que hemos naufragado?

–He averiguado de nuestros amables amigos de aquí que estamos en la costa de Wigtownshire –contestó el capitán–, pero no he oído el nombre de la bahía.

El primer oficial se inclinó hacia delante con cara seria.

–Es la Bahía de Kirkmaiden –dijo.

Si esperaba asombrar al capitán Meadows ciertamente tuvo éxito, puesto que ese caballero se quedó completamente sin palabras durante un minuto o más.

–Esto es realmente maravilloso –dijo, después de un rato, volviéndose a nosotros–. Estos pasajeros nuestros nos interrogaron en el viaje en cuanto a la existencia de una bahía de ese nombre. Hawkins, aquí presente, y yo negamos todo conocimiento de una, porque en la carta de navegación está incluida en la Bahía de Luce. Que finalmente apareciésemos en ella y fuéramos destrozados es una coincidencia extraordinaria.

"I don't know that," the mate said doubtfully. "The holiest Christian is the one that's nearest God, but the holiest nigger is, in my opinion, the one that's nearest the devil. Then you saw yourself, Captain Meadows, how they went on during the voyage, reading books that was writ on wood instead o' paper, and sitting up right through the night to jabber together on the quarter-deck. What did they want to have a chart of their own for and to mark the course of the vessel every day?"

"They didn't," said the captain.

"Indeed they did, and if I did not tell you sooner it was because you were always ready to laugh at what I said about them. They had instruments o' their own—when they used them I can't say—but every day at noon they worked out the latitude and longitude, and marked out the vessel's position on a chart that was pinned on their cabin table. I saw them at it, and so did the steward from his pantry."

"Well, I don't see what you prove from that," the captain remarked, "though I confess it is a strange thing."

"I'll tell you another strange thing," said the mate impressively. "Do you know the name of this bay in which we are cast away?"

"I have learnt from our kind friends here that we are upon the Wigtownshire coast," the captain answered, "but I have not heard the name of the bay."

The mate leant forward with a grave face.

"It is the Bay of Kirkmaiden," he said.

If he expected to astonish Captain Meadows he certainly succeeded, for that gentleman was fairly bereft of speech for a minute or more.

"This is really marvellous," he said, after a time, turning to us. "These passengers of ours cross-questioned us early in the voyage as to the existence of a bay of that name. Hawkins here and I denied all knowledge of one, for on the chart it is included in the Bay of Luce. That we should eventually be blown into it and destroyed is an extraordinary coincidence."

–Demasiado extraordinaria para ser una coincidencia –gruñó el primer oficial–. Les vi durante la apacible mañana de ayer, señalando la tierra sobre nuestro cuadrante de estribor. Sabían lo bastante bien que ese era el puerto al que se dirigían.

–¿Qué piensas de ello, entonces, Hawkins? –preguntó el capitán, con cara preocupada– ¿Cuál es tu propia teoría sobre el asunto?

–Vaya, en mi opinión –respondió el primer oficial–, estos tres marineros no tienen más dificultad en crear un vendaval que la que yo tendría en tragar este grog de aquí. Tenían sus propias razones para venir a esta olvidada de Dios -salvando vuestra presencia, señores- esta bahía olvidada de Dios, y tomaron un atajo hacia ella organizando ser arrastrados por el viento hacia la orilla allí. Esa es mi idea del asunto, aunque lo que tres sacerdotes budistas pudieran encontrar para hacer en la Bahía de Kirkmaiden sobrepasa totalmente mi comprensión.

Mi padre levantó las cejas para indicar la duda que su hospitalidad le prohibía expresar con palabras.

–Creo, caballeros –dijo–, que ambos estáis muy necesitados de descanso después de vuestras peligrosas aventuras. Si me seguís os llevaré a vuestras habitaciones.

Les condujo con una ceremonia pasada de moda al mejor cuarto de invitados del terrateniente, y después, volviendo conmigo al salón, propuso que bajásemos juntos a la playa a averiguar si había ocurrido algo nuevo.

La primera luz pálida del alba acababa de aparecer en el este cuando nos abrimos paso por segunda vez a la escena del naufragio. El vendaval se había extinguido, pero el mar estaba todavía muy alto, y todo en el interior de las olas era una hirviente y brillante línea de espuma, como si el fiero y viejo océano estuviera rechinando sus blancos colmillos a las víctimas que habían escapado de sus abrazos.

"Too extraordinary to be a coincidence," growled the mate. "I saw them during the calm yesterday morning, pointing to the land over our starboard quarter. They knew well enough that that was the port they were making for."

"What do you make of it all, then, Hawkins?" asked the captain, with a troubled face. "What is your own theory on the matter?"

"Why, in my opinion," the mate answered, "them three swabs have no more difficulty in raising a gale o' wind than I should have in swallowing this here grog. They had reasons o' their own for coming to this God-forsaken—saving your presence, sirs—this God-forsaken bay, and they took a short cut to it by arranging to be blown ashore there. That's my idea o' the matter, though what three Buddhist priests could find to do in the Bay of Kirkmaiden is clean past my comprehension."

My father raised his eyebrows to indicate the doubt which his hospitality forbade him from putting into words.

"I think, gentlemen," he said, "that you are both sorely in need of rest after your perilous adventures. If you will follow me I shall lead you to your rooms."

He conducted them with old-fashioned ceremony to the laird's best spare bedroom, and then, returning to me in the parlour, proposed that we should go down together to the beach and learn whether anything fresh had occurred.

The first pale light of dawn was just appearing in the east when we made our way for the second time to the scene of the shipwreck. The gale had blown itself out, but the sea was still very high, and all inside the breakers was a seething, gleaming line of foam, as though the fierce old ocean were gnashing its white fangs at the victims who had escaped from its clutches.

A lo largo de la playa pescadores y granjeros trabajaban duro levantando palos y barriles tan rápido como eran lanzados hacia la orilla. Ninguno de ellos había visto cadáveres, sin embargo, y nos explicaron que sólo las cosas que podían flotar tenían alguna posibilidad de llegar a la orilla, porque la corriente submarina era tan fuerte que cualquier cosa que estuviera bajo la superficie debía ser indefectiblemente barrida hacia el mar.

En cuanto a la posibilidad de que los desafortunados pasajeros hubieran sido capaces de alcanzar la orilla, estos hombres prácticos ni siquiera lo consideraron, y nos explicaron concluyentemente que si no se habían ahogado debían de haber sido hechos añicos sobre las rocas.

–Hicimos todo lo que se podía hacer –dijo mi padre con tristeza, mientras volvíamos a casa–. Me temo que al pobre primer oficial le ha afectado la cordura lo repentino del desastre. ¿Oíste lo que dijo sobre sacerdotes budistas creando un vendaval?

–Sí, le oí –dije yo–. Fue muy penoso escucharle –dijo mi padre–. Me pregunto si pondría objeciones a que le pusiera un pequeña gasa de mostaza bajo cada uno de sus oídos. Aliviaría cualquier congestión del cerebro. O quizás sería mejor despertarlo y darle dos píldoras antibiliosas. ¿Qué piensas, Jack?

–Creo –dije con un bostezo–, que harías mejor en dejarle dormir, e irte tú mismo a dormir. Puedes curarle por la mañana si lo necesita.

Diciendo esto me fui a mi habitación con paso inseguro, y arrojándome sobre el sofá pronto estuve en un duermevela sin sueños.

All along the beach fishermen and crofters were hard at work hauling up spars and barrels as fast as they were tossed ashore. None of them had seen any bodies, however, and they explained to us that only such things as could float had any chance of coming ashore, for the undercurrent was so strong that whatever was beneath the surface must infallibly be swept out to sea.

As to the possibility of the unfortunate passengers having been able to reach the shore, these practical men would not hear of it for a moment, and showed us conclusively that if they had not been drowned they must have been dashed to pieces upon the rocks.

"We did all that could be done," my father said sadly, as we returned home. "I am afraid that the poor mate has had his reason affected by the suddenness of the disaster. Did you hear what he said about Buddhist priests raising a gale?"

"Yes, I heard him," said I. "It was very painful to listen to him," said my father. "I wonder if he would object to my putting a small mustard plaster under each of his ears. It would relieve any congestion of the brain. Or perhaps it would be best to wake him up and give him two antibilious pills. What do you think, Jack?"

"I think," said I, with a yawn, "that you had best let him sleep, and go to sleep yourself. You can physic him in the morning if he needs it."

So saying I stumbled off to my bedroom, and throwing myself upon the couch was soon in a dreamless slumber.

CAPÍTULO XII

DE LOS TRES EXTRANJEROS SOBRE LA COSTA

D ebían de ser las once o las doce antes de que me despertase, y me pareció en la avalancha de luz dorada que entraba a raudales en mi habitación que los salvajes y tumultuosos episodios de la noche anterior debían de haber formado parte de algún sueño fantástico.

Era difícil de creer que la suave brisa que susurraba tan suavemente entre las hojas de hiedra alrededor de mi ventana estaba provocada por el mismo elemento que había sacudido la misma casa unas pocas horas antes. Era como si la Naturaleza se hubiera arrepentido de su momentánea pasión y se esforzara en hacer las paces con un mundo herido con su calor y la luz del sol. Un coro de pájaros en el jardín de abajo llenaba todo el aire con su esplendor y felicitaciones.

Abajo en el vestíbulo encontré un grupo de los marineros naufragados, con mejor aspecto por su noche de reposo, que iniciaron un murmullo de complacencia y gratitud al verme.

Se habían hecho los arreglos para conducirlos a Wigtown, de donde se iban a dirigir a Glasgow en el tren de la tarde, y mi padre había dado órdenes de que a cada uno se le sirviera un paquete de sándwiches y huevos duros para alimentarse en el camino.

El capitán Meadows nos dio las gracias calurosamente en nombre de sus patrones por la forma en que les habíamos tratado, y pidió tres hurras a su tripulación, que fueron hechos con mucho entusiasmo. Él y el primer oficial bajaron con nosotros después de que hubiéramos roto nuestro ayuno para echar un último vistazo a la escena del desastre.

CHAPTER XII

OF THE THREE FOREIGN MEN UPON THE COAST

It must have been eleven or twelve o'clock before I awoke, and it seemed to me in the flood of golden light which streamed into my chamber that the wild, tumultuous episodes of the night before must have formed part of some fantastic dream.

It was hard to believe that the gentle breeze which whispered so softly among the ivy-leaves around my window was caused by the same element which had shaken the very house a few short hours before. It was as if Nature had repented of her momentary passion and was endeavouring to make amends to an injured world by its warmth and its sunshine. A chorus of birds in the garden below filled the whole air with their wonder and congratulations.

Down in the hall I found a number of the shipwrecked sailors, looking all the better for their night's repose, who set up a buzz of pleasure and gratitude upon seeing me.

Arrangements had been made to drive them to Wigtown, whence they were to proceed to Glasgow by the evening train, and my father had given orders that each should be served with a packet of sandwiches and hard-boiled eggs to sustain him on the way.

Captain Meadows thanked us warmly in the name of his employers for the manner in which we had treated them, and he called for three cheers from his crew, which were very heartily given. He and the mate walked down with us after we had broken our fast to have a last look at the scene of the disaster.

El gran corazón de la bahía aún estaba agitándose convulsivamente, y sus olas rompían en sollozos sobre las rocas, pero no había nada de aquella salvaje confusión que habíamos visto por la mañana temprano. Las largas y esmeraldas cimas, con sus pequeñas y blancas crestas de espuma, rodaban lenta y majestuosamente, para romper con un ritmo regular- el jadeo de un monstruo cansado.

A un cable de distancia de la orilla podíamos ver el palo mayor de la barca flotando sobre las olas, desapareciendo en ocasiones en la depresión del mar, y después subiendo con fuerza hacia el Cielo como una jabalina gigante, brillando y goteando mientras las olas la zarandeaban. Otros restos más pequeños salpicaban las aguas, mientras innumerables palos y cajas cubrían las arenas. Estos estaban siendo arrastrados y recogidos en un lugar seguro por grupos de campesinos. Me di cuenta de que una pareja de gaviotas de amplias alas estaban planeando y volando a ras de la escena del naufragio, como si fueran visibles para ellas muchas cosas extrañas bajo las olas. En ocasiones podíamos oír sus estridentes voces cuando gritaban lo que veían la una a la otra.

–Era una vieja embarcación agujereada –dijo el capitán, mirando con tristeza al mar–, pero siempre hay un sentimiento de dolor cuando vemos lo que queda de un barco en el que hemos navegado. Bien, bien, se habría hecho pedazos en cualquier caso, y hubiera sido vendida para leña.

–Parece una escena pacífica –comenté– ¿Quién imaginaría que tres hombres perdieron la vida anoche en estas mismas aguas?

–Pobres tipos –dijo el capitán, con sentimiento–. Si sus cuerpos apareciesen después de nuestra partida, estoy seguro, señor West, que los enterrará decentemente.

Estaba a punto de contestar algo cuando el primer oficial estalló en una carcajada, dándose una palmada en el muslo y partiéndose de risa.

The great bosom of the bay was still heaving convulsively, and its waves were breaking into sobs against the rocks, but there was none of that wild turmoil which we had seen in the early morning. The long, emerald ridges, with their little, white crests of foam, rolled slowly and majestically in, to break with a regular rhythm—the panting of a tired monster.

A cable length from the shore we could see the mainmast of the barque floating upon the waves, disappearing at times in the trough of the sea, and then shooting up towards Heaven like a giant javelin, shining and dripping as the rollers tossed it about. Other smaller pieces of wreckage dotted the waters, while innumerable spars and packages were littered over the sands. These were being drawn up and collected in a place of safety by gangs of peasants. I noticed that a couple of broad-winged gulls were hovering and skimming over the scene of the shipwreck, as though many strange things were visible to them beneath the waves. At times we could hear their raucous voices as they cried to one another of what they saw.

"She was a leaky old craft," said the captain, looking sadly out to sea, "but there's always a feeling of sorrow when we see the last of a ship we have sailed in. Well, well, she would have been broken up in any case, and sold for firewood."

"It looks a peaceful scene," I remarked. "Who would imagine that three men lost their lives last night in those very waters?"

"Poor fellows," said the captain, with feeling, "Should they be cast up after our departure, I am sure, Mr. West, that you will have them decently interred."

I was about to make some reply when the mate burst into a loud guffaw, slapping his thigh and choking with merriment.

–Si quieres enterrarlos –dijo–, será mejor que estés atento, o puede que se fuguen del país. ¿Recuerdas lo que dije anoche? Simplemente mira a lo alto de ese montículo de allí, y dime si tenía o no razón.

Había una alta duna de arena a poca distancia a lo largo de la costa, y sobre la cima de ésta estaba de pie la figura que había atraído la atención del primer oficial. El capitán levantó las manos con asombro mientras sus ojos se detenían sobre ella.

–Dios mío –gritó–, ¡es el mismísimo Ram Singh!¡Alcancémoslo!

Poniendo pies en polvorosa rápidamente en su excitación, corrió por la playa, seguido por el primer oficial y por mí mismo, además de uno o dos de los pescadores que habían observado la presencia del extraño.

Este último, percibiendo nuestro acercamiento, bajó de su puesto de observación y anduvo tranquilamente en nuestra dirección, con la cabeza hundida sobre el pecho, como quien está absorto en sus pensamientos.

No podía evitar comparar nuestro apresurado y tumultuoso avance con la seriedad y dignidad de este solitario oriental, ni se arregló el asunto cuando levantó un par de inalterables y amables ojos oscuros e inclinó la cabeza en un saludo elegante y suave. Me parecía que éramos como una panda de colegiales en presencia de un maestro.

La amplia y serena frente del extraño, su clara y escrutadora mirada, su firme pero delicada boca, y expresión pulcra y resuelta, todo se mezclaba para formar la presencia más impresionante y noble que yo había conocido nunca. No podía haber imaginado que tanta calma imperturbable y al mismo tiempo tanta consciencia de fuerza latente pudieran haber sido expresados por ninguna cara humana.

Estaba vestido con un abrigo marrón de pana, pantalones oscuros y amplios, con una camisa que estaba cortada abajo en el cuello, de modo que mostraba el cuello musculoso y marrón, y aún llevaba el fez rojo que yo había visto la noche anterior.

"If you want to bury them," he said, "you had best look sharp, or they may clear out of the country. You remember what I said last night? Just look at the top of that 'ere hillock, and tell me whether I was in the right or not?"

There was a high sand dune some little distance along the coast, and upon the summit of this the figure was standing which had attracted the mate's attention. The captain threw up his hands in astonishment as his eyes rested upon it.

"By the eternal," he shouted, "it's Ram Singh himself! Let us overhaul him!"

Taking to his heels in his excitement he raced along the beach, followed by the mate and myself, as well as by one or two of the fishermen who had observed the presence of the stranger.

The latter, perceiving our approach, came down from his post of observation and walked quietly in our direction, with his head sunk upon his breast, like one who is absorbed in thought.

I could not help contrasting our hurried and tumultuous advance with the gravity and dignity of this lonely Oriental, nor was the matter mended when he raised a pair of steady, thoughtful dark eyes and inclined his head in a graceful, sweeping salutation. It seemed to me that we were like a pack of schoolboys in the presence of a master.

The stranger's broad, unruffled brow, his clear, searching gaze, firm-set yet sensitive mouth, and clean-cut, resolute expression, all combined to form the most imposing and noble presence which I had ever known. I could not have imagined that such imperturbable calm and at the same time such a consciousness of latent strength could have been expressed by any human face.

He was dressed in a brown velveteen coat, loose, dark trousers, with a shirt that was cut low in the collar, so as to show the muscular, brown neck, and he still wore the red fez which I had noticed the night before.

Observé con un sentimiento de sorpresa, mientras nos acercábamos a él, que ninguna de estas prendas mostraba el más ligero indicio del duro trato y humedecimiento que debían de haber recibido durante la sumersión y lucha hacia la orilla de su portador.

–Así que no habéis sufrido ningún daño por culpa de vuestra inmersión – dijo con voz musical y agradable, mirando del capitán al primer oficial–. Espero que vuestros pobres marineros hayan encontrado un alojamiento agradable.

–Todos estamos a salvo –respondió el capitán–. Pero os habíamos dado por perdidos- a ti y a tus dos amigos. De hecho, precisamente estaba haciendo planes para tu entierro con el señor West aquí presente.

El extraño me miró y sonrió.

–No le daremos al señor West esa molestia aún durante algo de tiempo – comentó–; mis amigos y yo llegamos a la orilla a salvo, y hemos encontrado refugio en una cabaña a un milla más o menos a lo largo de la costa. Es un lugar solitario allí abajo, pero tenemos todo lo que podemos desear.

–Partimos hacia Glasgow esta tarde –dijo el capitán–; me alegraré mucho si venís con nosotros. Si no habéis estado antes en Inglaterra puede que encontréis incómodo viajar solos.

–Te estamos muy agradecidos por tu consideración –respondió Ram Singh; pero no aprovecharemos tu amable ofrecimiento. Puesto que la Naturaleza nos ha conducido aquí tenemos la intención de echar un vistazo a nuestro alrededor antes de irnos.

–Como quieras –dijo el capitán encogiéndose de hombros–. No creo que sea probable que encuentres muchas cosas que te interesen en este agujero.

–Muy posiblemente no –respondió Ram Singh con una sonrisa divertida–. Recuerda los versos de Milton:

La mente es su propio lugar, y en él
Puede hacer un infierno del Cielo, un cielo del Infierno.

I observed with a feeling of surprise, as we approached him, that none of these garments showed the slightest indication of the rough treatment and wetting which they must have received during their wearer's submersion and struggle to the shore.

"So you are none the worse for your ducking," he said in a pleasant, musical voice, looking from the captain to the mate. "I hope that your poor sailors have found pleasant quarters."

"We are all safe," the captain answered. "But we had given you up for lost—you and your two friends. Indeed, I was just making arrangements for your burial with Mr. West here."

The stranger looked at me and smiled.

"We won't give Mr. West that trouble for a little time yet," he remarked; "my friends and I came ashore all safe, and we have found shelter in a hut a mile or so along the coast. It is lonely down there, but we have everything which we can desire."

"We start for Glasgow this afternoon," said the captain; "I shall be very glad if you will come with us. If you have not been in England before you may find it awkward travelling alone."

"We are very much indebted to you for your thoughtfulness," Ram Singh answered; "but we will not take advantage of your kind offer. Since Nature has driven us here we intend to have a look about us before we leave."

"As you like," the captain said, shrugging his shoulders. "I don't think you are likely to find very much to interest you in this hole of a place."

"Very possibly not," Ram Singh answered with an amused smile. "You remember Milton's lines:

'The mind is its own place, and in itself
Can make a hell of Heaven, a heaven of Hell.'

–Me atrevería a decir que podemos pasar unos días aquí lo bastante cómodamente. Es más, creo que debes de estar equivocado en considerar que esta es una localidad bárbara. Estoy muy confundido si el padre de este joven caballero no es el señor James Hunter West, cuyo nombre es conocido y honrado por los gurús de la India.

–Mi padre es, en efecto, un erudito buen conocedor del sánscrito – contesté con asombro.

–La presencia de tal hombre –observó lentamente el extraño–, convierte la tierra salvaje en ciudad. Una gran mente es sin duda un indicio más alto de civilización que incalculables leguas de ladrillos y mortero.

–Tu padre apenas es tan profundo como Sir William Jones, o tan universal como el Baron Von Hammer-Purgstall, pero combina las virtudes de cada uno. Puedes decirle, sin embargo, de mi parte que está equivocado en la analogía que ha trazado entre las raíces de las palabras samoyedas y tamúlicas.

–Si has decidido honrar nuestro vecindario con una corta estancia –dije yo–, ofenderás mucho a mi padre si no te alojas con él. Él representa al terrateniente aquí, y es privilegio del terrateniente, de acuerdo a nuestra costumbre escocesa, recibir a los forasteros de reputación que visitan esta parroquia.

Mi sentido de la hospitalidad me movía a ofrecer esta invitación, aunque podía sentir al primer oficial dándome tirones en las mangas, como para advertirme de que la oferta era, por alguna razón, objetable. Sus temores eran, sin embargo, innecesarios, porque el forastero indicó con una sacudida de la cabeza que era imposible para él aceptarla.

I dare say we can spend a few days here comfortably enough. Indeed, I think you must be wrong in considering this to be a barbarous locality. I am much mistaken if this young gentleman's father is not Mr. James Hunter West, whose name is known and honoured by the pundits of India."

"My father is, indeed, a well-known Sanscrit scholar," I answered in astonishment.

"The presence of such a man," observed the stranger slowly, "changes a wilderness into a city. One great mind is surely a higher indication of civilisation than are incalculable leagues of bricks and mortar.

"Your father is hardly so profound as Sir William Jones, or so universal as the Baron Von Hammer-Purgstall, but he combines many of the virtues of each. You may tell him, however, from me that he is mistaken in the analogy which he has traced between the Samoyede and Tamulic word roots."

"If you have determined to honour our neighbourhood by a short stay," said I, "you will offend my father very much if you do not put up with him. He represents the laird here, and it is the laird's privilege, according to our Scottish custom, to entertain all strangers of repute who visit this parish."

My sense of hospitality prompted me to deliver this invitation, though I could feel the mate twitching at my sleeves as if to warn me that the offer was, for some reason, an objectionable one. His fears were, however, unnecessary, for the stranger signified by a shake of the head that it was impossible for him to accept it.

–Mis amigos y yo te estamos muy agradecidos –dijo–, pero tenemos nuestras propias razones para permanecer donde estamos. La cabaña que ocupamos está abandonada y parcialmente en ruinas, pero nosotros los orientales nos hemos entrenado a nosotros mismos para prescindir de la mayoría de esas cosas que son consideradas como necesarias en Europa, creyendo firmemente en ese sabio axioma de que un hombre es rico, no en proporción a lo que tiene, sino en proporción a lo que puede prescindir. Un buen pescador nos suministra pan y hierbas, tenemos paja limpia y seca para nuestros sofás; ¿qué más podría desear un hombre?

–Pero debéis de sentir el frío por la noche, viniendo directamente de los trópicos –observó el capitán–. Quizás nuestros cuerpos tienen frío a veces –contestó–. No lo hemos notado. Los tres hemos pasado muchos años en el Alto Himalaya en la frontera de la región de nieve eterna, así que no somos muy sensibles a inconvenientes de ese tipo.

–Por lo menos –dije yo– debéis permitirme que os mande pescado y carne de nuestra despensa.

–No somos cristianos –contestó–, sino budistas de la escuela más alta. No reconocemos que el hombre tenga un derecho moral a matar un buey o un pez para el mero uso de su cuerpo. Él no ha puesto la vida en ellos y sin duda no tiene un mandato del Todopoderoso para tomar su vida salvo bajo la necesidad más apremiante. No podríamos, por lo tanto, usar tu regalo si fueras a enviarlo.

–Pero, señor –protesté–, si en este clima variable e inhóspito rechazáis toda comida nutritiva vuestra vitalidad os fallará -moriréis.

–Moriremos entonces –respondió, con una sonrisa divertida–. Y ahora, capitán Meadows, debo despedirme, agradeciéndole su amabilidad durante el viaje, y a usted, también, adiós- mandará un barco propio antes de que acabe el año. Confío, señor West, en que pueda verle de nuevo antes de abandonar esta parte del país. Adiós.

"My friends and I are very much obliged to you," he said, "but we have our own reasons for remaining where we are. The hut which we occupy is deserted and partly ruined, but we Easterns have trained ourselves to do without most of those things which are looked upon as necessaries in Europe, believing firmly in that wise axiom that a man is rich, not in proportion to what he has, but in proportion to what he can dispense with. A good fisherman supplies us with bread and with herbs, we have clean, dry straw for our couches; what could man wish for more?"

"But you must feel the cold at night, coming straight from the tropics," remarked the captain. "Perhaps our bodies are cold sometimes. We have not noticed it. We have all three spent many years in the Upper Himalayas on the border of the region of eternal snow, so we are not very sensitive to inconveniences of the sort."

"At least," said I, "you must allow me to send you over some fish and some meat from our larder."

"We are not Christians," he answered, "but Buddhists of the higher school. We do not recognise that man has a moral right to slay an ox or a fish for the gross use of his body. He has not put life into them, and has assuredly no mandate from the Almighty to take life from them save under most pressing need. We could not, therefore, use your gift if you were to send it."

"But, sir," I remonstrated, "if in this changeable and inhospitable climate you refuse all nourishing food your vitality will fail you—you will die."

"We shall die then," he answered, with an amused smile. "And now, Captain Meadows, I must bid you adieu, thanking you for your kindness during the voyage, and you, too, good-bye—you will command a ship of your own before the year is out. I trust, Mr. West, that I may see you again before I leave this part of the country. Farewell!"

Levantó su fez rojo, inclinó su noble cabeza con la majestuosa elegancia que caracterizaba todas sus acciones, y se marchó dando zancadas en la dirección de la que había venido.

–Permítame felicitarle, señor Hawkins –dijo el capitán al primer oficial mientras andábamos de camino hacia casa–. Vas a mandar tu propio barco este mismo año.

–¡No tendré tanta suerte! – contestó el primer oficial, con una sonrisa satisfecha sobre su rostro color caoba–, sin embargo, no se puede predecir cómo saldrán las cosas. ¿Qué piensa de él, señor West?

–Vaya –dije yo–, estoy muy interesado en él. Que cabeza y porte tan magníficos tiene para ser un hombre joven. Supongo que no puede tener más de treinta años.

–Cuarenta –dijo el primer oficial.

–Sesenta, como muy poco –comentó el capitán Meadows–. Caramba, le he oído hablar con bastante familiaridad de la primera guerra afgana. Él era un hombre entonces, y de eso hace cerca de cuarenta años.

–¡Maravilloso! – exclamé–. Su piel es tan suave y sus ojos tan claros como los míos. Es el sacerdote superior de los tres, sin duda.

–El inferior –dijo el capitán con seguridad–. Por eso es el que habla en nombre de ellos. Sus mentes son demasiado elevadas para descender al mero parloteo mundano.

–Son los restos flotantes más extraños que fueron arrojados nunca sobre esta costa– comenté–. Mi padre estará altamente interesado en ellos.

–Ciertamente, creo que cuanto menos tengas que ver con ellos mejor para ti –dijo el primer oficial–. Si mando mi propio barco prometeré que nunca llevaré ganado de ese tipo a bordo de él. Pero aquí estamos todos a bordo y el ancla levantada, así que debemos despedirnos de ti.

He raised his red fez, inclined his noble head with the stately grace which characterised all his actions, and strode away in the direction from which he had come.

"Let me congratulate you, Mr. Hawkins," said the captain to the mate as we walked homewards. "You are to command your own ship within the year."

"No such luck!" the mate answered, with a pleased smile upon his mahogany face, "still, there's no saying how things may come out. What d'ye think of him, Mr. West?"

"Why," said I, "I am very much interested in him. What a magnificent head and bearing he has for a young man. I suppose he cannot be more than thirty."

"Forty," said the mate.

"Sixty, if he is a day," remarked Captain Meadows. "Why, I have heard him talk quite familiarly of the first Afghan war. He was a man then, and that is close on forty years ago."

"Wonderful!" I ejaculated. "His skin is as smooth and his eyes are as clear as mine are. He is the superior priest of the three, no doubt."

"The inferior," said the captain confidently. "That is why he does all the talking for them. Their minds are too elevated to descend to mere worldly chatter."

"They are the strangest pieces of flotsam and jetsam that were ever thrown upon this coast," I remarked. "My father will be mightily interested in them."

"Indeed, I think the less you have to do with them the better for you," said the mate. "If I do command my own ship I'll promise you that I never carry live stock of that sort on board of her. But here we are all aboard and the anchor tripped, so we must bid you good-bye."

La tartana había acabado de cargar cuando llegamos, y los puestos principales, a cada lado del conductor, habían sido reservados para mis dos acompañantes, que rápidamente saltaron sobre ellos. Con un coro de ovaciones aquellos buenos hombres rodaron carretera abajo, mientras mi padre, Esther, y yo estábamos de pie sobre el césped y agitábamos las manos hacia ellos hasta que desaparecieron detrás de los bosques de Cloomber, en ruta hacia la estación de ferrocarril de Wigtown. Barca y tripulación habían desaparecido ambos de nuestro pequeño mundo, siendo el único vestigio de ellas los montones de restos sobre la playa, que iban a yacer allí hasta la llegada de un agente de Lloyd's.

The wagonette had just finished loading up when we arrived, and the chief places, on either side of the driver, had been reserved for my two companions, who speedily sprang into them. With a chorus of cheers the good fellows whirled away down the road, while my father, Esther, and I stood upon the lawn and waved our hands to them until they disappeared behind the Cloomber woods, *en route* for the Wigtown railway station. Barque and crew had both vanished now from our little world, the only relic of either being the heaps of *debris* upon the beach, which were to lie there until the arrival of an agent from Lloyd's.

CAPÍTULO XIII

EN EL QUE VEO ESO QUE HA SIDO VISTO POR POCOS

En la cena esa tarde mencioné a mi padre el episodio de los tres sacerdotes budistas, y descubrí, como había esperado, que estaba muy interesado por mi relato acerca de ellos.

Sin embargo, cuando supo del alto modo en que Ram Singh había hablado de él, y la distinguida posición que le había asignado entre los filólogos, se entusiasmó tanto que tuvimos que esforzarnos para evitar que saliese en el acto para conocerlo.

Esther y yo estuvimos aliviados y contentos cuando por fin logramos retirar sus botas y conducirlo a su dormitorio, puesto que los emocionantes sucesos de las últimas veinticuatro horas habían sido demasiado para su débil constitución y sus delicados nervios.

Estaba sentado en el porche abierto en el crepúsculo, dando vueltas en mi mente a los inesperados sucesos que habían ocurrido tan rápidamente –la tempestad, el naufragio, el rescate, y el extraño carácter de los náufragos- cuando mi hermana vino silenciosamente hasta mí y puso su mano en la mía.

–¿No crees, Jack – dijo, con su voz suave y baja –que estamos olvidando a nuestros amigos de Cloomber? ¿Toda esta agitación no ha sacado de nuestras cabezas sus temores y su peligro?

–De nuestras cabezas, pero nunca de nuestros corazones –dije yo riendo–. Sin embargo, tienes razón, pequeña, porque nuestra atención ciertamente ha estado desviada de ellos. Acudiré por la mañana a ver si puedo descubrir algo de ellos. Por cierto, mañana es el fatídico 5 de octubre-un día más y todos estarán bien con nosotros.

–O mal –dijo mi hermana con pesimismo.

CHAPTER XIII

IN WHICH I SEE THAT WHICH HAS BEEN SEEN BY FEW

A t dinner that evening I mentioned to my father the episode of the three Buddhist priests, and found, as I had expected, that he was very much interested by my account of them.

When, however, he heard of the high manner in which Ram Singh had spoken of him, and the distinguished position which he had assigned him among philologists, he became so excited that it was all we could do to prevent him from setting off then and there to make his acquaintance.

Esther and I were relieved and glad when we at last succeeded in abstracting his boots and manoeuvring him to his bedroom, for the exciting events of the last twenty-four hours had been too much for his weak frame and delicate nerves.

I was silting at the open porch in the gloaming, turning over in my mind the unexpected events which had occurred so rapidly—the gale, the wreck, the rescue, and the strange character of the castaways—when my sister came quietly over to me and put her hand in mine.

"Don't you think, Jack." she said, in her low, sweet voice, "that we are forgetting our friends over at Cloomber? Hasn't all this excitement driven their fears and their danger out of our heads?"

"Out of our heads, but never out of our hearts," said I, laughing. "However, you are right, little one, for our attention has certainly been distracted from them. I shall walk up in the morning and see if I can see anything of them. By the way, to-morrow is the fateful 5th of October—one more day, and all will be well with us."

"Or ill," said my sister gloomily.

–¡Vaya, que pequeña quejica que estás hecha, vaya que sí! –grité– ¿Qué diablos te sucede?

–Me siento nerviosa y desanimada –respondió, acercándose más a mi lado y temblando–. Siento como si algún gran peligro pendiera sobre las cabezas de aquellos que amamos.¿Por qué desearían estos extraños hombres quedarse en la costa?

–¿Qué, los budistas? –dije jovialmente–. Oh, estos hombres tienen festividades religiosas y ritos religiosos de todo tipo. Tienen alguna muy buena razón para quedarse, puedes estar segura.

–¿No crees –dijo Esther, en un susurro fascinado–, que es muy extraño que estos sacerdotes hayan llegado aquí justo ahora después de haber hecho un largo viaje desde la India? ¿No has deducido de todo lo que has oído que los temores del general están de alguna manera relacionados con la India y los indios?

El comentario me dio qué pensar.

–Vaya, ahora que lo mencionas –respondí–, tengo alguna vaga impresión de que el misterio está relacionado con algún incidente que ocurrió en ese país. Estoy seguro, sin embargo de que tus temores desaparecerían si vieses a Ram Singh. Es la mismísima personificación de la sabiduría y la bondad. Estaba estupefacto ante la idea de que matásemos a una oveja, o incluso un pez para su beneficio- dijo que preferiría morir que tener algo que ver en tomar la vida de un animal.

–Es muy estúpido por mi parte estar tan nerviosa –dijo mi hermana valerosamente–. Pero debes prometerme una cosa, Jack. Subirás a Cloomber por la mañana, y si puedes ver a cualquiera de ellos debes hablarles de estos extraños vecinos nuestros. Ellos son más capaces de juzgar que nosotros si su presencia tiene importancia o no.

–De acuerdo, pequeña –contesté, mientras íbamos dentro–. Has estado sobreexcitada por todos estos hechos disparatados y necesitas una buena noche de descanso para serenarte. Haré lo que sugieres, sin embargo, y nuestros amigos juzgarán por ellos mismos si a estos pobres hombres se les debería decir que se vayan o no.

"Why, what a little croaker you are, to be sure!" I cried. "What in the world is coming over you?"

"I feel nervous and low-spirited," she answered, drawing closer to my side and shivering. "I feel as if some great peril were hanging over the heads of those we love. Why should these strange men wish to stay upon the coast?"

"What, the Buddhists?" I said lightly. "Oh, these fellows have continual feast-days and religious rites of all sorts. They have some very good reason for staying, you may be sure."

"Don't you think," said Esther, in an awe-struck whisper, "that it is very strange that these priests should arrive here all the way from India just at the present moment? Have you not gathered from all you have heard that the general's fears are in some way connected with India and the Indians?"

The remark made me thoughtful.

"Why, now that you mention it," I answered, "I have some vague impression that the mystery is connected with some incident which occurred in that country. I am sure, however, that your fears would vanish if you saw Ram Singh. He is the very personification of wisdom and benevolence. He was shocked at the idea of our killing a sheep, or even a fish for his benefit—said he would rather die than have a hand in taking the life of an animal."

"It is very foolish of me to be so nervous," said my sister bravely. "But you must promise me one thing, Jack. You will go up to Cloomber in the morning, and if you can see any of them you must tell them of these strange neighbours of ours. They are better able to judge than we are whether their presence has any significance or not."

"All right, little one," I answered, as we went indoors. "You have been over-excited by all these wild doings, and you need a sound night's rest to compose you. I'll do what you suggest, however, and our friends shall judge for themselves whether these poor fellows should be sent about their business or not."

Hice la promesa para apaciguar los recelos de mi hermana, pero a la brillante luz del sol de la mañana parecía menos que absurdo imaginar que nuestros pobres náufragos vegetarianos pudieran tener intenciones siniestras, o que su llegada pudiera tener ningún efecto sobre el inquilino de Cloomber.

Estaba ansioso, sin embargo, por ver si podía descubrir algo de los Heatherstone, así que después de desayunar me dirigí hacia el Hall. En su aislamiento era imposible para ellos haberse enterado de nada de los sucesos recientes. Creía, por lo tanto, que incluso si me encontrase al general él apenas podría considerarme como un intruso mientras tuviese tantas noticias que comunicar.

El lugar tenía el mismo aspecto lúgubre y melancólico que siempre lo caracterizaba. Mirando entre las gruesas barras de hierro de la entrada principal no había nada que ver de ninguno de los ocupantes. Uno de los grandes abetos escoceses había sido derribado en la tempestad, y su largo y rojizo tronco yacía en la avenida cubierta de hierba, pero no se había hecho ningún intento por quitarlo.

Todo en de la propiedad tenía el mismo aire de desolación y abandono, con la única excepción de la sólida e impenetrable cerca, que planteaba un obstáculo tan intacto y formidable como siempre al intruso en potencia.

Caminé alrededor de esta barrera hasta nuestro viejo lugar de encuentro sin encontrar ningún desperfecto a través del que poder vislumbrar la casa, porque la cerca había sido reparada con las barras solapadas , para asegurar absoluta privacidad para los de dentro, y para bloquear aquellos agujeros que había usado anteriormente.

Sin embargo, en el viejo lugar, donde yo había tenido la memorable entrevista con el general la ocasión en que me sorprendió con su hija, descubrí que las dos barras flojas habían sido vueltas a sujetar de tal manera que había un hueco de dos pulgadas o más entre ellas.

I made the promise to allay my sister's apprehensions, but in the bright sunlight of morning it appeared less than absurd to imagine that our poor vegetarian castaways could have any sinister intentions, or that their advent could have any effect upon the tenant of Cloomber.

I was anxious, myself, however, to see whether I could see anything of the Heatherstones, so after breakfast I walked up to the Hall. In their seclusion it was impossible for them to have learnt anything of the recent events. I felt, therefore, that even if I should meet the general he could hardly regard me as an intruder while I had so much news to communicate.

The place had the same dreary and melancholy appearance which always characterised it. Looking through between the thick iron bars of the main gateway there was nothing to be seen of any of the occupants. One of the great Scotch firs had been blown down in the gale, and its long, ruddy trunk lay right across the grass-grown avenue; but no attempt had been made to remove it.

Everything about the property had the same air of desolation and neglect, with the solitary exception of the massive and impenetrable fencing, which presented as unbroken and formidable an obstacle as ever to the would-be trespasser.

I walked round this barrier as far as our old trysting-place without finding any flaw through which I could get a glimpse of the house, for the fence had been repaired with each rail overlapping the last, so as to secure absolute privacy for those inside, and to block those peep-holes which I had formerly used.

At the old spot, however, where I had had the memorable interview with the general on the occasion when he surprised me with his daughter, I found that the two loose rails had been refixed in such a manner that there was a gap of two inches or more between them.

A través de este tuve una vista de la casa y de parte del césped delante de ella, y, aunque no podía ver signos de vida afuera ni en ninguna de las ventanas, me acomodé con la intención de quedarme en mi puesto hasta que tuviera una oportunidad de hablar con uno u otro de los inquilinos. Ciertamente, el aspecto frío y muerto de la casa había infundido tanto frío a mi corazón que decidí escalar la cerca a riesgo de incurrir en el disgusto del general en lugar de volver sin noticias de los Heatherstone.

Felizmente no hubo necesidad de este recurso extremo, porque no había estado allí media hora antes de oír el estridente sonido de una cerradura abriéndose, y el mismísimo general salió de la puerta principal.

Para mi sorpresa estaba vestido con un uniforme militar, y no era el uniforme de uso ordinario en el Ejército Británico. El abrigo rojo estaba cortado de manera extraña y manchado por el tiempo. Los pantalones habían sido blancos en un principio, pero ahora se habían desteñido a un amarillo sucio. Con una faja roja a través del pecho y una espada recta colgando de su costado, era el ejemplo vivo de un tipo de otro tiempo –el oficial de la Compañía John de hace cuarenta años.

Le seguía el ex vagabundo, cabo Rufus Smith, ahora bien vestido y próspero, que cojeaba junto a su amo, los dos paseando de un lado a otro del césped absortos en su conversación. Observé que de vez en cuando uno u otro de ellos solía pararse a mirar alrededor furtivamente, como si se protegiesen intensamente contra una sorpresa. Habría preferido hablar sólo con el general, pero ya que no se le podía separar de su acompañante golpeé fuerte en la cerca con mi palo para atraer su atención. Los dos miraron alrededor en un momento, y pude ver por sus gestos que estaban preocupados y alarmados.

Entonces elevé mi palo sobre la barrera para mostrarles de dónde procedía el sonido. Hecho esto el general empezó a andar en mi dirección con el aire de un hombre que se está preparando para un esfuerzo, pero el otro le cogió por la muñeca y trató de disuadirle.

Through this I had a view of the house and of part of the lawn in front of it, and, though I could see no signs of life outside or at any of the windows, I settled down with the intention of sticking to my post until I had a chance of speaking to one or other of the inmates. Indeed, the cold, dead aspect of the house had struck such a chill into my heart that I determined to scale the fence at whatever risk of incurring the general's displeasure rather than return without news of the Heatherstones.

Happily there was no need of this extreme expedient, for I had not been there half-an-hour before I heard the harsh sound of an opening lock, and the general himself emerged from the main door.

To my surprise he was dressed in a military uniform, and that not the uniform in ordinary use in the British Army. The red coat was strangely cut and stained with the weather. The trousers had originally been white, but had now faded to a dirty yellow. With a red sash across his chest and a straight sword hanging from his side, he stood the living example of a bygone type—the John Company's officer of forty years ago.

He was followed by the ex-tramp, Corporal Rufus Smith, now well-clad and prosperous, who limped along beside his master, the two pacing up and down the lawn absorbed in conversation. I observed that from time to time one or other of them would pause and glance furtively all about them, as though guarding keenly against a surprise. I should have preferred communicating with the general alone, but since there was no dissociating him from his companion, I beat loudly on the fencing with my stick to attract their attention. They both faced round in a moment, and I could see from their gestures that they were disturbed and alarmed.

I then elevated my stick above the barrier to show them where the sound proceeded from. At this the general began to walk in my direction with the air of a man who is bracing himself up for an effort, but the other caught him by the wrist and endeavoured to dissuade him.

Sólo cuando grité mi nombre y les aseguré que estaba solo pude convencerles de que se acercaran. Una vez seguro de mi identidad el general corrió ansiosamente hacia mí y me saludó con la mayor cordialidad.

–Esto es verdaderamente amable por tu parte, West –dijo–. Sólo es en momentos como este cuando uno puede juzgar quien es un amigo y quien no. No sería justo pedirte que vengas adentro o que te quedes un rato, pero sin embargo estoy muy contento de verte.

–He estado ansioso por todos vosotros –dije–, porque hace algún tiempo desde que os he visto o he tenido noticias vuestras. ¿Cómo habéis estado?

–Vaya, tan bien como se podía esperar. Pero estaremos mejor mañana –seremos hombres distintos mañana, eh, cabo?

–Sí, señor –dijo el cabo, levantando la mano hasta la frente en un saludo militar–. Estaremos frescos como una rosa mañana.

–El cabo y yo estamos un poco preocupados ahora mismo –explicó el general–, pero no tengo dudas de que todo saldrá bien. Después de todo, no hay nada más alto que la Providencia, y todos estamos en Sus manos.¿Y a ti cómo te ha ido, eh?

–Hemos estado muy ocupados por una cosa –dije yo–. Supongo que no has oído nada del gran naufragio.

–Ni una palabra –respondió el general con apatía.

–Pensé que el ruido del viento evitaría que oyeses las pistolas de señales. Llegó a la orilla en la bahía anteanoche una gran barca de la India.

–¡De la India! –exclamó el general.

–Sí. Su tripulación se salvó, afortunadamente, y todos han sido enviados a Glasgow.

–¡Todos enviados! – gritó el general, con una cara tan pálida como un cadáver.

–Todos excepto tres personajes bastante extraños que aseguran ser sacerdotes budistas. Han decidido permanecer en la costa durante unos pocos días.

It was only when I shouted out my name and assured them that I was alone that I could prevail upon them to approach. Once assured of my identity the general ran eagerly towards me and greeted me with the utmost cordiality.

"This is truly kind of you, West," he said. "It is only at such times as these that one can judge who is a friend and who not. It would not be fair to you to ask you to come inside or to stay any time, but I am none the less very glad to see you."

"I have been anxious about you all," I said, "for it is some little time since I have seen or heard from any of you. How have you all been keeping?"

"Why, as well as could be expected. But we will be better to-morrow—we will be different men to-morrow, eh, Corporal?"

"Yes, sir," said the corporal, raising his hand to his forehead in a military salute. "We'll be right as the bank to-morrow."

"The corporal and I are a little disturbed in our minds just now," the general explained, "but I have no doubt that all will come right. After all, there is nothing higher than Providence, and we are all in His hands. And how have you been, eh?"

"We have been very busy for one thing," said I. "I suppose you have heard nothing of the great shipwreck?"

"Not a word," the general answered listlessly.

"I thought the noise of the wind would prevent you hearing the signal guns. She came ashore in the bay the night before last—a great barque from India."

"From India!" ejaculated the general.

"Yes. Her crew were saved, fortunately, and have all been sent on to Glasgow."

"All sent on!" cried the general, with a face as bloodless as a corpse.

"All except three rather strange characters who claim to be Buddhist priests. They have decided to remain for a few days upon the coast."

Apenas habían salido las palabras de mi boca cuando el general cayó sobre las rodillas con sus largos y delgados brazos extendidos al Cielo.

—¡Hágase tu voluntad! —gritó con voz entrecortada—. ¡Hágase tu voluntad bendita!

Pude ver a través de la grieta que la cara del cabo Rufus Smith había cambiado a un tono amarillo enfermizo, y que se estaba secando el sudor de la frente.

—¡Maldita sea mi suerte! —dijo—. Después de todos estos años, venir cuando tengo un alojamiento cómodo y acogedor.

—No importa, muchacho —dijo el general, poniéndose de pie, y cuadrando los hombros como un hombre que se prepara para un esfuerzo—. Sea lo que sea le haremos frente como deberían los soldados británicos. ¿Recuerdas en Chillianwallah, cuando tuviste que correr desde tus cañones hasta nuestra plaza, y la caballería Sikh vino atronando sobre nuestras bayonetas? No nos acobardamos entonces, y no nos acobardaremos ahora. Me parece que me siento mejor de lo que me he sentido en años. Era la incertidumbre lo que me estaba matando.

—Y el ruido infernal —dijo el cabo—. Bien, vamos todos juntos, eso es un consuelo.

—Adiós, West —dijo el general—. Sé un buen marido para Gabriel, y dale un hogar a mi pobre esposa. No creo que ella te moleste mucho tiempo. ¡Adiós! ¡Que Dios te bendiga!

—Mire, general —dije, rompiendo perentoriamente un trozo de madera para hacer más fácil la comunicación—, este asunto ha estado sucediendo demasiado tiempo. ¿Qué son estas indirectas y alusiones e insinuaciones? Es hora de que hablemos claramente. ¿Qué es lo que temes? ¡Afuera con ello! ¿Tienes miedo a estos hindúes? Si lo tienes, soy capaz, por la autoridad de mi padre, de arrestarles como granujas y vagabundos.

—No, no, eso no resultaría —respondió, sacudiendo la cabeza—. Te enterarás de este desgraciado asunto bastante pronto. Mordaunt sabe dónde hacerse con los papeles que están relacionados con el asunto. Puedes consultarle sobre ello mañana.

The words were hardly out of my mouth when the general dropped upon his knees with his long, thin arms extended to Heaven.

"Thy will be done!" he cried in a cracking voice. "Thy blessed will be done!"

I could see through the crack that Corporal Rufus Smith's face had turned to a sickly yellow shade, and that he was wiping the perspiration from his brow.

"It's like my luck!" he said. "After all these years, to come when I have got a snug billet."

"Never mind, my lad," the general said, rising, and squaring his shoulders like a man who braces himself up for an effort. "Be it what it may we'll face it as British soldiers should. D'ye remember at Chillianwallah, when you had to run from your guns to our square, and the Sikh horse came thundering down on our bayonets? We didn't flinch then, and we won't flinch now. It seems to me that I feel better than I have done for years. It was the uncertainty that was killing me."

"And the infernal jingle-jangle," said the corporal. "Well, we all go together—that's some consolation."

"Good-bye, West," said the general. "Be a good husband to Gabriel, and give my poor wife a home. I don't think she will trouble you long. Good-bye! God bless you!"

"Look here, General," I said, peremptorily breaking off a piece of wood to make communication more easy, "this sort of thing has been going on too long. What are these hints and allusions and innuendoes? It is time we had a little plain speaking. What is it you fear? Out with it! Are you in dread of these Hindoos? If you are, I am able, on my father's authority, to have them arrested as rogues and vagabonds."

"No, no, that would never do," he answered, shaking his head. "You will learn about the wretched business soon enough. Mordaunt knows where to lay his hand upon the papers bearing on the matter. You can consult him about it tomorrow."

–Pero sin duda –grité–, si el peligro es tan inminente algo se puede hacer para evitarlo. Si me dijeses qué temes sabría cómo actuar.

–Mi querido amigo –dijo–, no hay nada que hacer, así que cálmate, y deja que las cosas tomen su curso. Ha sido una insensatez por mi parte refugiarme detrás de simples barreras de madera y piedra. El hecho es que la inactividad era terrible para mí, y pensé que hacer cualquier cosa, aunque inútil, que se pudiera calificar de precaución, era mejor que la resignación pasiva. Mi humilde amigo aquí presente y yo nos hemos puesto en una posición en que, confío, ningún pobre tipo se encontrará nunca otra vez. Sólo podemos encomendarnos a la bondad infalible del Todopoderoso, y confiar en que lo que hemos soportado en este mundo pueda disminuir nuestra expiación en el mundo por venir. Ahora debo dejarte, porque tengo muchos papeles que destruir y mucho que organizar. ¡Adiós!

Empujó la mano a través del agujero que yo había hecho, y sujetó la mía en una solemne despedida, después de lo cual caminó de regreso al Hall con un paso firme y decidido, todavía seguido por el lisiado y siniestro cabo.

Volví caminando a Branksome muy preocupado por esta entrevista, y sumamente desconcertado en cuanto a qué rumbo seguir.

Era evidente ahora que las sospechas de mi hermana eran correctas, y que había una conexión muy íntima entre la presencia de los tres orientales y el misterioso peligro que pendía sobre las torres de Cloomber.

Era difícil para mí asociar los gentiles y refinados modales y palabras sabias del Ram Singh de noble rostro con ningún acto de violencia, pero ahora que pensaba en ello podía ver que una terrible capacidad para la ira yacía detrás de sus peludas cejas y de sus oscuros y penetrantes ojos.

"But surely," I cried, "if the peril is so imminent something may be done to avert it. If you would but tell me what you fear I should know how to act."

"My dear friend," he said, "there is nothing to be done, so calm yourself, and let things take their course. It has been folly on my part to shelter myself behind mere barriers of wood and stone. The fact is, that inaction was terrible to me, and I felt that to do anything, however futile, in the nature of a precaution, was better than passive resignation. My humble friend here and I have placed ourselves in a position in which, I trust, no poor fellow will ever find himself again. We can only recommend ourselves to the unfailing goodness of the Almighty, and trust that what we have endured in this world may lessen our atonement in the world to come. I must leave you now, for I have many papers to destroy and much to arrange. Good-bye!"

He pushed his hand through the hole which I had made, and grasped mine in a solemn farewell, after which he walked back to the Hall with a firm and decided step, still followed by the crippled and sinister corporal.

I walked back to Branksome much disturbed by this interview, and extremely puzzled as to what course I should pursue.

It was evident now that my sister's suspicions were correct, and that there was some very intimate connection between the presence of the three Orientals and the mysterious peril which hung over the towers of Cloomber.

It was difficult for me to associate the noble-faced Ram Singh's gentle, refined manner and words of wisdom with any deed of violence, yet now that I thought of it I could see that a terrible capacity for wrath lay behind his shaggy brows and dark, piercing eyes.

Sentí que de todos los hombres a quienes había conocido, él era al que me preocuparía menos enfrentarme a a su desagrado. ¿Pero cómo podían dos hombres tan distintos como el malhablado viejo cabo de artillería y el distinguido general anglo-indio haberse ganado la mala voluntad de estos extraños náufragos? Y si se tratase de un verdadero peligro físico, por qué no acceder a mi propuesta de tener a los tres hombres bajo custodia- aunque confieso que hubiera sido muy reacio a actuar de una manera tan poco hospitalaria en base a fundamentos tan vagos e imprecisos.

Estas preguntas eran absolutamente incontestables, y sin embargo las solemnes palabras y la terrible gravedad que había visto en las caras de los dos viejos soldados me impedían pensar que sus miedos eran totalmente infundados.

Todo era un misterio-un misterio absolutamente insoluble.

Una cosa al menos estaba clara para mí-y era que en el estado actual de mis conocimientos, y después de la clara prohibición del general, era imposible para mí interferir de ninguna manera. Sólo podía esperar y rezar que, cualquiera que pudiera ser el peligro, pasara sin hacer daño, o por lo menos que mi querida Gabriel y su hermano pudieran ser protegidos contra él.

Estaba bajando por el sendero perdido en mis pensamientos, y había llegado hasta la puerta que se abre sobre el césped de Branksome, cuando me sorprendió oír la voz de mi padre levantada en una conversación de lo más animada y entusiasmada.

El anciano había estado últimamente tan abstraído de los asuntos diarios del mundo, y tan concentrado en sus propios estudios particulares, que era difícil captar su atención en cualquier asunto ordinario y mundano. Curioso por saber qué era lo que le había sacado de su mundo hasta tal punto, abrí la puerta suavemente, y andando silenciosamente alrededor de los arbustos de laurel, le encontré sentado, para mi sorpresa, con alguien que no era otro que el mismo hombre que estaba ocupando mis pensamientos, Ram Singh, el budista.

218

I felt that of all men whom I had ever met he was the one whose displeasure I should least care to face. But how could two men so widely dissociated as the foul-mouthed old corporal of artillery and the distinguished Anglo-Indian general have each earned the ill-will of these strange castaways? And if the danger were a positive physical one, why should he not consent to my proposal to have the three men placed under custody—though I confess it would have gone much against my grain to act in so inhospitable a manner upon such vague and shadowy grounds.

These questions were absolutely unanswerable, and yet the solemn words and the terrible gravity which I had seen in the faces of both the old soldiers forbade me from thinking that their fears were entirely unfounded.

It was all a puzzle—an absolutely insoluble puzzle.

One thing at least was clear to me—and that was that in the present state of my knowledge, and after the general's distinct prohibition, it was impossible for me to interfere in any way. I could only wait and pray that, whatever the danger might be, it might pass over, or at least that my dear Gabriel and her brother might be protected against it.

I was walking down the lane lost in thought, and had got as far as the wicket gate which opens upon the Branksome lawn, when I was surprised to hear my father's voice raised in most animated and excited converse.

The old man had been of late so abstracted from the daily affairs of the world, and so absorbed in his own special studies, that it was difficult to engage his attention upon any ordinary, mundane topic. Curious to know what it was that had drawn him so far out of himself, I opened the gate softly, and walking quietly round the laurel bushes, found him sitting, to my astonishment, with none other than the very man who was occupying my thoughts, Ram Singh, the Buddhist.

Los dos estaban sentados sobre un banco del jardín, y el oriental parecía estar exponiendo alguna proposición importante, verificando cada punto con sus dedos largos, temblorosos y morenos, mientras mi padre, con las manos lanzadas hacia arriba y la cara ladeada, protestaba y discutía en voz alta.

Tan absortos estaban en su polémica, que estuve de pie al alcance de su mano durante un minuto o más antes de que fueran conscientes de mi presencia.

Al observarme el sacerdote se levantó de un salto y me saludó con la misma noble cortesía y elegancia solemne que me había impresionado tanto el día anterior.

–Me prometí ayer a mi mismo –dijo–, el placer de visitar a tu padre. Como ves he mantenido mi palabra. He sido incluso lo bastante osado para cuestionar sus opiniones sobre algunos puntos con respecto a los idiomas sánscrito e hindú, con el resultado de que hemos estado discutiendo durante una hora o más sin que ninguno de nosotros convenciera al otro. Sin aspirar a un conocimiento teórico tan profundo como el que ha hecho el nombre de James Hunter West famoso entre los eruditos orientales, sucede que he prestado considerable atención a este tema, y ciertamente estoy en posición de decir que sé que sus opiniones son poco sólidas. Le aseguro, señor, que hasta el año 700, o incluso después, el sánscrito era el idioma corriente de la gran mayoría de los habitantes de la India.

–Y yo le aseguro, señor, –dijo mi padre amablemente–, que estaba muerto y olvidado en esa fecha, salvo por los eruditos, que lo usaban como vehículo para obras científicas y religiosas- justo como el latín fue usado en la Edad Media tiempo después de que hubiera dejado de ser hablado por ninguna nación europea.

–Si consultas los puranas descubrirás –dijo Ram Singh–, que esta teoría, aunque comúnmente aceptada, es completamente insostenible.

–Y si consultas el Ramayana, y más en particular los libros canónicos sobre disciplina budista –gritó mi padre–, descubrirás que la teoría es irrefutable.

The two were sitting upon a garden bench, and the Oriental appeared to be laying down some weighty proposition, checking every point upon his long, quivering, brown fingers, while my father, with his hands thrown abroad and his face awry, was loud in protestation and in argument.

So absorbed were they in their controversy, that I stood within a hand-touch of them for a minute or more before they became conscious of my presence.

On observing me the priest sprang to his feet and greeted me with the same lofty courtesy and dignified grace which had so impressed me the day before.

"I promised myself yesterday," he said, "the pleasure of calling upon your father. You see I have kept my word. I have even been daring enough to question his views upon some points in connection with the Sanscrit and Hindoo tongues, with the result that we have been arguing for an hour or more without either of us convincing the other. Without pretending to as deep a theoretical knowledge as that which has made the name of James Hunter West a household word among Oriental scholars, I happen to have given considerable attention to this one point, and indeed I am in a position to say that I know his views to be unsound. I assure you, sir, that up to the year 700, or even later, Sanscrit was the ordinary language of the great bulk of the inhabitants of India."

"And I assure you, sir," said my father warmly, "that it was dead and forgotten at that date, save by the learned, who used it as a vehicle for scientific and religious works—just as Latin was used in the Middle Ages long after it had ceased to be spoken by any European nation."

"If you consult the puranas you will find," said Ram Singh, "that this theory, though commonly received, is entirely untenable."

"And if you will consult the Ramayana, and more particularly the canonical books on Buddhist discipline," cried my father, "you will find that the theory is unassailable."

–Pero mira el Kullavagga –dijo nuestro visitante con gran seriedad.

–Y mira el Rey Asoka –gritó mi padre triunfalmente–. Cuando, en el año 300 antes de la era cristiana- antes, eso sí - ordenó que las leyes de Buda fueran grabadas en las rocas,¿qué idioma empleó, eh?¿Era sánscrito? -¡no! ¿Y por qué no era sánscrito? Porque los estratos más bajos de sus súbditos no habrían sido capaces de entender una palabra de él.¡Ja, ja! Esa fue la razón.¿Cómo vas a darles la vuelta a los edictos del rey Asoka, eh?

–Los grabó en los diversos dialectos –respondió Ram Singh–. Pero la energía es una cosa demasiado preciosa para ser malgastada en mera charla de este estilo. El sol has pasado su meridiano, y debo regresar con mis compañeros.

–Siento que no los hayas traído a visitarnos –dijo mi padre cortésmente. Estaba, yo podía verlo, intranquilo por miedo a que en el calor del debate hubiera excedido los límites de la hospitalidad.

–Ellos no se mezclan con el mundo –respondió Ram Singh, levantándose–. Son de un grado más alto que yo, y más sensibles a influencias contaminantes. Están inmersos en una meditación de seis meses sobre el misterio de la tercera encarnación, que ha durado con pocos descansos desde el momento que dejamos el Himalaya. No te veré de nuevo, Mr. Hunter West, y por lo tanto me despido de ti. Tu vejez será feliz, como merece ser, y tus estudios orientales tendrán un efecto duradero sobre los conocimientos y la literatura de tu propio país. ¡Adiós!

–¿Y yo tampoco voy a verte más? –pregunté.

–A menos que camines conmigo por la orilla del mar –contestó–. Pero ya has salido esta mañana, y puede que estés cansado. Pido demasiado de ti.

–No, estaría encantado de ir –respondí de corazón, y salimos juntos, acompañados a poca distancia por mi padre, quien, podía verlo, gustosamente habría reanudado la polémica del sánscrito, si no hubiera estado demasiado limitado de aire para permitirle hablar y andar al mismo tiempo.

"But look at the Kullavagga," said our visitor earnestly.

"And look at King Asoka," shouted my father triumphantly. "When, in the year 300 before the Christian era—before, mind you—he ordered the laws of Buddha to be engraved upon the rocks, what language did he employ, eh? Was it Sanscrit?—no! And why was it not Sanscrit? Because the lower orders of his subjects would not have been able to understand a word of it. Ha, ha! That was the reason. How are you going to get round King Asoka's edicts, eh?"

"Hecarved them in the various dialects," Ram Singh answered. "But energy is too precious a thing to be wasted in mere wind in this style. The sun has passed its meridian, and I must return to my companions."

"I am sorry that you have not brought them to see us," said my father courteously. He was, I could see, uneasy lest in the eagerness of debate he had overstepped the bounds of hospitality.

"They do not mix with the world," Ram Singh answered, rising to his feet. "They are of a higher grade than I, and more sensitive to contaminating influences. They are immersed in a six months' meditation upon the mystery of the third incarnation, which has lasted with few intermissions from the time that we left the Himalayas. I shall not see you again, Mr. Hunter West, and I therefore bid you farewell. Your old age will be a happy one, as it deserves to be, and your Eastern studies will have a lasting effect upon the knowledge and literature of your own country. Farewell!"

"And am I also to see no more of you?" I asked.

"Unless you will walk with me along the sea-shore," he answered. "But you have already been out this morning, and may be tired. I ask too much of you."

"Nay, I should be delighted to come," I responded from my heart, and we set off together, accompanied for some little distance by my father, who would gladly, I could see, have reopened the Sanscrit controversy, had not his stock of breath been too limited to allow of his talking and walking at the same time.

—Es un hombre instruido —comentó Ram Singh, después de que le hubiéramos dejado atrás–, pero, como muchos otros, es intolerante hacia las opiniones que difieren de las suyas propias. Llegará a ser sensato algún día.

No respondí a esta observación, y caminamos fatigosamente en silencio durante algún tiempo, manteniéndonos bien abajo al borde del agua, donde las arenas proporcionaban un buen punto de apoyo.

Las dunas de arena que bordeaban la costa formaban una cadena continua sobre nuestra izquierda, aislándonos por completo de toda observación humana, mientras que a la derecha se extendía el ancho Canal con apenas un velero para romper su plateada uniformidad. El sacerdote budista y yo estábamos absolutamente solos con la Naturaleza.

No podía evitar pensar que si él fuera realmente el hombre peligroso que el primer oficial aparentaba considerarle, o que se podría inferir de las palabras del general Heatherstone, me había colocado completamente en su poder.

Sin embargo era tanta la majestuosa benignidad del aspecto del hombre, y la tranquila serenidad de sus profundos ojos oscuros, que podía darme el lujo en su presencia de permitir que el miedo y la sospecha me sobrepasasen tan suavemente como la brisa que silbaba a nuestro alrededor. Su cara podría ser severa, e incluso terrible, pero yo creía que él nunca podría ser injusto.

Cuando miraba de vez en cuando su noble perfil y el movimiento circular de su barba de color negro azabache, su traje de viaje de tweed de tejido áspero me dejó impresionado con un sentido de la incongruencia casi doloroso, y le volví a vestir en mi imaginación con el magnífico traje oriental de gran amplitud que es el marco correcto y adecuado para tal retrato- el único atuendo que no resta valor de la dignidad y elegancia del que lo lleva.

"He is a learned man," Ram Singh remarked, after we had left him behind, "but, like many another, he is intolerant towards opinions which differ from his own. He will know better some day."

I made no answer to this observation, and we trudged along for a time in silence, keeping well down to the water's edge, where the sands afforded a good foothold.

The sand dunes which lined the coast formed a continuous ridge upon our left, cutting us off entirely from all human observation, while on the right the broad Channel stretched away with hardly a sail to break its silvery uniformity. The Buddhist priest and I were absolutely alone with Nature.

I could not help reflecting that if he were really the dangerous man that the mate affected to consider him, or that might be inferred from the words of General Heatherstone, I had placed myself completely in his power.

Yet such was the majestic benignity of the man's aspect, and the unruffled serenity of his deep, dark eyes, that I could afford in his presence to let fear and suspicion blow past me as lightly as the breeze which whistled round us. His face might be stern, and even terrible, but I felt that he could never be unjust.

As I glanced from time to time at his noble profile and the sweep of his jet-black beard, his rough-spun tweed travelling suit struck me with an almost painful sense of incongruity, and I re-clothed him in my imagination with the grand, sweeping Oriental costume which is the fitting and proper frame for such a picture—the only garb which does not detract from the dignity and grace of the wearer.

El lugar al que me condujo era una pequeña casa de campo de pescadores que había sido abandonada algunos años antes por su inquilino, pero aún seguía en pie sombría y sin muebles, con el techo de paja parcialmente arrastrado por el viento y la ventanas y puertas en triste mal estado. Esta vivienda, que habría espantado al más pobre mendigo escocés, era la que estos hombres singulares habían preferido a la hospitalidad propuesta de la casa del terrateniente. Un pequeño jardín, ahora una masa de zarzas enmarañadas, estaba situado a su alrededor, y a través de éste mi conocido se abrió paso hacia la puerta en ruinas. Miró dentro de la casa y después me hizo señas con la mano para que lo siguiese.

—Ahora tienes una oportunidad —dijo, en voz baja y reverencial—, de ver un espectáculo que pocos europeos han tenido el privilegio de contemplar. Dentro de esa casa encontrarás a dos yoguis —hombres que están a sólo un paso del plano más alto de adeptado. Ambos están envueltos en un trance extático, de otro modo no me atrevería a imponerles tu presencia. Sus cuerpos astrales han partido de ellos, para estar presentes en la festividad de las lámparas en la sagrada Lamasería de Rudok en el Tíbet. Pisa suavemente no sea que estimulando sus funciones corpóreas los retires antes de que sus devociones estén terminadas."

Caminando lentamente y de puntillas, me abrí paso a través del jardín lleno de maleza, y me esforcé por ver a través de la entrada abierta.

No había muebles en el lúgubre interior, ni nada para cubrir el desnivelado suelo salvo una litera de paja fresca en una esquina.

Entre esta paja dos hombres estaban agachados, el uno pequeño y marchito, el otro de huesos grandes y demacrado, con las piernas cruzadas al modo oriental y las cabezas hundidas en el pecho. Ninguno de ellos levantó la vista, ni se fijó lo más mínimo en nuestra presencia.

The place to which he led me was a small fisher cottage which had been deserted some years before by its tenant, but still stood gaunt and bare, with the thatch partly blown away and the windows and doors in sad disrepair. This dwelling, which the poorest Scotch beggar would have shrunk from, was the one which these singular men had preferred to the proffered hospitality of the laird's house. A small garden, now a mass of tangled brambles, stood round it, and through this my acquaintance picked his way to the ruined door. He glanced into the house and then waved his hand for me to follow him.

"You have now an opportunity," he said, in a subdued, reverential voice, "of seeing a spectacle which few Europeans have had the privilege of beholding. Inside that cottage you will find two Yogis—men who are only one remove from the highest plane of adeptship. They are both wrapped in an ecstatic trance, otherwise I should not venture to obtrude your presence upon them. Their astral bodies have departed from them, to be present at the feast of lamps in the holy Lamasery of Rudok in Tibet. Tread lightly lest by stimulating their corporeal functions you recall them before their devotions are completed."

Walking slowly and on tiptoe, I picked my way through the weed-grown garden, and peered through the open doorway.

There was no furniture in the dreary interior, nor anything to cover the uneven floor save a litter of fresh straw in a corner.

Among this straw two men were crouching, the one small and wizened, the other large-boned and gaunt, with their legs crossed in Oriental fashion and their heads sunk upon their breasts. Neither of them looked up, or took the smallest notice of our presence.

Estaban tan quietos y silenciosos que podrían haber sido dos estatuas de bronce excepto por el lento y mesurado ritmo de su respiración. Sus caras, sin embargo, tenían un peculiar color gris ceniciento, muy diferente del saludable bronceado de mi acompañante, y observé, agachando la cabeza, que sólo los blancos de los ojos eran visibles, estando los globos oculares girados hacia arriba bajo los párpados.

Delante de ellos sobre una pequeña alfombra se hallaba una jarra de agua de cerámica y media barra de pan, junto con una hoja de papel inscrita con ciertos caracteres cabalísticos. Ram Singh los miró, y después, haciéndome señas de que me retirara, me siguió al jardín.

–No voy a molestarles hasta las diez en punto –dijo–. Has visto ahora en funcionamiento uno de los más grandes resultados de nuestra filosofía oculta, la separación del espíritu del cuerpo. No sólo están los espíritus de estos hombres santos de pie en el momento actual junto a las orillas del Ganges, sino que esos espíritus están revestidos de una cubierta material tan idéntica a sus cuerpos reales que ninguno de los fieles dudará nunca que Lal Hoomi y Mowdar Khan están realmente entre ellos. Esto se logra por nuestro poder de disolver un objeto en sus átomos químicos, de transportar estos átomos a una velocidad que sobrepasa la de la luz a cualquier lugar determinado, y de allí reconstituirlos y obligarlos a retomar su forma original. Antiguamente, en los tiempos de nuestra ignorancia, era necesario transportar todo el cuerpo de esta manera, pero desde entonces hemos descubierto que era igual de fácil y más conveniente transmitir suficiente material simplemente para desarrollar un caparazón exterior o apariencia. A esto lo hemos llamado el cuerpo astral.

–Pero si podéis transmitir vuestros espíritus tan fácilmente –observé–, ¿por qué deben ser acompañados por algún cuerpo?

–Para comunicarnos con compañeros iniciados podemos emplear sólo nuestros espíritus, pero cuando deseamos entrar en contacto con la humanidad corriente es esencial que aparezcamos en alguna forma que puedan ver y comprender.

They were so still and silent that they might have been two bronze statues but for the slow and measured rhythm of their breathing. Their faces, however, had a peculiar, ashen-grey colour, very different from the healthy brown of my companion's, and I observed, on, stooping my head, that only the whites of their eyes were visible, the balls being turned upwards beneath the lids.

In front of them upon a small mat lay an earthenware pitcher of water and half-a-loaf of bread, together with a sheet of paper inscribed with certain cabalistic characters. Ram Singh glanced at these, and then, motioning to me to withdraw, followed me out into the garden.

"I am not to disturb them until ten o'clock," he said. "You have now seen in operation one of the grandest results of our occult philosophy, the dissociation of spirit from body. Not only are the spirits of these holy men standing at the present moment by the banks of the Ganges, but those spirits are clothed in a material covering so identical with their real bodies that none of the faithful will ever doubt that Lal Hoomi and Mowdar Khan are actually among them. This is accomplished by our power of resolving an object into its 'chemical atoms, of conveying these atoms with a speed which exceeds that of lightning to any given spot, and of there re-precipitating them and compelling them to retake their original form. Of old, in the days of our ignorance, it was necessary to convey the whole body in this way, but we have since found that it was as easy and more convenient to transmit material enough merely to build up an outside shell or semblance. This we have termed the astral body."

"But if you can transmit your spirits so readily," I observed, "why should they be accompanied by any body at all?"

"In communicating with brother initiates we are able to employ our spirits only, but when we wish to come in contact with ordinary mankind it is essential that we should appear in some form which they can see and comprehend."

–Me has interesado profundamente en todo lo que me has dicho –dije, asiendo la mano que Ram Singh me había tendido como señal de que nuestra entrevista había terminado–. Pensaré a menudo en nuestra corta relación.

–Obtendrás mucho beneficio de ella –dijo lentamente, aun sosteniendo mi mano y mirándome a los ojos con gravedad y tristeza–. Debes recordar que lo que sucederá en el futuro no es necesariamente malo porque no coincida con tus ideas preconcebidas de lo correcto. No seas precipitado en tus juicios. Hay ciertas grandes normas que deben ser llevadas a cabo, a cualquier coste para los individuos. Su aplicación puede parecerte que es severa y cruel, pero eso no es nada comparado con el peligroso precedente que se establecería por no hacerlas cumplir. El buey y la oveja están a salvo de nosotros, pero el hombre con la sangre del más alto sobre sus manos no debería vivir y no vivirá.

Levantó los brazos al pronunciar las últimas palabras con un gesto feroz y amenazador, y apartándose de mí, anduvo a zancadas hacia la cabaña en ruinas.

Permanecí de pie mirando fijamente tras él hasta que desapareció a través de la entrada, y después partí hacia casa, dando vueltas en mi mente todo lo que había oído, y más en particular este último estallido del filósofo ocultista.

Lejos a la derecha podía ver la alta y blanca torre de Cloomber resaltando nítida y puntiaguda contra un oscuro banco de nubes que se elevaba tras ella. Pensé en como cualquier viajero que por casualidad pasase por ese camino envidiaría en su corazón al inquilino de ese magnífico edificio, y qué poco adivinarían los extraños terrores, los peligros sin nombre, que estaban reuniéndose alrededor de su cabeza. La negra masa de nubes no era sino la imagen, reflexioné, de la tormenta más oscura y más sombría que estaba a punto de estallar.

–Signifique todo lo que signifique, y suceda como suceda –exclamé–, Dios conceda que el inocente no sea confundido con el culpable.

"You have interested me deeply in all that you have told me," I said, grasping the hand which Ram Singh had held out to me as a sign that our interview was at an end. "I shall often think of our short acquaintance."

"You will derive much benefit from it," he said slowly, still holding my hand and looking gravely and sadly into my eyes. "You must remember that what will happen in the future is not necessarily bad because it does not fall in with your preconceived ideas of right. Be not hasty in your judgments. There are certain great rules which must be carried out, at whatever cost to individuals. Their operation may appear to you to be harsh and cruel, but that is as nothing compared with the dangerous precedent which would be established by not enforcing them. The ox and the sheep are safe from us, but the man with the blood of the highest upon his hands should not and shall not live."

He threw up his arms at the last words with a fierce, threatening gesture, and, turning away from me, strode back to the ruined hut.

I stood gazing after him until he disappeared through the doorway, and then started off for home, revolving in my mind all that I had heard, and more particularly this last outburst of the occult philosopher.

Far on the right I could see the tall, white tower of Cloomber standing out clear-cut and sharp against a dark cloud-bank which rose behind it. I thought how any traveller who chanced to pass that way would envy in his heart the tenant of that magnificent building, and how little they would guess the strange terrors, the nameless dangers, which were gathering about his head. The black cloud-wrack was but the image, I reflected, of the darker, more sombre storm which was about to burst.

"Whatever it all means, and however it happens," I ejaculated, "God grant that the innocent be not confounded with the guilty."

Mi padre, cuando llegué a casa, estaba aún agitado por su erudita disputa con el forastero.

–Confío, Jack –dijo–, en que no le traté demasiado bruscamente. Debería recordar que estoy *in loco magistri,* y ser menos propenso a discutir con mis invitados. Sin embargo, cuando él tomó esta posición de lo más insostenible, no pude abstenerme de atacarle y sacarle de esa postura, lo que ciertamente hice, aunque tú, que eres ignorante de las exquisiteces del asunto, puede que no lo hayas percibido. Observaste, sin embargo, que mi referencia a los edictos del Rey Asoka fue tan concluyente que enseguida se puso de pie y se fue.

–Te mantuviste inamovible –respondí–, pero ¿cuál es tu impresión del hombre ahora que lo has visto?. –Vaya –dijo mi padre–, es uno de esos hombres santos que, bajo los diferentes nombres de Sannasis, Yoguis, Sevras, Qualanders, Hakims, y Cufis han dedicado sus vidas al estudio de los misterios de la fe budista. Es, presumo, un teósofo, o devoto del Dios del conocimiento, el grado más alto del cual es el adepto. Este hombre y sus compañeros no han alcanzado esta alta posición o no podrían haber cruzado el mar sin contaminación. Es probable que todos sean chelas avanzados que esperan con el tiempo lograr el supremo honor del adeptado.

–Pero, padre – interrumpió mi hermana–, esto no explica por qué hombres de tanta santidad y conocimientos elegirían alojarse en las orillas de una desolada bahía escocesa.

–Ah, ahí sí que no sé –respondió mi padre–. Puedo sugerir, sin embargo, que no es asunto de nadie excepto suyo propio, en tanto que mantengan la paz y sean responsables ante la ley del país.

–¿Has oído alguna vez –pregunté–, que estos sacerdotes más elevados de los que hablas tengan poderes que son desconocidos para nosotros?

My father, when I reached home, was still in a ferment over his learned disputation with the stranger.

"I trust, Jack," he said, "that I did not handle him too roughly. I should remember that I am *in loco magistri*, and be less prone to argue with my guests. Yet, when he took up this most untenable position, I could not refrain from attacking him and hurling him out of it, which indeed I did, though you, who are ignorant of the niceties of the question, may have failed to perceive it. You observed, however, that my reference to King Asoka's edicts was so conclusive that he at once rose and took his leave."

"You held your own bravely," I answered, "but what is your impression of the man now that you have seen him?"

"Why," said my father, "he is one of those holy men who, under the various names of Sannasis, Yogis, Sevras, Qualanders, Hakims, and Cufis have devoted their lives to the study of the mysteries of the Buddhist faith. He is, I take it, a theosophist, or worshipper of the God of knowledge, the highest grade of which is the adept. This man and his companions have not attained this high position or they could not have crossed the sea without contamination. It is probable that they are all advanced chelas who hope in time to attain to the supreme honour of adeptship."

"But, father," interrupted my sister, "this does not explain why men of such sanctity and attainments should choose to take up their quarters on the shores of a desolate Scotch bay."

"Ah, there you get beyond me," my father answered. "I may suggest, however, that it is nobody's business but their own, so long as they keep the peace and are amenable to the law of the land."

"Have you ever heard," I asked, "that these higher priests of whom you speak have powers which are unknown to us?"

—Caramba, la literatura oriental está llena de ello. La Biblia es un libro oriental, ¿y no está llena de la crónica de tales poderes de principio a fin? Es incuestionable que en el pasado conocían muchos de los secretos de la Naturaleza que se han perdido para nosotros. No puedo decir, sin embargo, desde mi propio conocimiento que los modernos teósofos realmente poseen los poderes que ellos afirman.

—¿Son una clase de gente vengativa? —pregunté—. ¿Hay alguna crimen entre ellos que sólo puede ser expiado con la muerte?

—No que yo sepa —respondió mi padre, levantando sus blancas cejas con sorpresa—. Pareces estar de un humor inquisitivo esta tarde-¿cuál es el objeto de todas estas preguntas?¿Nuestros vecinos orientales han despertado tu curiosidad o desconfianza de alguna manera?

Eludí la pregunta lo mejor que pude, puesto que estaba poco dispuesto a dejar que el anciano supiera lo que tenía en mente. Ningún buen propósito podría venir de su esclarecimiento, su edad y su salud requerían descanso en lugar de ansiedad, y ciertamente, con la mejor voluntad del mundo habría encontrado difícil explicar a otro lo que era tan oscuro para mí mismo. Por todas esas razones creía que lo mejor era que se mantuviera a oscuras.

Nunca en toda mi experiencia había conocido un día que pasase tan lentamente como lo hizo ese memorable 5 de octubre. Intenté de cada manera posible pasar las tediosas horas, y sin embargo parecía como si nunca llegase la oscuridad.

Intenté leer, intenté escribir, paseé por el césped, caminé hasta el final del sendero, puse moscas nuevas en mis anzuelos, empecé a catalogar la biblioteca de mi padre-intenté atenuar de una docena de maneras la incertidumbre que se estaba volviendo insoportable. Mi hermana, podía verlo, estaba sufriendo de la misma agitación febril.

Una y otra vez nuestro buen padre nos reconvenía a su apacible modo por nuestro comportamiento errático y la continua interrupción de su trabajo que se originaba a causa de él.

"Why, Eastern literature is full of it. The Bible is an Eastern book, and is it not full of the record of such powers from cover to cover? It is unquestionable that they have in the past known many of Nature's secrets which are lost to us. I cannot say, however, from my own knowledge that the modern theosophists really possess the powers that they claim."

"Are they a vindictive class of people?" I asked. "Is there any offence among them which can only be expiated by death?"

"Not that I know of," my father answered, raising his white eyebrows in surprise. "You appear to be in an inquisitive humour this afternoon—what is the object of all these questions? Have our Eastern neighbours aroused your curiosity or suspicion in any way?"

I parried the question as best I might, for I was unwilling to let the old man know what was in my mind. No good purpose could come from his enlightenment; his age and his health demanded rest rather than anxiety; and indeed, with the best will in the world I should have found it difficult to explain to another what was so very obscure to myself. For every reason I felt that it was best that he should be kept in the dark.

Never in all my experience had I known a day pass so slowly as did that eventful 5th of October. In every possible manner I endeavoured to while away the tedious hours, and yet it seemed as if darkness would never arrive.

I tried to read, I tried to write, I paced about the lawn, I walked to the end of the lane, I put new flies upon my fishing-hooks, I began to index my father's library—in a dozen ways I endeavoured to relieve the suspense which was becoming intolerable. My sister, I could see, was suffering from the same feverish restlessness.

Again and again our good father remonstrated with us in his mild way for our erratic behaviour and the continual interruption of his work which arose from it.

Por fin, sin embargo, se trajo el te, y se tomó el te, se corrieron las cortinas, se encendieron las lámparas, y después de otro interminable intervalo se leyeron las oraciones y se dejó ir a los criados a sus habitaciones. Mi padre mezcló y tragó su tazón de ponche nocturno, y después se marchó arrastrando los pies a su habitación, dejándonos a nosotros dos en el salón con los nervios estremecidos y nuestras mentes llenas de las más vagas y sin embargo terribles aprensiones.

At last, however, the tea was brought, and the tea was taken, the curtains were drawn, the lamps lit, and after another interminable interval the prayers were read and the servants dismissed to their rooms. My father compounded and swallowed his nightly jorum of toddy, and then shuffled off to his room, leaving the two of us in the parlour with our nerves in a tingle and our minds full of the most vague and yet terrible apprehensions.

CAPÍTULO XIV

DEL VISITANTE QUE BAJÓ CORRIENDO LA CARRETERA POR LA NOCHE

E ran las diez y cuarto según el reloj del salón cuando mi padre se fue a su habitación, y nos dejó juntos a Esther y a mí. Oímos sus lentos pasos desvaneciéndose en la chirriante escalera, hasta que un lejano portazo anunció que había llegado a su santuario.

La sencilla lámpara de aceite sobre la mesa arrojaba una luz extraña y vacilante a través de la vieja habitación, parpadeando sobre los paneles de roble tallados, y proyectando extrañas y fantásticas sombras desde los muebles de altos reposabrazos y respaldo recto. La cara blanca y ansiosa de mi hermana resaltaba en la oscuridad con una sorprendente exactitud de perfil parecida a uno de los retratos de Rembrandt.

Nos sentamos enfrente el uno del otro en cada lado de la mesa sin que ningún sonido rompiera el silencio salvo el acompasado tictac del reloj y el canto intermitente de un grillo bajo la chimenea.

Había algo impresionante en la absoluta quietud. El silbido de un campesino atrasado en la alta carretera fue un alivio para nosotros, y forzamos nuestros oídos para captar la última de sus notas mientras caminaba lentamente con paso seguro de camino a casa.

Al principio habíamos hecho algún fingimiento- ella de tejer y yo de leer- pero pronto abandonamos el inútil engaño, y nos sentamos inquietamente esperando, sobresaltándonos y mirándonos el uno al otro con ojos inquisitivos cada vez que el haz de leña crepitaba en el fuego o una rata correteaba detrás del revestimiento de la pared. Había una pesada sensación eléctrica en el aire, que nos ahogaba con un presagio de desastre.

CHAPTER XIV

OF THE VISITOR WHO RAN DOWN THE
ROAD IN THE NIGHT-TIME

It was a quarter past ten o'clock by the parlour timepiece when my father went off to his room, and left Esther and myself together. We heard his slow steps dying away up the creaking staircase, until the distant slamming of a door announced that he had reached his sanctum.

The simple oil lamp upon the table threw a weird, uncertain light over the old room, flickering upon the carved oak panelling, and casting strange, fantastic shadows from the highelbowed, straight-backed furniture. My sister's white, anxious face stood out in the obscurity with a startling exactness of profile like one of Rembrandt's portraits.

We sat opposite to each other on either side of the table with no sound breaking the silence save the measured ticking of the clock and the intermittent chirping of a cricket beneath the grate.

There was something awe-inspiring in the absolute stillness. The whistling of a belated peasant upon the high road was a relief to us, and we strained our ears to catch the last of his notes as he plodded steadily homewards.

At first we had made some pretence—she of knitting and I of reading—but we soon abandoned the useless deception, and sat uneasily waiting, starting and glancing at each other with questioning eyes whenever the faggot crackled in the fire or a rat scampered behind the wainscot. There was a heavy electrical feeling in the air, which weighed us down with a foreboding of disaster.

Me puse de pie y abrí de golpe la puerta del vestíbulo para dejar entrar la brisa fresca de la noche. Nubes irregulares se extendían por el cielo, y la luna se entreveía a veces entre sus flecos que pasaban veloces, bañando todo el paisaje en su frío y blanco resplandor. Desde donde yo estaba en la puerta podía ver el borde del bosque de Cloomber, aunque la casa en sí sólo era visible desde el suelo en pendiente a poca distancia a lo lejos. A sugerencia de mi hermana caminamos juntos, ella con su chal sobre la cabeza, hasta la cima de esta elevación, y miramos en la dirección del Hall.

No había iluminación de las ventanas esa noche. Desde el tejado hasta el sótano no centelleaba ni una luz en ninguna parte del gran edificio. Su enorme masa se cernía oscura y tétrica entre los árboles que la rodeaban, pareciendo más un sarcófago gigante que una vivienda humana.

Para nuestros alterados nervios había algo terrorífico en su mera mole y su silencio. Estuvimos de pie durante un poco de tiempo tratándola de ver a través de la oscuridad, y después regresamos al salón otra vez, donde nos sentamos esperando-esperando, no sabíamos qué, y sin embargo con absoluta convicción que alguna terrible experiencia estaba por llegar.

Eran las doce o cerca cuando mi hermana de repente se levantó de un salto y levantó los dedos para llamar la atención.

–¿No oyes nada? –preguntó.

Forcé el oído, pero sin éxito.

–Ven a la puerta –gritó, con voz temblorosa– ¿Ahora puedes oír algo?–

En el profundo silencio de la noche oí con claridad un sonido leve, susurrante y estrepitoso, aparentemente continuo, pero muy débil y bajo.

–¿Qué es? –pregunté, en voz baja.

I rose and flung the hall door open to admit the fresh breeze of the night. Ragged clouds swept across the sky, and the moon peeped out at times between their hurrying fringes, bathing the whole countryside in its cold, white radiance. From where I stood in the doorway I could see the edge of the Cloomber wood, though the house itself was only visible from the rising ground some little distance off. At my sister's suggestion we walked together, she with her shawl over her head, as far as the summit of this elevation, and looked out in the direction of the Hall.

There was no illumination of the windows tonight. From roof to basement not a light twinkled in any part of the great building. Its huge mass loomed up dark and sullen amid the trees which surrounded it, looking more like some giant sarcophagus than a human habitation.

To our overwrought nerves there was something of terror in its mere bulk and its silence. We stood for some little time peering at it through the darkness, and then we made our way back to the parlour again, where we sat waiting—waiting, we knew not for what, and yet with absolute conviction that some terrible experience was in store for us.

It was twelve o'clock or thereabout when my sister suddenly sprang to her feet and held up her fingers to bespeak attention.

"Do you hear nothing?" she asked.

I strained my ears, but without success.

"Come to the door," she cried, with a trembling voice. "Now can you hear anything?"

In the deep silence of the night I distinctly heard a dull, murmuring, clattering sound, continuous apparently, but very faint and low.

"What is it?" I asked, in a subdued voice.

–Es el sonido de un hombre corriendo hacia nosotros– respondió, y entonces, abandonando de repente la última muestra de autodominio, cayó de rodillas junto a la mesa y empezó a rezar en voz alta con esa enloquecida seriedad que puede producir el miedo intenso y abrumador, rompiendo cada tanto en lloriqueos medio histéricos.

Podía distinguir el sonido ahora lo bastante claramente para saber que su rápida percepción femenina no la había engañado, y que en efecto era causado por un hombre corriendo.

Siguió viniendo, y siguió bajando la alta carretera, sus pisadas resonando más claro y más intenso a cada momento. Debía de ser un mensajero urgente, puesto que ni se paraba ni disminuía su paso.

El rápido y nítido traqueteo cambió de repente a un leve y amortiguado murmullo. Él había alcanzado el punto en donde recientemente se había puesto arena por cien yardas más o menos. En un momento, sin embargo, volvía a estar sobre suelo duro otra vez y sus pies voladores se acercaban cada vez más.

Debe de estar, reflexioné, a la altura del principio del sendero ahora. ¿Continuaría su camino? ¿O giraría hacia Branksome?

El pensamiento apenas había cruzado mi mente cuando oí por la diferencia del sonido que el corredor había girado la esquina, y que su objetivo era más allá de toda duda la casa del terrateniente.

Precipitándome a la puerta del césped, la alcancé justo cuando nuestro visitante la abría a toda velocidad y caía en mis brazos. Pude ver a la luz de la luna que no era otro que Mordaunt Heatherstone.

–¿Qué ha sucedido? –grité– ¿Qué pasa, Mordaunt?

–¡Mi padre! –jadeó–¡mi padre!

Había perdido el sombrero, tenía los ojos dilatados por el terror, y su cara estaba tan pálida como la de un cadáver. Podía sentir que las manos que sujetaban mis brazos estaban temblando y sacudiéndose de emoción.

"It's the sound of a man running towards us," she answered, and then, suddenly dropping the last semblance of self-command, she tell upon her knees beside the table and began praying aloud with that frenzied earnestness which intense, overpowering fear can produce, breaking off now and again into half-hysterical whimperings.

I could distinguish the sound clearly enough now to know that her quick, feminine perception had not deceived her, and that it was indeed caused by a running man.

On he came, and on down the high road, his footfalls ringing out clearer and sharper every moment. An urgent messenger he must be, for he neither paused nor slackened his pace.

The quick, crisp rattle was changed suddenly to a dull, muffled murmur. He had reached the point where sand had been recently laid down for a hundred yards or so. In a few moments, however, he was back on hard ground again and his flying feet came nearer and ever nearer.

He must, I reflected, be abreast of the head of the lane now. Would he hold on? Or would he turn down to Branksome?

The thought had hardly crossed my mind when I heard by the difference of the sound that the runner had turned the corner, and that his goal was beyond all question the laird's house.

Rushing down to the gate of the lawn, I reached it just as our visitor dashed it open and fell into my arms. I could see in the moonlight that it was none other than Mordaunt Heatherstone.

"What has happened?" I cried. "What is amiss, Mordaunt?"

"My father!" he gasped—"my father!"

His hat was gone, his eyes dilated with terror, and his face as bloodless as that of a corpse. I could feel that the hands which clasped my arms were quivering and shaking with emotion.

–Estás exhausto –dije, guiándolo al salón–. Date un momento de descanso antes de hablar con nosotros. Cálmate, hombre, estás con tu mejores amigos.

Le puse en el viejo sofá de pelo de caballo, mientras Esther, cuyos miedos habían volado al viento ahora que había que hacer algo práctico, arrojó brandy en un vaso y se lo trajo. El estimulante tuvo un efecto maravilloso sobre él, porque el color empezó a regresar a sus pálidas mejillas y la luz del reconocimiento a sus ojos.

Se incorporó y tomó la mano de Esther en las suyas, como un hombre que está despertando de un mal sueño y desea asegurarse de que está realmente a salvo.

–¿Tu padre? –pregunté– ¿Qué hay de él?

–Se ha marchado.

–¡Marchado!

–Si; se ha marchado; y también el cabo Rufus Smith. Nunca pondremos los ojos de nuevo sobre ellos.

–¿Pero a dónde se han ido? – grité–. Esto es indigno de ti, Mordaunt. ¿Qué derecho tenemos a sentarnos aquí, permitiendo que nuestros sentimientos íntimos nos abrumen, mientras haya un posibilidad de socorrer a tu padre? ¡Arriba, hombre! Sigámosle. Dime sólo que dirección tomó.

–Es inútil –respondió el joven Heatherstone, escondiendo la cara entre sus manos–. No me culpes, West, porque no conoces todas las circunstancias. ¿Qué podemos hacer para revocar las tremendas y desconocidas leyes que están actuando contra nosotros? La desgracia ha estado mucho tiempo pendiendo sobre nosotros, y ahora ha caído. ¡Que Dios nos ayude!

–En nombre del Cielo dime que ha sucedido –dije con excitación–. No debemos ceder ante la desesperación.

–No podemos hacer nada hasta el amanecer –respondió–. Entonces intentaremos conseguir algún rastro de ellos. Es imposible por ahora.

–¿Y qué hay de Gabriel y la señora Heatherstone? –pregunté– ¿No podemos traerlas del Hall de inmediato? Tu pobre hermana debe de estar angustiada por el terror.

"You are exhausted," I said, leading him into the parlour. "Give yourself a moment's rest before you speak to us. Be calm, man, you are with your best friends."

I laid him on the old horsehair sofa, while Esther, whose fears had all flown to the winds now that something practical was to be done, dashed some brandy into a tumbler and brought it to him. The stimulant had a marvellous effect upon him, for the colour began to come back into his pale cheeks and the light of recognition in his eyes.

He sat up and took Esther's hand in both of his, like a man who is waking out of some bad dream and wishes to assure himself that he is really in safety.

"Your father?" I asked. "What of him?"

"He is gone."

"Gone!"

"Yes; he is gone; and so is Corporal Rufus Smith. We shall never set eyes upon them again."

"But where have they gone?" I cried. "This is unworthy of you, Mordaunt. What right have we to sit here, allowing our private feelings to overcome us, while there is a possibility of succouring your father? Up, man! Let us follow him. Tell me only what direction he took."

"It's no use," young Heatherstone answered, burying his face in his hands. "Don't reproach me, West, for you don't know all the circumstances. What can we do to reverse the tremendous and unknown laws which are acting against us? The blow has long been hanging over us, and now it has fallen. God help us!"

"In Heaven's name tell me what has happened?" said I excitedly. "We must not yield to despair."

"We can do nothing until daybreak," he answered. "We shall then endeavour to obtain some trace of them. It is hopeless at present."

"And how about Gabriel and Mrs. Heatherstone?" I asked. "Can we not bring them down from the Hall at once? Your poor sister must be distracted with terror."

–No sabe nada de ello –contestó Mordaunt–. Duerme en el otro lado de la casa, y no ha oído ni visto nada. En cuanto a mi pobre madre, ha esperado tal suceso durante tanto tiempo que no la pilla por sorpresa. Está, por supuesto, abrumada de dolor, pero preferiría, creo, que la dejaran en paz por el momento. Su firmeza y serenidad deberían ser una lección para mí, pero soy constitucionalmente excitable, y esta catástrofe que llega después de nuestro largo período de incertidumbre me ha privado de mi propia cordura durante un tiempo.

–Si no podemos hacer nada hasta por la mañana –dije–, tienes tiempo de contarnos todo lo que ha ocurrido.

–Así lo haré –contestó, poniéndose de pie y sosteniendo sus manos temblorosas hacia el fuego–. Ya sabes que hemos tenido razones durante algún tiempo, durante muchos años de hecho, para temer que un terrible castigo estaba pendiendo sobre la cabeza de mi padre por cierta acción de su vida temprana. En esta acción estuvo asociado con el hombre conocido como cabo Rufus Smith, así que el hecho de que este último encontrase el camino a mi padre fue una advertencia para nosotros de que el tiempo había llegado, y que este 5 de octubre, el aniversario de la fechoría, sería el día de su expiación. Te conté nuestros temores en mi carta, y, si no estoy equivocado, mi padre también tuvo alguna conversación contigo, John, sobre el tema. Cuando vi ayer por la mañana que había buscado el viejo uniforme que siempre había guardado desde que lo llevó en la guerra afgana, estuve seguro de que el fin estaba por llegar, y que nuestros presentimientos serían realizados.

"She knows nothing of it," Mordaunt answered. "She sleeps at the other side of the house, and has not heard or seen anything. As to my poor mother, she has expected some such event for so long a time that it has not come upon her as a surprise. She is, of course, overwhelmed with grief, but would, I think, prefer to be left to herself for the present. Her firmness and composure should be a lesson to me, but I am constitutionally excitable, and this catastrophe coming after our long period of suspense deprived me of my very reason for a time."

"If we can do nothing until the morning," I said, "you have time to tell us all that has occurred."

"I will do so," he answered, rising and holding his shaking hands to the fire. "You know already that we have had reason for some time—for many years in fact—to fear that a terrible retribution was hanging over my father's head for a certain action of his early life. In this action he was associated with the man known as Corporal Rufus Smith, so that the fact of the latter finding his way to my father was a warning to us that the time had come, and that this 5th of October—the anniversary of the misdeed—would be the day of its atonement. I told you of our fears in my letter, and, if I am not mistaken, my father also had some conversation with you, John, upon the subject. When I saw yesterday morning that he had hunted out the old uniform which he had always retained since he wore it in the Afghan war, I was sure that the end was at hand, and that our forebodings would be realised.

–Parecía estar más tranquilo por la tarde de lo que lo he visto durante años, y hablaba abiertamente de su vida en la India y de los incidentes de su juventud. Alrededor de las nueve nos pidió que subiéramos a nuestras propias habitaciones, y nos encerró allí, una precaución que tomaba frecuentemente cuando las tinieblas se cernían sobre él. Era siempre su empeño, pobre hombre, mantenernos apartados de la maldición que había caído sobre su desafortunada cabeza. Antes de separarse de nosotros abrazó tiernamente a mi madre y a Gabriel, y después me siguió a mi habitación, donde estrechó mi mano afectuosamente y puso a mi cargo un pequeño paquete dirigido a ti.

–¿A mí? –interrumpí.

–A ti. Realizaré mi encargo cuando te haya contado mi historia. Le imploré que me permitiera trasnochar con él y compartir cualquier peligro que pudiera surgir, pero me rogó con seriedad irresistible que no le añadiese más problemas frustrando sus preparativos. Viendo que estaba realmente angustiándole con mi persistencia, por fin le permití cerrar la puerta y girar la llave por fuera. Siempre me reprocharé a mí mismo por mi falta de firmeza. ¿Pero qué puedes hacer cuando tu propio padre rechaza tu ayuda o cooperación? No puedes imponerte sobre él.

–Estoy segura de que hiciste todo lo que pudiste hacer –dijo mi hermana.

–Tenía la intención, querida Esther, pero, que Dios me ayude, era difícil decir qué era lo correcto. Él me dejó, y oí sus pisadas irse apagando abajo del largo pasillo. Eran entonces alrededor de las diez, o un poco después. Durante un tiempo paseé de un lado a otro de la habitación, y después, llevando la lámpara a la cabecera de mi cama, me acosté sin desvestirme, leyendo a Santo Tomás de Kempis, y rezando desde mi corazón que la noche pasara sin incidentes sobre nosotros.

"He appeared to be more composed in the afternoon than I have seen him for years, and spoke freely of his life in India and of the incidents of his youth. About nine o'clock he requested us to go up to our own rooms, and locked us in there—a precaution which he frequently took when the dark fit way upon him. It was always his endeavour, poor soul, to keep us clear of the curse which had fallen upon his own unfortunate head. Before parting from us he tenderly embraced my mother and Gabriel, and he afterwards followed me to my room, where he clasped my hand affectionately and gave into my charge a small packet addressed to yourself."

"To me?" I interrupted.

"To you. I shall fulfill my commission when I have told you my story. I conjured him to allow me to sit up with him and share any danger which might arise, but he implored me with irresistible earnestness not to add to his troubles by thwarting his arrangements. Seeing that I was really distressing him by my pertinacity, I at last allowed him to close the door and to turn the key upon the outside. I shall always reproach myself for my want of firmness. But what can you do when your own father refuses your assistance or co-operation? You cannot force yourself upon him."

"I am sure that you did all you could do," my sister said.

"I meant to, dear Esther, but, God help me, it was hard to tell what was right. He left me, and I heard his footsteps die away down the long corridor. It was then about ten o'clock, or a little after. For a time I paced up and down the room, and then, carrying the lamp to the head of my bed, I lay down without undressing, reading St. Thomas a Kempis, and praying from my heart that the night might pass safely over us.

–Había caído por fin en un sueño dificultoso cuando fui despertado de repente por un sonido alto y sonoro que sonaba en mis oídos. Me incorporé desconcertado, pero todo estaba silencioso otra vez. La intensidad de la lámpara se atenuaba, y mi reloj me mostró que el tiempo transcurría hacia la medianoche. Me puse en pie torpemente, y estaba encendiendo una cerilla con la intención de encender las velas, cuando el agudo e intenso grito empezó de nuevo tan alto y tan claro que podría haber estado en la misma habitación conmigo. Mi aposento está en la parte de delante de la casa, mientras que los de mi madre y mi hermana están en la parte de atrás, así que soy el único que tiene una vista de la avenida.

–Precipitándome hacia la ventana deslice la persiana a un lado y miré hacia fuera. Sabes que el camino de grava se abre para formar una amplia extensión inmediatamente delante de la casa. Justo en el centro de este despejado espacio estaban de pie tres hombres mirando la casa.

–La luna llena brillaba sobre ellos, reluciendo sobre sus globos oculares vueltos hacia arriba, y con su luz pude ver que eran de cara morena y de pelo negro, de un tipo que era común entre los Sikhs y Afridis. Dos de ellos eran delgados, con rostros ansiosos y estéticos, mientras que el tercero era regio y majestuoso, con una noble figura y barba larga y suelta.

–¡Ram Singh! –exclamé.

–¿Qué, sabes de ellos? –exclamó Mordaunt con gran sorpresa– ¿Los has conocido?

–Sé de ellos. Son monjes budistas –contesté–, pero continúa.

Se pusieron en fila –continuó–, y con los brazos extendidos, los levantaban y bajaban, mientras sus labios se movían como si repitieran alguna oración o conjuro. De repente cesaron de gesticular, y empezó por tercera vez el grito salvaje, extraño y penetrante que me había despertado de mi sueño. Nunca olvidaré esa estridente y espantosa llamada creciendo y retumbando a través de la silenciosa noche con una intensidad de sonido que está aún repicando en mi oído.

"I had at last fallen into a troubled sleep when I was suddenly aroused by a loud, sonorous sound ringing in my ears. I sat up bewildered, but all was silent again. The lamp was burning low, and my watch showed me that it was going on to midnight. I blundered to my feet, and was striking a match with the intention of lighting the candles, when the sharp, vehement cry broke out again so loud and so clear that it might have been in the very room with me. My chamber is in the front of the house, while those of my mother and sister are at the back, so that I am the only one who commands a view of the avenue.

"Rushing to the window I drew the blind aside and looked out. You know that the gravel-drive opens up so as to form a broad stretch immediately in front of the house. Just in the centre of this clear space there stood three men looking up at the house.

"The moon shone full upon them, glistening on their up-turned eyeballs, and by its light I could see that they were swarthy-faced and black-haired, of a type that I was familiar with among the Sikhs and Afridis. Two of them were thin, with eager, aesthetic countenances, while the third was kinglike and majestic, with a noble figure and flowing beard."

"Ram Singh!" I ejaculated.

"What, you know of them?" exclaimed Mordaunt in great surprise. "You have met them?"

"I know of them. They are Buddhist priests," I answered, "but go on."

"They stood in a line," he continued, "sweeping their arms upwards and downwards, while their lips moved as if repeating some prayer or incantation. Suddenly they ceased to gesticulate, and broke out for the third time into the wild, weird, piercing cry which had roused me from my slumber. Never shall I forget that shrill, dreadful summons swelling and reverberating through the silent night with an intensity of sound which is still ringing in my ears.

251

–Mientras se desvanecía lentamente, hubo un sonido estridente y un chirrido como de llaves y cerraduras, seguido por el sonido metálico de una puerta abriéndose y el estrépito de pies apresurándose. Desde mi ventana vi a mi padre y al cabo Rufus Smith precipitarse frenéticamente fuera de la casa sin sombrero y despeinados, como hombres que están obedeciendo un impulso súbito e irresistible. Los tres extraños no les pusieron las manos encima, pero los cinco salieron rápidamente bajando por la avenida y desaparecieron entre los árboles. Estoy seguro de que no se usó la fuerza, ni coacción de ningún tipo visible, y sin embargo estoy tan seguro de que mi pobre padre y su acompañante eran indefensos prisioneros como si los hubiera visto llevados a la fuerza con grilletes.

–Todo esto tardó poco en suceder. Desde la primera llamada que perturbó mi sueño hasta el último vistazo borroso que tuve de ellos entre los tres troncos apenas podían haber pasado más de cinco minutos de tiempo real. Tan repentino fue, y tan extraño, que cuando terminó el drama y se fueron podría haber creído que todo era alguna terrible pesadilla, algún delirio, si no hubiera sentido que la impresión era demasiado real, demasiado vívida, para ser atribuida a la imaginación.

–Me lancé con todo mi peso contra la puerta de mi habitación con la esperanza de forzar la cerradura. Siguió firme durante un tiempo, pero me lancé sobre ella una y otra vez, hasta que algo se rompió y me encontré en el pasillo.

–Mi primer pensamiento fue para mi madre, corrí a su habitación y giré la llave en su puerta. En el momento en que lo hice salió al pasillo con su bata, y levantó un dedo como advertencia.

–No hagas ruido –dijo–, Gabriel está dormida. ¿Han sido llamados?

–Lo han sido –contesté.

–¡Que se haga la voluntad de Dios! –gritó. –Tu pobre padre será más feliz en el otro mundo de lo que lo ha sido nunca en este. Gracias al Cielo que Gabriel está dormida. Le di cloral en su cacao.

"As it died slowly away, there was a rasping and creaking as of keys and bolts, followed by the clang of an opening door and the clatter of hurrying feet. From my window I saw my father and Corporal Rufus Smith rush frantically out of the house hatless and unkempt, like men who are obeying a sudden and overpowering impulse. The three strangers laid no hands on them, but all five swept swiftly away down the avenue and vanished among the trees. I am positive that no force was used, or constraint of any visible kind, and yet I am as sure that my poor father and his companion were helpless prisoners as it I bad seen them dragged away in manacles.

"All this took little time in the acting. From the first summons which disturbed my sleep to the last shadowy glimpse which I had of them between the tree trunks could hardly have occupied more than five minutes of actual time. So sudden was it, and so strange, that when the drama was over and they were gone I could have believed that it was all some terrible nightmare, some delusion, had I not felt that the impression was too real, too vivid, to be imputed to fancy.

"I threw my whole weight against my bedroom door in the hope of forcing the lock. It stood firm for a while, but I flung myself upon it again and again, until something snapped and I found myself in the passage.

"My first thought was for my mother, I rushed to her room and turned the key in her door. The moment that I did so she stepped out into the corridor in her dressing-gown, and held up a warning finger.

"'No noise, she said,' Gabriel is asleep. They have been called away?'

"'They have,' I answered.

"'God's will be done!' she cried. 'Your poor father will be happier in the next world than he has ever been in this. Thank Heaven that Gabriel is asleep. I gave her chloral in her cocoa.'

–¿Qué tengo que hacer? –dije con angustia.

–¿Dónde han ido?¿Cómo puedo ayudarle? No podemos dejarle ir así, ni dejar a estos hombres hacer lo que quieran con él. ¿Cabalgo hacia Wigtown y despierto a la policía?

–Cualquier cosa menos eso –dijo mi madre con gran seriedad. –Él me ha rogado una y otra vez que lo evite. Hijo mío, nunca pondremos los ojos sobre tu padre de nuevo. Puedes maravillarte de mis ojos secos, pero si supieras como yo sé la paz que la muerte le traería, no podrías encontrar en tu corazón llorarle. Toda búsqueda es, creo, inútil, y sin embargo alguna búsqueda debe haber. Deja que sea tan privado como sea posible. No podemos servirle mejor que consultando sus deseos.

–Pero cada minuto es precioso –grité. –Incluso ahora puede que esté apelando a nosotros para rescatarle de las garras de esos demonios de piel oscura.

–El pensamiento me enloqueció tanto que corrí fuera de la casa y bajé por la carretera, pero una vez allí no tenía indicios de en qué dirección girar. Todo el ancho páramo se extendía ante mí, sin una señal de movimiento sobre su amplia extensión. Escuché, pero ni un sonido rompió la perfecta quietud de la noche.

–Fue entonces, mis queridos amigos, mientras estaba parado, sin saber en qué dirección girar, cuando tuve plena conciencia del horror y la responsabilidad. Sentí que estaba combatiendo contra fuerzas de las que no sabía nada. Todo era extraño y oscuro y terrible.

–El pensar en ti, y en la ayuda que podría buscar de tu consejo y ayuda, fue un faro de esperanza para mí. En Branksome, por lo menos, recibiría comprensión, y, sobre todo, indicaciones en cuanto a qué debería hacer, puesto que mi mente está en tal confusión que no puedo confiar en mi propio juicio. Mi madre estaba feliz de estar sola, mi hermana dormida, y no había ninguna posibilidad de poder hacer nada hasta el amanecer. Bajo esas circunstancias ¿qué era más natural que yo volase hasta ti tan rápido como mis pies me llevasen? Tienes una cabeza lúcida, Jack; habla, hombre, y dime lo que debería hacer. Esther, ¿qué debería hacer?

"'What am I to do?' I said distractedly.

"'Where have they gone? How can I help him? We cannot let him go from us like this, or leave these men to do what they will with him. Shall I ride into Wigtown and arouse the police?'

"'Anything rather than that', my mother said earnestly. 'He has begged me again and again to avoid it. My son, we shall never set eyes upon your father again. You may marvel at my dry eyes, but it you knew as I know the peace which death would bring him, you could not find it in your heart to mourn for him. All pursuit is, I feel, vain, and yet some pursuit there must be. Let it be as private as possible. We cannot serve him better than by consulting his wishes.'

"'But every minute is precious,' I cried. 'Even now he may be calling upon us to rescue him from the clutches of those dark-skinned fiends.'

"The thought so maddened me that I rushed out of the house and down to the high road, but once there I had no indication in which direction to turn. The whole wide moor lay before me, without a sign of movement upon its broad expanse. I listened, but not a sound broke the perfect stillness of the night.

"It was then, my dear friends, as I stood, not knowing in which direction to turn, that the horror and responsibility broke full upon me. I felt that I was combating against forces of which I knew nothing. All was strange and dark and terrible.

"The thought of you, and of the help which I might look for from your advice and assistance, was a beacon of hope to me. At Branksome, at least, I should receive sympathy, and, above all, directions as to what I should do, for my mind is in such a whirl that I cannot trust my own judgment. My mother was content to be alone, my sister asleep, and no prospect of being able to do anything until daybreak. Under those circumstances what more natural than that I should fly to you as fast as my feet would carry me? You have a clear head, Jack; speak out, man, and tell me what I should do. Esther, what should I do?"

Se giró del uno al otro con las manos extendidas y los ojos ansiosos e inquisitivos.

–No puedes hacer nada mientras dure la oscuridad –contesté–. Debemos denunciar el asunto a la policía de Wigtown, pero no necesitamos enviarles nuestro mensaje hasta que estemos realmente empezando con la búsqueda, para cumplir con la ley y sin embargo tener una investigación privada, como desea tu madre. John Fullarton, sobre la colina, tiene un perro lurcher que es tan bueno como un sabueso. Si le ponemos sobre la pista del general le encontrará aunque tenga que seguirle al fin del mundo.

–Es terrible esperar aquí tranquilamente mientras puede que él necesite nuestra ayuda.

–Temo que nuestra ayuda podría hacerle poco bien bajo cualquier circunstancia. Hay aquí fuerzas en acción que están más allá de la intervención humana. Además, no hay alternativa. No tenemos, aparentemente, ninguna posible pista en cuanto a la dirección que han tomado, y para nosotros deambular sin rumbo fijo por el páramo en la oscuridad sería malgastar la fuerza que puede ser usada más provechosamente por la mañana. Amanecerá hacia las cinco. En una hora o así podemos cruzar juntos a pie la colina y conseguir el perro de Fullarton.

–¡Otra! hora –gimió Mordaunt–, cada minuto parece una era.

–Túmbate en el sofá y descansa –dije yo–. No puedes servir mejor a tu padre que almacenando toda la fuerza que puedas, porque puede que tengamos una agotadora caminata ante nosotros. Pero mencionaste un paquete que el general había destinado para mí.

–Está aquí –respondió, sacando un paquete pequeño y plano de su bolsillo y entregándomelo–, descubrirás, sin duda, que explicará todo lo que ha sido tan misterioso.

He turned from one to the other of us with outstretched hands and eager, questioning eyes.

"You can do nothing while the darkness lasts," I answered. "We must report the matter to the Wigtown police, but we need not send our message to them until we are actually starting upon the search, so as to comply with the law and yet have a private investigation, as your mother wishes. John Fullarton, over the hill, has a lurcher dog which is as good as a blood-hound. If we set him on the general's trail he will run him down if he had to follow him to John o' Groat's."

"It is terrible to wait calmly here while he may need our assistance."

"I fear our assistance could under any circumstances do him little good. There are forces at work here which are beyond human intervention. Besides, there is no alternative. We have, apparently, no possible clue as to the direction which they have taken, and for us to wander aimlessly over the moor in the darkness would be to waste the strength which may be more profitably used in the morning. It will be daylight by five o'clock. In an hour or so we can walk over the hill together and get Fullarton's dog."

"Another hour!" Mordaunt groaned, "every minute seems an age."

"Lie down on the sofa and rest yourself," said I. "You cannot serve your father better than by laying up all the strength you can, for we may have a weary trudge before us. But you mentioned a packet which the general had intended for me."

"It is here," he answered, drawing a small, flat parcel from his pocket and handing it over to me, "you will find, no doubt, that it will explain all which has been so mysterious."

El paquete estaba sellado en cada extremo con cera negra, llevando impreso un grifo volando, el cual sabía que era el blasón del general. Para mayor seguridad estaba cerrado por una banda de cinta ancha, que corté con mi navaja. Cruzando la parte externa estaba escrito en negrita: "Señor J. Fothergill West," y debajo: "Ser entregado a ese caballero en el caso de la desaparición o fallecimiento del Teniente General J.B. Heatherstone, V. C., C. B., ex miembro del Ejército Indio."

Así que por fin iba a conocer el oscuro secreto que había proyectado una sombra sobre nuestras vidas. Aquí en mis manos tenía su solución.

Con dedos impacientes rompí los sellos y abrí el envoltorio. Una nota y un pequeño fajo de papel descolorido se hallaban dentro. Tiré de la lámpara hacia mí y abrí aquella. Estaba fechada la tarde anterior, y decía así:

MI QUERIDO WEST:

Debería haber satisfecho tu muy natural curiosidad sobre el asunto del que hemos tenido ocasión de hablar más de una vez, pero me abstuve por tu propio bien. Sabía por triste experiencia lo inquietante y perturbador que es estar para siempre esperando una catástrofe que estás convencido debe suceder, y que ni puedes evitar ni acelerar.

Aunque me afecta especialmente, puesto que soy la persona más preocupada, soy sin embargo consciente de que la natural comprensión que he observado en ti, y tu estima por el padre de Gabriel, se combinarían para hacerte infeliz si supieras la desesperanza y sin embargo la vaguedad del destino que me amenaza. Temí perturbar tu mente, y estuve por lo tanto en silencio, aunque a un coste para mí mismo, porque mi aislamiento no ha sido el menor de los problemas que me han ahogado.

The packet was sealed at each end with black wax, bearing the impress of the flying griffin, which I knew to be the general's crest. It was further secured by a band of broad tape, which I cut with my pocket-knife. Across the outside was written in bold handwriting: "J. Fothergill West, Esq.," and underneath: "To be handed to that gentleman in the event of the disappearance or decease of Major-General J. B. Heatherstone, V.C., C.B., late of the Indian Army."

So at last I was to know the dark secret which had cast a shadow over our lives. Here in my hands I held the solution of it.

With eager fingers I broke the seals and undid the wrapper. A note and a small bundle of discoloured paper lay within. I drew the lamp over to me and opened the former. It was dated the preceding afternoon, and ran in this way:

MY DEAR WEST,

I should have satisfied your very natural curiosity on the subject which we have had occasion to talk of more than once, but I refrained for your own sake. I knew by sad experience how unsettling and unnerving it is to be for ever waiting for a catastrophe which you are convinced must befall, and which you can neither avert nor accelerate.

Though it affects me specially, as being the person most concerned, I am still conscious that the natural sympathy which I have observed in you, and your regard for Gabriel's father, would both combine to render you unhappy if you knew the hopelessness and yet the vagueness of the fate which threatens me. I feared to disturb your mind, and I was therefore silent, though at some cost to myself, for my isolation has not been the least of the troubles which have weighed me down.

Muchas señales, sin embargo, y la principal entre ellas la presencia de los budistas en la costa como me describiste esta mañana, me han convencido de que la agotadora espera se ha terminado por fin y que la hora del castigo está por llegar. Por qué se me ha permitido vivir casi cuarenta años después de mi crimen es más de lo que puedo entender, pero es posible que aquellos que habían mandado sobre mi destino sepan que tal vida es el más grande de todos los castigos para mí.

Nunca durante una hora, noche ni día, me han permitido olvidar que me han marcado como su víctima. Su maldita campana astral ha estado haciendo sonar mi toque de difuntos durante cuarenta años, recordándome siempre que no hay lugar sobre la tierra donde pueda esperar estar a salvo.¡Oh, la paz, la bendita paz de la desintegración! Venga lo que sea al otro lado de la tumba, por lo menos me habré librado de ese sonido tres veces terrible.

No hay necesidad para mí de entrar en este desgraciado asunto otra vez, ni de pormenorizar en detalle los sucesos del 5 de octubre de 1841 y las diversas circunstancias que llevaron a la muerte de Ghoolab Shah, el archiadepto.

He arrancado un manojo de hojas de mi viejo diario, en el que encontrarás un escueto relato del asunto, y una narración independiente fue facilitada por Sir Edward Elliott, de Artillería, al Estrella de la India hace algunos años, en el cual, sin embargo, los nombres fueron suprimidos.

Many signs, however, and chief among them the presence of the Buddhists upon the coast as described by you this morning, have convinced me that the weary waiting is at last over and that the hour of retribution is at hand. Why I should have been allowed to live nearly forty years after my offence is more than I can understand, but it is possible that those who had command over my fate know that such a life is the greatest of all penalties to me.

Never for an hour, night or day, have they suffered me to forget that they have marked me down as their victim. Their accursed astral bell has been ringing my knell for two-score years, reminding me ever that there is no spot upon earth where I can hope to be in safety. Oh, the peace, the blessed peace of dissolution! Come what may on the other side of the tomb, I shall at least be quit of that thrice terrible sound.

There is no need for me to enter into the wretched business again, or to detail at any length the events of October 5th, 1841, and the various circumstances which led up to the death of Ghoolab Shah, the arch adept.

I have torn a sheaf of leaves from my old journal, in which you will find a bald account of the matter, and an independent narrative was furnished by. Sir Edward Elliott, of the Artillery, to the Star of India some years ago—in which, however, the names were suppressed.

Tengo razones para creer que mucha gente, incluso entre aquellos que conocían bien la India, pensaba que Sir Edward estaba fantaseando, y que había desarrollado sus incidentes de su imaginación. Las pocas hojas descoloridas que te envío te mostrarán que este no es el caso, y que nuestros hombres de ciencia deben reconocer poderes y leyes que pueden y han sido usados por el hombre, pero que son desconocidos para la civilización europea.

No deseo quejarme ni lloriquear, pero no puedo evitar sentir que me ha tocado sufrir mucho en esta vida. No tomaría, Dios lo sabe, la vida de ningún hombre, mucho menos la de un anciano, a sangre fría. Mi temperamento y naturaleza, sin embargo, fueron siempre exaltados y testarudos, y en combate cuando me hierve la sangre, no tengo conocimiento de lo que estoy a punto de hacer. Ni el cabo ni yo habríamos puesto un dedo sobre Ghoolab Shah si no hubiéramos visto que los miembros de la tribu estaban concentrándose detrás de él. Bien, bien, es una vieja historia ahora, y no hay provecho en hablar de ella.¡Que otro pobre hombre no tenga nunca la misma aciaga suerte!

He escrito un corto suplemento a las declaraciones contenidas en mi diario para tu información y la de cualquier otro que pueda estar interesado en el asunto.

¡Y ahora, adiós! Sé un buen marido para Gabriel, y, si tu hermana fuera lo bastante valiente para emparentar con un familia tan maldita como la nuestra, déjale hacerlo por todos los medios. He dejado lo bastante para mantener a mi pobre esposa con muchas comodidades.

Cuando ella se reúna conmigo desearía que sea dividido equitativamente entre los hijos. Si oís que me he ido, no me compadezcáis, sino felicitadme.

Tu desafortunado amigo,

JOHN BERTHIER HEATHERSTONE.

I have reason to believe that many people, even among those who knew India well, thought that Sir Edward was romancing, and that he had evolved his incidents from his imagination. The few faded sheets which I send you will show you that this is not the case, and that our men of science must recognise powers and laws which can and have been used by man, but which are unknown to European civilisation.

I do not wish to whine or to whimper, but I cannot help feeling that I have had hard measure dealt me in this world. I would not, God knows, take the life of any man, far less an aged one, in cold blood. My temper and nature, however, were always fiery and headstrong, and in action when my blood is up, I have no knowledge of what I am about. Neither the corporal nor I would have laid a finger upon Ghoolab Shah had we not seen that the tribesmen were rallying behind him. Well, well, it is an old story now, and there is no profit in discussing it. May no other poor fellow ever have the same evil fortune!

I have written a short supplement to the statements contained in my journal for your information and that of any one else who may chance to be interested in the matter.

And now, adieu! Be a good husband to Gabriel, and, if your sister be brave enough to marry into such a devil-ridden family as ours, by all means let her do so. I have left enough to keep my poor wife in comfort.

When she rejoins me I should wish it to be equally divided between the children. If you hear that I am gone, do not pity, but congratulate

Your unfortunate friend,

JOHN BERTHIER HEATHERSTONE.

Aparté la carta y recogí el rollo de folio azul que contenía la solución del misterio. Estaba todo irregular y deshilachado en el borde interior, con huellas de goma e hilo aún adheridas a él, para mostrar que había sido arrancado de un volumen fuertemente encuadernado. La tinta con que había sido escrito estaba un tanto descolorida, pero a través del encabezamiento de la primera página estaba inscrito con caracteres claros y en negrita, evidentemente de fecha posterior al resto: "Diario del Teniente J. B. Heatherstone en el Valle de Thull durante el otoño de 1841," y después debajo:

Este extracto contiene un relato de los sucesos de la primera semana de octubre de ese año, incluyendo la escaramuza del desfiladero de Terada y la muerte del hombre llamado Ghoolab Shah.

Tengo la narración situada ante mí ahora, y la copio textualmente. Si contiene algo que no tiene relación directa con el asunto en cuestión, sólo puedo decir que pensé que era mejor publicar lo que es irrelevante que por acortar y recortar hacer recaer sobre toda la declaración el cargo de haber sido manipulada indebidamente.

I threw aside the letter and picked up the roll of blue foolscap which contained the solution of the mystery. It was all ragged and frayed at the inner edge, with traces of gum and thread still adhering to it, to show that it had been torn out of a strongly bound volume. The ink with which it had been written was faded somewhat, but across the head of the first page was inscribed in bold, clear characters, evidently of later date than the rest: "Journal of Lieutenant J. B. Heatherstone in the Thull Valley during the autumn of 1841," and then underneath:

This extract contains some account of the events of the first week of October of that year, including the skirmish of the Terada ravine and the death of the man Ghoolab Shah.

I have the narrative lying before me now, and I copy it verbatim. If it contains some matter which has no direct bearing upon the question at issue, I can only say that I thought it better to publish what is irrelevant than by cutting and clipping to lay the whole statement open to the charge of having been tampered with.

CAPÍTULO XV

EL DIARIO DE JOHN BERTHIER HEATHERSTONE

Valle de Thull, 1 de octubre, 1841.- El Quinto Bengalí y Trigésimotercero de la Reina pasaron esta mañana de camino al frente. Almorcé con los bengalíes. Las últimas noticias de casa son que se ha intentado asesinar dos veces a la Reina por dos medio locos llamados Francis y Ben. Promete ser un duro invierno. La cota de nieve ha descendido mil pies sobre los picos, pero los pasos estarán abiertos las semanas que vienen, e, incluso si estuvieran bloqueados, hemos establecido tantos depósitos en la región que Pollock y Nott no tendrán dificultad en defenderse. No se encontrarán con el destino del ejército de Elphinstone. Una tragedia así es suficiente para un siglo.

Elliott, de Artillería, y yo, somos responsables de la seguridad de las comunicaciones para una distancia de veinte millas o más, desde la entrada del valle a este lado del puente de madera sobre el Lotar. Goodenough, de los Rifles, es responsable en el otro lado, y el Teniente-Coronel Sidney Herbert de los Ingenieros, tiene una supervisión general sobre ambas secciones.

Nuestras fuerzas no son lo bastante fuertes para el trabajo que hay que hacer. Tengo una compañía y media de nuestro regimiento, y un escuadrón de Sowars, que no son útiles en absoluto entre las rocas. Elliott tiene tres cañones, pero varios de sus hombres sufren de cólera, y dudo que tenga suficientes hombres para hacerse cargo de más de dos.

CHAPTER XV

THE DAY-BOOK OF JOHN BERTHIER HEATHERSTONE

Thull Valley, Oct. 1, 1841.—The Fifth Bengal and Thirty-third Queen's passed through this morning on their way to the Front. Had tiffin with the Bengalese. Latest news from home that two attempts had been made on the Queen's life by semi-maniacs named Francis and Bean.

It promises to be a hard winter. The snow-line has descended a thousand feet upon the peaks, but the passes will be open for weeks to come, and, even if they were blocked, we have established so many depots in the country that Pollock and Nott will have no difficulty in holding their own. They shall not meet with the fate of Elphinstone's army. One such tragedy is enough for a century.

Elliott of the Artillery, and I, are answerable for the safety of the communications for a distance of twenty miles or more, from the mouth of the valley to this side of the wooden bridge over the Lotar. Goodenough, of the Rifles, is responsible on the other side, and Lieutenant-Colonel Sidney Herbert of the Engineers, has a general supervision over both sections.

Our force is not strong enough for the work which has to be done. I have a company and a half of our own regiment, and a squadron of Sowars, who are of no use at all among the rocks. Elliott has three guns, but several of his men are down with cholera, and I doubt if he has enough to serve more than two.

Por otro lado, cada convoy está provisto generalmente con escolta propia, aunque es a menudo absurdamente ineficiente. Estos valles y desfiladeros que se extienden del paso principal están llenos de Afridis y Pathans, que son ladrones entusiastas además de fanáticos religiosos. Me maravilla que no se abalancen sobre alguna de nuestras caravanas. Podrían saquearlas y regresar a sus fortalezas de las montañas antes de que pudiéramos interferir o darles alcance. Nada excepto el miedo los contendrá.

Si dependiese de mí colgaría uno en la entrada de cada barranco como advertencia a la banda. Son personificaciones del diablo en su aspecto, con narices de halcón, de labios grandes, con una melena de pelo enmarañado y una sonrisa sarcástica de lo más satánico. No hay noticias hoy del frente.

2 de octubre.- Realmente debo pedir a Herbert otra compañía por lo menos. Estoy convencido de que las comunicaciones serían cortadas si se nos hiciera un ataque serio.

Ahora, esta mañana dos mensajes urgentes me fueron enviados desde dos puntos diferentes separados más de dieciséis millas, para decir que había señales de un descenso de las tribus.

Elliott, con un cañón y los Sowars, fue al barranco más lejano, mientras yo, con la infantería, fui al otro a toda prisa, pero descubrimos que era una falsa alarma. No vi señales de los Hombres de las Colinas, y aunque fuimos saludados por un chisporroteo de balas de jezail fuimos incapaces de capturar a ninguno de los granujas.

Pobres de ellos si caen en mis manos. Los condenaría tan rápidamente como nunca un juez de Glasgow lo hizo con un cateran de las tierras altas. Estas constantes alarmas puede que no signifiquen nada o puede que sean un indicio de que los Hombres de las Colinas están congregándose y tienen algún plan a la vista.

No hemos tenido noticias del frente por algún tiempo, pero hoy llegó un convoy de heridos con la información de que Nott había tomado Ghuznee. Espero que diese una buena paliza a cualquiera de los negros granujas que cayeron en sus manos.

On the other hand, each convoy is usually provided with some guard of its own, though it is often absurdly inefficient. These valleys and ravines which branch out of the main pass are alive with Afridis and Pathans, who are keen robbers as well as religious fanatics. I wonder they don't swoop down on some of our caravans. They could plunder them and get back to their mountain fastnesses before we could interfere or overtake them. Nothing but fear will restrain them.

If I had my way I would hang one at the mouth of every ravine as a warning to the gang. They are personifications of the devil to look at, hawk-nosed, full-lipped, with a mane of tangled hair, and most Satanic sneer. No news today from the Front.

October 2.—I must really ask Herbert for another company at the very least. I am convinced that the communications would be cut off if any serious attack were made upon us.

Now, this morning two urgent messages were sent me from two different points more than sixteen miles apart, to say that there were signs of a descent of the tribes.

Elliott, with one gun and the Sowars, went to the farther ravine, while I, with the infantry, hurried to the other, but we found it was a false alarm. I saw no signs of the Hillmen, and though we were greeted by a splutter of jezail bullets we were unable to capture any of the rascals.

Woe betide them if they fall into my hands. I would give them as short a shrift as ever a Highland cateran got from a Glasgow judge. These continued alarms may mean nothing or they may be an indication that the Hillmen are assembling and have some plan in view.

We have had no news from the Front for some time, but to-day a convoy of wounded came through with the intelligence that Nott had taken Ghuznee. I hope he warmed up any of the black rascals that fell into his hands.

Ni una palabra de Pollock.

Una batería de elefantes vino del Punjab, teniendo muy buen aspecto. Había varios convalecientes con ella yendo a reunirse con sus regimientos. No conocía a ninguno de ellos excepto a Mostyn de los Húsares y al joven Blakesley, que fue mi lacayo en Charterhouse, y a quien nunca he visto desde entonces.

Ponche y cigarros al fresco hasta las once en punto.

Cartas hoy de Wills & Co. sobre su pequeña factura reenviada desde Delhi. Pensaba que una campaña militar liberaría a un hombre de estas molestias. Wills dice en su nota que, puesto que sus solicitudes escritas han sido en vano, debe verme en persona. Si me ve ahora será sin duda el más valiente y más perseverante de los sastres.

Una línea de Calcuta Daisy y otra de Hobhouse para decir que Matilda hereda todo el dinero del el testamento. Estoy contento por ello.

3 de octubre.- Gloriosas noticias hoy del frente. Barclay, de la Caballería de Madrás, galopó con mensajes. Pollock entró triunfalmente en Kabul el 16 del mes pasado, y, mejor aún, Lady Sale ha sido rescatada por Shakespear, y traída a salvo al campamento británico, junto con los otros rehenes. *Te Deum laudamus!*

Esto debería terminar con todo el desgraciado asunto- esto y el saqueo de la ciudad. Espero que Pollock no sea remilgado, ni se doblegue al partido histérico en casa. Las ciudades deberían ser convertidas en cenizas y los campos sembrados con sal. Sobre todo, la Residencia y el Palacio deben venirse abajo. ¡Así Burnes, McNaghten, y muchos otros valientes hombres sabrán que sus compatriotas pudieron vengarlos aunque no pudieron salvarlos!

Es duro estar atascado en este miserable valle cuando otros están obteniendo gloria y experiencia. He estado completamente al margen, salvo unas pocas insignificantes escaramuzas. Sin embargo, puede que veamos aún alguna acción de batalla.

No word of Pollock.

An elephant battery came up from the Punjab, looking in very good condition. There were several convalescents with it going up to rejoin their regiments. Knew none of them except Mostyn of the Hussars and young Blakesley, who was my fag at Charterhouse, and whom I have never seen since.

Punch and cigars *al fresco* up to eleven o'clock.

Letters to-day from Wills & Co. about their little bill forwarded on from Delhi. Thought a campaign freed a man from these annoyances. Wills says in his note that, since his written applications have been in vain, he must call upon me in person. If he calls upon me now he will assuredly be the boldest and most persevering of tailors.

A line from Calcutta Daisy and another from Hobhouse to say that Matilda comes in for all the money under the will. I am glad of it.

October 3.—Glorious news from the Front today. Barclay, of the Madras Cavalry, galloped through with dispatches. Pollock entered Cabul triumphantly on the 16th of last month, and, better still, Lady Sale has been rescued by Shakespear, and brought safe into the British camp, together with the other hostages. *Te Deum laudamus!*

This should end the whole wretched business—this and the sack of the city. I hope Pollock won't be squeamish, or truckle to the hysterical party at home. The towns should be laid in ashes and the fields sown with salt. Above all, the Residency and the Palace must come down. So shall Burnes, McNaghten, and many another gallant fellow know that his countrymen could avenge if they could not save him!

It is hard when others are gaining glory and experience to be stuck in this miserable valley. I have been out of it completely, bar a few petty skirmishes. However, we may see some service yet.

Un jemidar de los nuestros trajo a un Hombre de las Colinas, que dice que las tribus se están congregando en el barranco de Terada, diez millas al norte de nosotros, y tienen la intención de atacar el próximo convoy. No podemos confiar en información de este tipo, pero puede resultar que haya alguna verdad en ella. Propuse disparar a nuestro informador, para evitar que hiciese de agente doble e informase de nuestras acciones. Elliott puso reparos.

Si estás haciendo la guerra no deberías desperdiciar la oportunidad. Odio las medidas a medias. Los Hijos de Israel parecen haber sido las únicas personas que llevaron alguna vez la guerra a su conclusión lógica- excepto Cromwell en Irlanda. Llegamos a un acuerdo por fin por el que el hombre va a ser retenido como prisionero y ejecutado si su información resulta ser falsa. Sólo espero que consigamos una oportunidad justa de mostrar lo que podemos hacer.

Sin duda a estos hombres del frente se les colmará de Grandes Cruces y títulos de caballeros abundantes y rápidos, mientras que los pobres diablos de nosotros, que hemos tenido la mayor parte de la responsabilidad y la ansiedad, seremos ignorados por completo. Elliott tiene un panadizo.

El último convoy nos dejó un gran paquete de salsas, pero ya que olvidaron dejar algo para comer con ellas, las hemos entregado a los Sowars, que las beben de sus cazos como si fueran licores. Oímos que puede que se espere otro gran convoy desde las llanuras en el curso de un día o dos. Gané nueve a cuatro sobre Cleopatra por la Copa de Calcuta.

4 de octubre.- Los Hombres de las Colinas realmente no están jugando esta vez, creo. Dos de nuestros espías han venido esta mañana con el mismo informe sobre la reunión en la región de Terada. ¡Ese viejo granuja de Zemaun está a la cabeza de él, y yo había recomendado al Gobierno regalarle un telescopio en agradecimiento por su neutralidad! No habrá Zemaun al que regalarlo si puedo poner las manos sobre él.

A jemidar of ours brought in a Hillman today, who says that the tribes are massing in the Terada ravine, ten miles to the north of us, and intend attacking the next convoy. We can't rely on information of this sort, but there may prove to be some truth in it. Proposed to shoot our informant, so as to prevent his playing the double traitor and reporting our proceedings. Elliott demurred.

If you are making war you should throw no chance away. I hate half-and-half measures. The Children of Israel seem to have been the only people who ever carried war to its logical conclusion—except Cromwell in Ireland. Made a compromise at last by which the man is to be detained as a prisoner and executed if his information prove to be false. I only hope we get a fair chance of showing what we can do.

No doubt these fellows at the Front will have C.B.'s and knighthoods showering upon them thick and fast, while we poor devils, who have had most of the responsibility and anxiety, will be passed over completely. Elliott has a whitlow.

The last convoy left us a large packet of sauces, but as they forgot to leave anything to eat with them, we have handed them over to the Sowars, who drink them out of their pannikins as if they were liqueurs. We hear that another large convoy may be expected from the plains in the course of a day or two. Took nine to four on Cleopatra for the Calcutta Cup.

October 4.—The Hillmen really mean business this time, I think. We have had two of our spies come in this morning with the same account about the gathering in the Terada quarter. That old rascal Zemaun is at the head of it, and I had recommended the Government to present him with a telescope in return for his neutrality! There will be no Zemaun to present it to if I can but lay hands upon him.

Esperamos al convoy mañana por la mañana, y necesitamos prever que no hay ningún ataque hasta que venga, porque estos hombres luchan por el botín, no por gloria, aunque, para hacerles justicia, tienen mucho coraje cuando se ponen en marcha. He trazado un excelente plan, y tiene el apoyo efusivo de Elliott. ¡Por Júpiter! Si pudiéramos lograrlo, será una trampa tan bonita como nunca he conocido.

Nuestra intención es anunciar que estamos bajando al valle para reunirnos con el convoy y bloquear la entrada de un paso desde el que afirmamos esperar un ataque. Muy bueno. Haremos una marcha nocturna esta noche y alcanzaremos su campamento. Una vez allí esconderé mis doscientos hombres en los carros y viajaré arriba otra vez con el convoy.

Nuestro amigo el enemigo, habiendo oído que tenemos intención de ir al sur, y ver la caravana ir al norte sin nosotros, de forma natural se abalanzará sobre ella bajo la impresión de que estamos alejados veinte millas. Les enseñaremos tal lección que preferirán pensar en parar un rayo antes que interferir otra vez con uno de los trenes de provisión de Su Majestad Británica. Estoy impaciente por partir.

Elliott ha armado dos de sus cañones tan ingeniosamente que parecen más carretillas de verduleros que otra cosa. Ver la artillería preparada para la acción en el convoy podría despertar sospechas. Los artilleros estarán en los carros junto a los cañones, preparados para accionar y abrir fuego. La infantería delante y atrás. Hemos contado a nuestros discretos criados cipayos de confianza el plan que no tenemos intención de adoptar. Nótese bien - Si deseas que una cosa sea divulgada por toda una provincia siempre susúrralo bajo un juramento de secreto a tu criado nativo de confianza.

8.45 P.M.- Acabo de partir hacia el convoy. ¡Que la suerte nos acompañe!

5 de octubre.- Siete en punto de la mañana. *Io triumphe!* Coronadnos con laurel – a Elliott y a mí! ¿Quién puede compararse con nosotros como exterminadores de alimañas?

We expect the convoy tomorrow morning, and need anticipate no attack until it comes up, for these fellows fight for plunder, not for glory, though, to do them justice, they have plenty of pluck when they get started. I have devised an excellent plan, and it has Elliott's hearty support. By Jove! if we can only manage it, it will be as pretty a ruse as ever I heard of.

Our intention is to give out that we are going down the valley to meet the convoy and to block the mouth of a pass from which we profess to expect an attack. Very good. We shall make a night-march to-night and reach their camp. Once there I shall conceal my two hundred men in the waggons and travel up with the convoy again.

Our friends the enemy, having heard that we intended to go south, and seeing the caravan going north without us, will naturally swoop down upon it under the impression that we are twenty miles away. We shall teach them such a lesson that they would as soon think of stopping a thunderbolt as of interfering again with one of Her Britannic Majesty's provision trains. I am all on thorns to be off.

Elliott has rigged up two of his guns so ingeniously that they look more like costermongers' barrows than anything else. To see artillery ready for action in the convoy might arouse suspicion. The artillerymen will be in the waggons next the guns, all ready to unlimber and open fire. Infantry in front and rear. Have told our confidential and discreet Sepoy servants the plan which we do not intend to adopt. N.B.—If you wish a thing to be noised over a whole province always whisper it under a vow of secrecy to your confidential native servant.

8.45 P.M.—Just starting for the convoy. May luck go with us!

October 5.—Seven o'clock in the evening. *Io triumphe!* Crown us with laurel—Elliott and myself! Who can compare with us as vermin killers?

Acabo de regresar, cansado y agotado, manchado de sangre y polvo, pero me he sentado antes de lavarme o cambiarme para tener la satisfacción de ver nuestras hazañas descritas en blanco y negro- si bien en mi diario privado para ningún ojo excepto el mío. Describiré todo completamente como preparación para un informe oficial, que debe ser redactado cuando Elliott regrese. Billy Dawson solía decir que había tres grados de comparación- un engaño, una mentira y un informe oficial. Nosotros por lo menos no podemos exagerar nuestro éxito, puesto que sería imposible añadirle nada.

Partimos, entonces, según programa, y llegamos al campamento cerca de la cabeza del valle. Tenían dos débiles compañías del 54 con ellos que sin duda podrían haberse defendido con un aviso, pero una agresión inesperada de salvajes Hombres de las Colinas es una cosa muy difícil contra la que luchar. Con nuestros refuerzos, sin embargo, y estando nosotros en guardia, podríamos desafiar a los granujas.

Chamberlain estaba al mando- un buen muchacho. Pronto le hicimos entender la situación, y estuvimos todos preparados para empezar hacia el alba aunque sus carros estaban tan llenos que estuvimos obligados a dejar atrás varias toneladas de pienso para hacer espacio para mis cipayos y para la artillería.

Alrededor de las cinco enganchamos, por usar un africanismo, y para las seis estábamos de camino, con nuestra escolta tan dispersa y despreocupada como era posible- una caravana de aspecto tan indefenso como nunca invitó al ataque.

Pronto pude ver que esta vez no iba a ser una falsa alarma, y que las tribus realmente no están jugando.

Desde mi puesto de observación, bajo las cortinas de lona de uno de los carros, pude divisar cabezas con turbantes apareciendo para echarnos un vistazo de entre las rocas, y un explorador ocasional apresurándose hacia el norte con la noticia de nuestra llegada inminente.

I have only just got back, tired and weary, stained with blood and dust, but I have sat down before either washing or changing to have the satisfaction of seeing our deeds set forth in black and white—if only in my private log for no eye but my own. I shall describe it all fully as a preparation for an official account, which must be drawn up when Elliott gets back. Billy Dawson used to say that there were three degrees of comparison—a prevarication, a lie, and an official account. We at least cannot exaggerate our success, for it would be impossible to add anything to it.

We set out, then, as per programme, and came upon the camp near the head of the valley. They had two weak companies of the 54th with them who might no doubt have held their own with warning, but an unexpected rush of wild Hillmen is a very difficult thing to stand against. With our reinforcements, however, and on our guard, we might defy the rascals.

Chamberlain was in command—a fine young fellow. We soon made him understand the situation, and were all ready for a start by daybreak though his waggons were so full that we were compelled to leave several tons of fodder behind in order to make room for my Sepoys and for the artillery.

About five o'clock we inspanned, to use an Africanism, and by six we were well on our way, with our escort as straggling and unconcerned as possible—as helpless-looking a caravan as ever invited attack.

I could soon see that it was to be no false alarm this time, and that the tribes really meant business.

From my post of observation, under the canvas screens of one of the waggons, I could make out turbaned heads popping up to have a look at us from among the rocks, and an occasional scout hurrying northward with the news of our approach.

No fue, sin embargo, hasta que llegamos a la altura del paso de Terada, un sombrío desfiladero rodeado por gigantescos acantilados, cuando los Afridis empezaron a mostrarse en bloque, aunque se habían emboscado tan astutamente que, si no hubiéramos estado acechándoles intensamente, podríamos haber caído en la trampa. Lo que realmente ocurrió fue que el convoy se detuvo, y a continuación los Hombres de las Colinas, viendo que eran observados, abrieron un pesado pero mal dirigido fuego sobre nosotros.

Había pedido a Chamberlain que lanzara a sus hombres en formación de escaramuza, y que les diese indicaciones de retirarse lentamente sobre los carros para atraer a los Afridis. La trampa salió a la perfección.

Mientras los casacas rojas se retiraban de manera continuada, manteniéndose a cubierto tanto como era posible, el enemigo les siguió con gritos de júbilo, saltando de roca en roca, agitando sus jezails en el aire, y aullando como una manada de demonios.

Con sus caras negras, contorsionadas y burlonas, sus gestos feroces, y sus ropas ondeantes, habrían hecho un estudio para cualquier pintor que desease retratar la idea de Milton del ejército de los condenados.

Desde cada lado hacía presión hasta que, no viendo, como pensaban, nada entre ellos y la victoria, abandonaron el refugio de las rocas y vinieron corriendo, una multitud furiosa y aulladora, con el estandarte verde del Profeta en la vanguardia.

Ahora era nuestra oportunidad, y la utilizamos gloriosamente.

Desde cada grieta y hendidura de los carros llegaba el resplandor de un disparo, todos haciendo blanco entre la apretada muchedumbre. Dos o tres veintenas rodaron como conejos y el resto vaciló durante un momento, y después, con sus jefes a la cabeza, siguieron viniendo otra vez en una magnífica avalancha.

Era inútil, sin embargo, para hombres indisciplinados intentar enfrentarse a un fuego tan bien dirigido. Los cabecillas fueron derribados, y los otros, después de dudar durante unos pocos momentos, se volvieron y se dirigieron hacia las rocas.

It was not, however, until we came abreast of the Terada Pass, a gloomy defile bounded by gigantic cliffs, that the Afridis began to show in force, though they had ambushed themselves so cleverly that, had we not been keenly on the look-out for them, we might have walked right into the trap. As it was, the convoy halted, upon which the Hillmen, seeing that they were observed, opened a heavy but ill-directed fire upon us.

I had asked Chamberlain to throw out his men in skirmishing order, and to give them directions to retreat slowly upon the waggons so as to draw the Afridis on. The ruse succeeded to perfection.

As the redcoats steadily retired, keeping behind cover as much as possible, the enemy followed them up with yells of exultation, springing from rock to rock, waving their jezails in the air, and howling like a pack of demons.

With their black, contorted, mocking faces, their fierce gestures, and their fluttering garments, they would have made a study for any painter who wished to portray Milton's conception of the army of the damned.

From every side they pressed in until, seeing, as they thought, nothing between them and victory, they left the shelter of the rocks and came rushing down, a furious, howling throng, with the green banner of the Prophet in their van.

Now was our chance, and gloriously we utilised it.

From every cranny and slit of the waggons came a blaze of fire, every shot of which told among the close-packed mob. Two or three score rolled over like rabbits and the rest reeled for a moment, and then, with their chiefs at their head, came on again in a magnificent rush.

It was useless, however, for undisciplined men to attempt to face such a well-directed fire. The leaders were bowled over, and the others, after hesitating for a few moments, turned and made for the rocks.

Ahora era nuestro turno de asumir la ofensiva. Los cañones estaban preparados para accionar y la metralla vertida en ellos, mientras nuestra pequeña fuerza de infantería avanzaba a toda prisa, disparando y acuchillando a todos los que alcanzaban. Nunca había conocido que el curso de una batalla cambiase tan rápida y definitivamente. La sombría retirada se convirtió en una fuga y la fuga en una aterrorizada desbandada, hasta que no quedó nada de los miembros de la tribu excepto una multitud dispersa y desmoralizada que huía incontroladamente a sus fortalezas nativas en busca de refugio y protección.

No estaba dispuesto de ninguna manera a dejar que se libraran fácilmente ahora que los tenía en mi poder. Por el contrario, decidí enseñarles tal lección que la visión de un solo uniforme escarlata fuese en el futuro un pasaporte en sí mismo.

Seguimos muy de cerca el rastro de los fugitivos y entramos en el desfiladero de Terada pisándoles los talones. Habiendo separado a Chamberlain y Elliott con una compañía a cada lado para proteger mis flancos, seguí adelante con mis cipayos y un puñado de artilleros, sin darle tiempo al enemigo a juntarse ni a recuperarse. Estábamos tan obstaculizados, sin embargo, por nuestros rígidos uniformes europeos y por nuestra falta de práctica en escalar, que habríamos sido incapaces de alcanzar a ninguno de los montañeses si no hubiera sido por un afortunado accidente.

Hay un barranco más pequeño que se abre al paso principal, y en su prisa y confusión algunos de los fugitivos corrieron por este. Vi a sesenta o setenta de ellos ir por allá, pero les habría pasado por alto y continuado en persecución del grupo principal si uno de mis exploradores no hubiera venido corriendo para informarme de que el barranco más pequeño era un callejón sin salida, y que los Afridis que habían ascendido por él no tenían medios posibles para salir de nuevo excepto abriéndose paso a través de nuestras filas.

It was our turn now to assume the offensive. The guns were unlimbered and grape poured into them, while our little infantry force advanced at the double, shooting and stabbing all whom they overtook.

Never had I known the tide of battle turn so rapidly and so decisively. The sullen retreat became a flight, and the flight a panic-stricken rout, until there was nothing left of the tribesmen except a scattered, demoralised rabble flying wildly to their native fastnesses for shelter and protection.

I was by no means inclined to let them off cheaply now that I had them in my power. On the contrary, I determined to teach them such a lesson that the sight of a single scarlet uniform would in future be a passport in itself.

We followed hard upon the track of the fugitives and entered the Terada defile at their very heels. Having detached Chamberlain and Elliott with a company on either side to protect my wings, I pushed on with my Sepoys and a handful of artillerymen, giving the enemy no time to rally or to recover themselves. We were so handicapped, however, by our stiff European uniforms and by our want of practice in climbing, that we should have been unable to overtake any of the mountaineers had it not been for a fortunate accident.

There is a smaller ravine which opens into the main pass, and in their hurry and confusion some of the fugitives rushed down this. I saw sixty or seventy of them turn down, but I should have passed them by and continued in pursuit of the main body had not one of my scouts come rustling up to inform me that the smaller ravine was a *cul-de-sac*, and that the Afridis who had gone up it had no possible means of getting out again except by cutting their way through our ranks.

Aquí había una oportunidad de infundir el terror en las tribus. Dejando a Chamberlain y Elliott continuar la persecución del grupo principal, ordené a mis cipayos que marchasen por el estrecho camino y continuamos lentamente por él en formación extendida, cubriendo todo el suelo de acantilado a acantilado. Ni un chacal podría habernos pasado inadvertido. Los rebeldes estaban atrapados como ratas en una trampa.

El desfiladero en que nos encontrábamos era el más sombrío y majestuoso que he visto nunca. En cada lado precipicios desnudos se elevaban escarpados durante mil pies o más, convergiendo entre ellos para dejar una hendidura de luz solar muy estrecha sobre nosotros, que era aún más disminuida por el plumoso borde de las palmeras y aloes que colgaban sobre cada borde del desfiladero.

Los acantilados no estaban separados por más de un par de cientos de yardas en la entrada, pero mientras avanzábamos se acercaban más y más, hasta que media compañía en formación cerrada apenas podía marchar uno al lado del otro.

Una especie de crepúsculo reinaba en este extraño valle, y la tenue y vacilante luz hacía que las grandes rocas de basalto se cernieran difusas y fantásticas. No había sendero, y el suelo era de lo más desigual, pero seguí adelante con brío, advirtiendo a mis compañeros que tuvieran los dedos en los gatillos, porque podía ver que estábamos acercándonos al punto donde los dos acantilados formaban un ángulo agudo el uno con el otro.

Por fin llegamos a la vista del lugar. Un gran montón de peñascos estaba amontonado en el mismo fin del paso, y entre estos nuestros fugitivos estaban escondiéndose, en apariencia completamente desmoralizados, e incapaces de resistencia. Eran inútiles como prisioneros, y era imposible dejarles irse, así que no había elección excepto exterminarlos.

Agitando mi espada, estaba guiando a mis hombres, cuando tuvimos una interrupción de lo más dramática de una clase que he visto una o dos veces en las tablas de Drury Lane, pero nunca en la vida real.

Here was an opportunity of striking terror into the tribes. Leaving Chamberlain and Elliott to continue the pursuit of the main body, I wheeled my Sepoys into the narrow path and proceeded slowly down it in extended order, covering the whole ground from cliff to cliff. Not a jackal could have passed us unseen. The rebels were caught like rats in a trap.

The defile in which we found ourselves was the most gloomy and majestic that I have ever seen. On either side naked precipices rose sheer up for a thousand feet or more, converging upon each other so as to leave a very narrow slit of daylight above us, which was further reduced by the feathery fringe of palm trees and aloes which hung over each lip of the chasm.

The cliffs were not more than a couple of hundred yards apart at the entrance, but as we advanced they grew nearer and nearer, until a half company in close order could hardly march abreast.

A sort of twilight reigned in this strange valley, and the dim, uncertain light made the great, basalt rocks loom up vague and fantastic. There was no path, and the ground was most uneven, but I pushed on briskly, cautioning my fellows to have their fingers on their triggers, for I could see that we were nearing the point where the two cliffs would form an acute angle with each other.

At last we came in sight of the place. A great pile of boulders was heaped up at the very end of the pass, and among these our fugitives were skulking, entirely demoralised apparently, and incapable of resistance. They were useless as prisoners, and it was out of the question to let them go, so there was no choice but to polish them off.

Waving my sword, I was leading my men on, when we had a most dramatic interruption of a sort which I have seen once or twice on the boards of Drury Lane, but never in real life.

En el lado del acantilado, cerca del montón de piedras donde los Hombres de las Colinas estaban presentando su última batalla, había una cueva que parecía más la guarida de alguna bestia salvaje que una vivienda humana.

Fuera de esta oscura arcada de repente salió un anciano- un hombre tan viejo que todos los otros veteranos que he visto eran como críos comparados con él. Su pelo y barba eran tan blancos como la nieve, y cada uno llegaba más de medio camino de su cintura. Su cara era arrugada y morena y de ébano, una mezcla entre un mono y una momia, y tan delgadas y esqueléticas eran sus marchitas extremidades que apenas se podía creer que le quedase vitalidad, si no fuera por sus ojos, que relucían y brillaban de excitación, como dos diamantes en un engaste de caoba.

Esta aparición salió corriendo de la cueva, y, lanzándose entre los fugitivos y nuestros hombres, nos señaló que retrocediésemos con un gesto amplio de la mano tan imperioso como nunca un emperador usó con sus esclavos.

—Hombres sanguinarios —gritó, con voz de trueno, hablando excelente inglés, también— este es un lugar para la oración y la meditación, no para el asesinato. Desistid, no sea que la ira de los dioses caiga sobre vosotros.

—Apártate, anciano —grité—. Resultarás lastimado si no sales del camino.

Podía ver que los Hombres de las Colinas estaban recobrando el ánimo, y que algunos de mis cipayos estaban estremeciéndose, como si no les gustase este nuevo enemigo. Claramente, debía actuar de inmediato si deseaba finalizar nuestro éxito.

Corrí hacia delante a la cabeza de los artilleros blancos que habían permanecido leales a mí. El anciano corrió hacia nosotros con los brazos hacia fuera como si quisiera pararnos, pero no era momento de andarse con chiquitas, así que atravesé su cuerpo con mi espada en el mismo momento que uno de los artilleros le golpeó en la cabeza con su carabina. Cayó al instante, y los Hombres de las Colinas, a la vista de su caída, lanzaron el más tremendo aullido de horror y consternación.

In the side of the cliff, close to the pile of stones where the Hillmen were making their last stand, there was a cave which looked more like the lair of some wild beast than a human habitation.

Out of this dark archway there suddenly emerged an old man—such a very, very old man that all the other veterans whom I have seen were as chickens compared with him. His hair and beard were both as white as snow, and each reached more than half-way to his waist. His face was wrinkled and brown and ebony, a cross between a monkey and a mummy, and so thin and emaciated were his shrivelled limbs that you would hardly have given him credit for having any vitality left, were it not for his eyes, which glittered and sparkled with excitement, like two diamonds in a setting of mahogany.

This apparition came rushing out of the cave, and, throwing himself between the fugitives and our fellows, motioned us back with as imperious a sweep of the hand as ever an emperor used to his slaves.

"Men of blood," he cried, in a voice of thunder, speaking excellent English, too—"this is a place for prayer and meditation, not for murder. Desist, lest the wrath of the gods fall upon you."

"Stand aside, old man," I shouted. "You will meet with a hurt if you don't get out of the way."

I could see that the Hillmen were taking heart, and that some of my Sepoys were flinching, as if they did not relish this new enemy. Clearly, I must act promptly if I wished to complete our success.

I dashed forward at the head of the white artillerymen who had stuck to me. The old fellow rushed at us with his arms out as if to stop us, but it was not time to stick at trifles, so I passed my sword through his body at the same moment that one of the gunners brought his carbine down upon his head. He dropped instantly, and the Hillmen, at the sight of his fall, set up the most unearthly howl of horror and consternation.

Los cipayos, que habían estado inclinados a quedarse atrás, vinieron otra vez en el momento en que fue muerto, y no nos costó mucho tiempo consumar nuestra victoria. Apenas un hombre del enemigo salió vivo del desfiladero.

¿Qué más podrían haber hecho Aníbal o César? Nuestras propias pérdidas en todo el asunto han sido insignificantes-tres muertos y alrededor de quince heridos. Conseguimos su estandarte, un trocito de tela verde con una frase del Corán grabada sobre él.

Busqué, después de la acción de combate, al viejo, pero su cuerpo había desaparecido, aunque no tengo ni idea de cómo o adonde. ¡Que su sangre caiga sobre su propia cabeza! Estaría vivo ahora si no se hubiera entrometido, como los policías dicen en casa, "con un oficial en el cumplimiento de su deber."

Los exploradores me dicen que su nombre era Ghoolab Shah, y que era uno de los más principales y santos de los budistas. Tenía gran fama en la región como profeta y hacedor de milagros- de ahí el alboroto cuando fue liquidado. Me dicen que estaba viviendo en esta misma cueva cuando Tamerlán pasó por este camino en 1399, junto con muchas más majaderías de ese tipo.

Entré en la cueva, y cómo un hombre podría vivir en ella una semana es un misterio para mí, porque tenía poco más de cuatro pies de alto, y era una gruta tan húmeda y lúgubre como nunca se vio. Un banco de madera y una mesa basta eran los únicos muebles, junto con muchos rollos de pergamino con jeroglíficos.

Bien, se ha ido donde aprenderá que la verdad de la paz y la buena voluntad es superior a toda su tradición popular pagana. Que la paz vaya con él.

The Sepoys, who had been inclined to hang back, came on again the moment he was disposed of, and it did not take us long to consummate our victory. Hardly a man of the enemy got out of the defile alive.

What could Hannibal or Caesar have done more? Our own loss in the whole affair has been insignificant—three killed and about fifteen wounded. Got their banner, a green wisp of a thing with a sentence of the Koran engraved upon it.

I looked, after the action, for the old chap, but his body had disappeared, though how or whither I have no conception. His blood be upon his own head! He would be alive now if he had not interfered, as the constables say at home, "with an officer in the execution of his duty."

The scouts tell me that his name was Ghoolab Shah, and that he was one of the highest and holiest of the Buddhists. He had great fame in the district as a prophet and worker of miracles—hence the hubbub when he was cut down. They tell me that he was living in this very cave when Tamerlane passed this way in 1399, with a lot more bosh of that sort.

I went into the cave, and how any man could live in it a week is a mystery to me, for it was little more than four feet high, and as damp and dismal a grotto as ever was seen. A wooden settle and a rough table were the sole furniture, with a lot of parchment scrolls with hieroglyphics.

Well, he has gone where he will learn that the gospel of peace and good will is superior to all his Pagan lore. Peace go with him.

Elliott y Chamberlain nunca atraparon al grupo principal –sabía que no lo harían- así que los honores del día me corresponden a mí. Debería obtener un ascenso por ello, de todos modos, y quizás, ¿quién sabe? alguna mención en la *Gaceta*. ¡Que oportunidad tan afortunada! Creo que Zemaun merece su telescopio después de todo por proporcionármela. Tomaré algo de comer ahora, porque estoy medio muerto de hambre. La gloria es algo excelente, pero no se puede vivir de ella.

6 de octubre, 11 de la mañana- Dejadme intentar poner por escrito tan serenamente y tan exactamente como pueda todo lo que ocurrió anoche. Nunca he sido un soñador ni un visionario, así que puedo confiar en mis propios sentidos, aunque estoy obligado a decir que si cualquier otro hombre me hubiera dicho lo mismo hubiera dudado de él. Podría incluso haber sospechado que me engañaba en ese momento si no hubiera oído la campana .Sin embargo, debo narrar lo que sucedió.

Elliott estuvo conmigo en mi tienda de campaña tomando un puro tranquilamente hasta alrededor de las diez. Después hice las rondas con mi jemidar, y habiendo visto que todo estaba en orden me fui a la cama un poco antes de las once.

Justamente me estaba quedando dormido, porque estaba cansadísimo después del día de trabajo, cuando me despertó un ligero ruido, y, mirando alrededor, vi un hombre vestido con traje asiático de pie en la entrada de mi tienda de campaña. Estaba parado cuando le vi, y tenía los ojos fijados en mí con una expresión solemne y severa.

Mi primer pensamiento fue que el hombre era algún fanático Ghazi o afgano que había entrado sigilosamente con la intención de apuñalarme, y con esa idea en la mente tuve toda la voluntad de saltar de mi sofá y defenderme, pero me faltaba la fuerza inexplicablemente.

Elliott and Chamberlain never caught the main body—I knew they wouldn't—so the honours of the day rest with me. I ought to get a step for it, anyhow, and perhaps, who knows? some mention in the *Gazette*. What a lucky chance! I think Zemaun deserves his telescope after all for giving it to me. Shall have something to eat now, for I am half starved. Glory is an excellent thing, but you cannot live upon it.

October 6, 11 A.M.—Let me try to set down as calmly and as accurately as I can all that occurred last night. I have never been a dreamer or a visionary, so I can rely upon my own senses, though I am bound to say that if any other fellow had told me the same thing I should have doubted him. I might even have suspected that I was deceived at the time had I not heard the bell since. However, I must narrate what happened.

Elliott was in my tent with me having a quiet cheroot until about ten o'clock. I then walked the rounds with my jemidar, and having seen that all was right I turned in a little before eleven.

I was just dropping off to sleep, for I was dog-tired after the day's work, when I was aroused by some slight noise, and, looking round, I saw a man dressed in Asiatic costume standing at the entrance of my tent. He was motionless when I saw him, and he had his eyes fixed upon me with a solemn and stern expression.

My first thought was that the fellow was some Ghazi or Afghan fanatic who had stolen in with the intention of stabbing me, and with this idea in my mind I had all the will to spring from my couch and defend myself, but the power was unaccountably lacking.

Una languidez abrumadora y falta de energía me poseyó. Si hubiera visto la daga descendiendo sobre mi pecho no podría haber hecho un esfuerzo para evitarlo. Supongo que un pájaro cuando está bajo la influencia de una serpiente se siente muy parecido a como yo me sentía en presencia de este extraño de cara sombría. Mi mente estaba lo bastante lúcida, pero mi cuerpo estaba tan aletargado como si aún estuviera dormido.

Cerré los ojos una o dos veces e intenté convencerme de que todo era una ilusión, pero cada vez que los abría estaba aún el hombre contemplándome con la misma mirada fija fría y amenazante.

El silencio se hizo insoportable. Sentí que debía superar mi languidez para poder dirigirme a él. No soy un hombre nervioso, y nunca supe antes lo que Virgilio quería decir cuando escribió "adhoesit faucibus ora." Por fin me las arreglé para tartamudear unas pocas palabras, preguntando al intruso quien era y qué quería.

–Teniente Heatherstone –respondió, hablando lenta y gravemente–, has cometido este día el sacrilegio más vil y el crimen más grande que es posible que cometa un hombre. Has matado a uno de los tres veces bendecidos y reverendos, un archiadepto del primer grado, un hermano mayor que ha pisado el camino más alto durante más años que los meses que tú llevas. Le has interrumpido en un momento en que sus tareas prometían alcanzar un clímax y cuando estaba a punto de alcanzar una cumbre de conocimiento oculto que habría llevado al hombre un paso más cerca de su Creador. Todo esto lo has hecho sin excusa, sin provocación, en un momento en que él estaba defendiendo la causa de los indefensos y angustiados. Escúchame ahora, John Heatherstone.

An overpowering languor and want of energy possessed me. Had I seen the dagger descending upon my breast I could not have made an effort to avert it. I suppose a bird when it is under the influence of a snake feels very much as I did in the presence of this gloomy-faced stranger. My mind was clear enough, but my body was as torpid as though I were still asleep.

I shut my eyes once or twice and tried to persuade myself that the whole thing was a delusion, but every time that I opened them there was the man still regarding me with the same stony, menacing stare.

The silence became unendurable. I felt that I must overcome my languor so far as to address him. I am not a nervous man, and I never knew before what Virgil meant when he wrote "adhoesit faucibus ora." At last I managed to stammer out a few words, asking the intruder who he was and what he wanted.

"Lieutenant Heatherstone," he answered, speaking slowly and gravely, "you have committed this day the foulest sacrilege and the greatest crime which it is possible for man to do. You have slain one of the thrice blessed and reverend ones, an arch adept of the first degree, an elder brother who has trod the higher path for more years than you have numbered months. You have cut him off at a time when his labours promised to reach a climax and when he was about to attain a height of occult knowledge which would have brought man one step nearer to his Creator. All this you have done without excuse, without provocation, at a time when he was pleading the cause of the helpless and distressed. Listen now to me, John Heatherstone.

—Cuando la gente empezó a dedicarse a las ciencias ocultas hace muchos miles de años, los eruditos descubrieron que la corta antigüedad de la existencia humana era demasiado limitada para permitir a un hombre alcanzar las más nobles cumbres de la vida interior. Los investigadores de esos días dirigían sus energías en primer lugar, por lo tanto, al alargamiento de sus propios días para poder tener más ámbito de mejora.

—Por su conocimiento de las leyes secretas de la Naturaleza estaban capacitados para fortalecer sus cuerpos contra la enfermedad y la vejez. Sólo quedaba protegerse contra los ataques de los hombres malvados y violentos que siempre están preparados para destruir lo que es más sabio y más noble que ellos mismos. No había medios directos por los que se pudiera llevar a cabo esta protección, pero se logró en alguna medida organizando las fuerzas ocultas de tal manera que un castigo terrible e inevitable aguardase al infractor.

—Fue irrevocablemente ordenado por leyes que no pueden ser invalidadas que cualquiera que derramase la sangre de un hermano que hubiera alcanzado un cierto grado de santidad sería un hombre condenado. Esas leyes son existentes hasta el día de hoy, John Heatherstone, y te has colocado en su poder. Un rey o emperador estaría indefenso ante las fuerzas que has hecho entrar en juego. ¿Qué esperanza hay para ti, entonces?

—En los días antiguos estas leyes actuaban tan instantáneamente que el asesino perecía con su víctima. Después se consideró que este rápido castigo evitaba que el criminal tuviera tiempo de darse cuenta de la enormidad de su crimen.

—Por lo tanto se ordenó que en todos aquellos casos el castigo se dejase en manos de los *chelas*, o discípulos inmediatos del hombre santo, con poder para prolongarlo o acortarlo a su voluntad, exigiéndolo o en el momento o en cualquier futuro aniversario del día en que el crimen fue cometido.

—Por qué el castigo debería llegar solamente esos días no te concierne saberlo. Es suficiente que eres el asesino de Ghoolab Shah, el tres veces bendito, y que yo soy el superior de sus tres *chelas* encargados de vengar su muerte.

"When first the occult sciences were pursued many thousands of years ago, it was found by the learned that the short tenure of human existence was too limited to allow a man to attain the loftiest heights of inner life. The inquirers of those days directed their energies in the first place, therefore, to the lengthening of their own days in order that they might have more scope for improvement.

"By their knowledge of the secret laws of Nature they were enabled to fortify their bodies against disease and old age. It only remained to protect themselves against the assaults of wicked and violent men who are ever ready to destroy what is wiser and nobler than themselves. There was no direct means by which this protection could be effected, but it was in some measure attained by arranging the occult forces in such a way that a terrible and unavoidable retribution should await the offender.

"It was irrevocably ordained by laws which cannot be reversed that any one who should shed the blood of a brother who had attained a certain degree of sanctity should be a doomed man. Those laws are extant to this day, John Heatherstone, and you have placed yourself in their power. King or emperor would be helpless before the forces which you have called into play. What hope, then, is there for you?

"In former days these laws acted so instantaneously that the slayer perished with his victim. It was judged afterwards that this prompt retribution prevented the offender from having time to realise the enormity of his offence.

"It was therefore ordained that in all such cases the retribution should be left in the hands of the *chelas*, or immediate disciples of the holy man, with power to extend or shorten it at their will, exacting it either at the time or at any future anniversary of the day when the crime was committed.

"Why punishment should come on those days only it does not concern you to know. Suffice it that you are the murderer of Ghoolab Shah, the thrice blessed, and that I am the senior of his three *chelas* commissioned to avenge his death.

–No es un asunto personal entre nosotros. Entre nuestros estudios no tenemos ocio ni inclinación a los asuntos personales. Es una ley inmutable, y es imposible para nosotros suavizarla como lo es para ti escapar de ella. Más pronto o más tarde vendremos a ti y reclamaremos tu vida como expiación por la que tú has tomado.

–El mismo destino será infligido al desgraciado soldado, Smith, que, aunque menos culpable que tú, ha incurrido en la misma pena levantando su mano sacrílega contra el elegido de Buda. Si tu vida se prolonga, es simplemente para que puedas tener tiempo de arrepentirte de tu fechoría y sientas toda la fuerza de tu castigo.

–Y para que no seas tentado a expulsarlo de tu mente y olvidarlo, nuestra campana –nuestra campana astral, el uso de la cual es uno de nuestros secretos ocultos- siempre te recordará lo que ha sido y lo que va a ser. La oirás por el día y la oirás por la noche, y para ti será una señal de que hagas lo que hagas y vayas donde vayas, nunca podrás librarte de los *chelas* de Ghoolab Shah.

–Nunca me verás más, maldito, hasta el día en que vengamos por ti. Vive con miedo, y con esa anticipación que es peor que la muerte.

Con un amenazador gesto de la mano la figura se volvió y abandonó con arrogancia mi tienda de campaña hacia la oscuridad. En el instante que el hombre desapareció de mi vista me recobré del letargo que había caído sobre mí. Levantándome de un salto, corrí a la abertura y miré fuera. Un centinela cipayo estaba de pie apoyado sobre su mosquete, alejado unos pocos pasos.

–Perro –dije en indostaní– ¿Qué pretendes dejando que la gente me moleste de esta manera?

El hombre me miró fijamente con sorpresa. –¿Ha molestado alguien al sahib? –preguntó.

–En este instante, en este momento. Debes de haberlo visto salir de mi tienda de campaña.

"It is no personal matter between us. Amid our studies we have no leisure or inclination for personal matters. It is an immutable law, and it is as impossible for us to relax it as it is for you to escape from it Sooner or later we shall come to you and claim your life in atonement for the one which you have taken.

"The same fate shall be meted out to the wretched soldier, Smith, who, though less guilty than yourself, has incurred the same penalty by raising his sacrilegious hand against the chosen of Buddha. If your life is prolonged, it is merely that you may have time to repent of your misdeed and to feel the full force of your punishment.

"And lest you should be tempted to cast it out of your mind and to forget it, our bell—our astral bell, the use of which is one of our occult secrets—shall ever remind you of what have been and what is to be. You shall hear it by day and you shall hear it by night, and it will be a sign to you that do what you may and go where you will, you can never shake yourself clear of the *chelas* of Ghoolab Shah.

"You will never see me more, accursed one, until the day when we come for you. Live in fear, and in that anticipation which is worse than death."

With a menacing wave of the hand the figure turned and swept out of my tent into the darkness. The instant that the fellow disappeared from my sight I recovered from my lethargy which had fallen upon me. Springing to my feet, I rushed to the opening and looked out. A Sepoy sentry was standing leaning upon his musket, a few paces off.

"You dog," I said in Hindustani. "What do you mean by letting people disturb me in this way?"

The man stared at me in amazement. "Has any one disturbed the sahib?" he asked.

"This instant—this moment. You must have seen him pass out of my tent."

–Sin duda el Burra Sabih está equivocado –respondió el hombre, respetuosa pero firmemente–. He estado aquí durante una hora, y nadie ha salido de la tienda de campaña.

Perplejo y desconcertado, estaba sentado al lado de mi sofá preguntándome si todo el asunto era una ilusión, causada por la excitación nerviosa de nuestra escaramuza, cuado una nueva maravilla se apoderó de mí. Desde encima de mi cabeza de repente se escuchó un sonido agudo y tintineante, como el producido por un vaso vacío cuando se le da un golpecito con la uña, sólo que más alto y más intenso.

Miré arriba, pero no había nada que ver. Examiné cuidadosamente todo el interior de la tienda de campaña, pero sin descubrir ninguna causa para el extraño sonido. Por fin, exhausto por la fatiga, abandoné el misterio, y arrojándome en el sofá pronto estuve profundamente dormido.

Cuando me desperté esta mañana estaba inclinado a atribuir todas mis experiencias de ayer a la imaginación, pero pronto me desengañé de la idea, porque apenas me había levantado antes de que el mismo extraño sonido se repitiese en mi propio oído tan alto, y en apariencia tan sin causa, como antes. Lo que es o de dónde viene no lo puedo concebir. No lo he oído desde entonces.

¿Pueden tener algo de razón las amenazas del hombre y ser esto la campana de advertencia de la que habló? Sin duda es imposible. Sin embargo su actitud era indescriptiblemente impresionante.

He intentado poner por escrito lo que dijo con tanta exactitud como pueda, pero me temo que he omitido muchísimo. ¿Cuál va a ser el final de este extraño asunto? Debo optar por un tratamiento de religión y agua bendita. Ni una palabra a Chamberlain ni a Elliott. Ellos me dicen que parezco un fantasma esta mañana.

"Surely the Burra Sahib is mistaken," the man answered, respectfully but firmly. "I have been here for an hour, and no one has passed from the tent."

Puzzled and disconcerted, I was sitting by the side of my couch wondering whether the whole thing were a delusion, brought on by the nervous excitement of our skirmish, when a new marvel overtook me. From over my head there suddenly sounded a sharp, tinkling sound, like that produced by an empty glass when flipped by the nail, only louder and more intense.

I looked up, but nothing was to be seen. I examined the whole interior of the tent carefully, but without discovering any cause for the strange sound. At last, worn out with fatigue, I gave the mystery up, and throwing myself on the couch was soon fast asleep.

When I awoke this morning I was inclined to put the whole of my yesternight's experiences down to imagination, but I was soon disabused of the idea, for I had hardly risen before the same strange sound was repeated in my very ear as loudly, and to all appearance as causelesly, as before. What it is or where it comes from I cannot conceive. I have not heard it since.

Can the fellow's threats have something in them and this be the warning bell of which he spoke? Surely it is impossible. Yet his manner was indescribably impressive.

I have tried to set down what he said as accurately as I can, but I fear I have omitted a good deal. What is to be the end of this strange affair? I must go in for a course of religion and holy water. Not a word to Chamberlain or Elliott. They tell me I am looking like a ghost this morning.

Tarde.- He conseguido comparar notas con el Artillero Rufus Smith de Artillería, que derribó al anciano con la culata de su arma. Su experiencia ha sido la misma que la mía. Ha oído el sonido, también. ¿Cuál es el significado de todo ello? Mi cerebro está confuso.

10 de octubre (cuatro días después) -¡Que Dios nos ayude! Esta última lacónica anotación concluía el diario. Me parecía que, viniendo como venía después de cuatro días de completo silencio, contaba un relato de nervios agitados y un ánimo resquebrajado más claro que cualquier narración más elaborada. Prendido con alfileres al diario había una declaración suplementaria que evidentemente había sido recientemente añadido por el general.

"Desde ese día a este," decía, "no he tenido noche ni día libre de la intrusión de ese terrible sonido y los pensamientos que trae consigo. El tiempo y la costumbre no me han traído alivio, sino que por el contrario, mientras los años pasan sobre mi cabeza mi fuerza física disminuye y mis nervios se vuelven menos capaces de resistir contra la continua tensión.

"Soy un hombre roto en cuerpo y mente. Vivo en un estado de tensión, siempre aguzando los oídos para oír el odiado sonido, temeroso de conversar con mis colegas por miedo de exponerles mi terrible estado, sin consuelo ni esperanza de consuelo a este lado de la tumba. Debería estar dispuesto, Dios lo sabe , a morir y sin embargo cuando llega cada 5 de octubre, estoy postrado por el miedo porque no sé qué extraña o terrible experiencia puede estar esperándome.

"Cuarenta años han pasado desde que maté a Ghoolab Shah, y cuarenta veces he pasado por todos los horrores de la muerte, sin alcanzar la bendita paz que está más allá.

Evening.—Have managed to compare notes with Gunner Rufus Smith of the Artillery, who knocked the old fellow over with the butt of his gun. His experience has been the same as mine. He has heard the sound, too. What is the meaning of it all? My brain is in a whirl.

Oct. 10 (four days later).—God help us!

This last laconic entry terminated the journal. It seemed to me that, coming as it did after four days' complete silence, it told a clearer tale of shaken nerve and a broken spirit than could any more elaborate narrative. Pinned on to the journal was a supplementary statement which had evidently been recently added by the general.

"From that day to this," it said, "I have had no night or day free from the intrusion of that dreadful sound with its accompanying train of thought. Time and custom have brought me no relief, but on the contrary, as the years pass over my head my physical strength decreases and my nerves become less able to bear up against the continual strain.

"I am a broken man in mind and body. I live in a state of tension, always straining my ears for the hated sound, afraid to converse with my fellows for fear of exposing my dreadful condition to them, with no comfort or hope of comfort on this side of the grave. I should be willing. Heaven knows, to die, and yet as each 5th of October comes round, I am prostrated with fear because I do not know what strange and terrible experience may be in store for me.

"Forty years have passed since I slew Ghoolab Shah, and forty times I have gone through all the horrors of death, without attaining the blessed peace which lies beyond.

"No tengo medio de saber de qué forma mi destino vendrá sobre mí. Me he encerrado en esta solitaria región, y me he rodeado de barreras, porque en mis momentos de más debilidad mis instintos me urgen a dar algunos pasos para la autoprotección. Pero sé bien en mi corazón lo inútil que es. Deben venir rápidamente ahora, porque me hago mayor, y la Naturaleza se anticipará a ellos a menos que se den prisa.

"Me atribuyo el mérito de que he mantenido las manos lejos del ácido prúsico o la botella de opio. Siempre ha estado en mi poder dar jaque mate a mis ocultos perseguidores de esa manera, pero siempre he sostenido que un hombre en este mundo no puede abandonar su puesto hasta que ha sido eximido a su debido tiempo por las autoridades. No he tenido escrúpulos, sin embargo, en exponerme al peligro, y, durante las guerras de los Sikhs y los Cipayos, hice todo lo que un hombre puede hacer para cortejar a la Muerte. Ella me ignoró, sin embargo, y escogió a muchos hombres jóvenes para los que la vida únicamente estaba empezando y que lo tenían todo por vivir, mientras que yo sobreviví para ganar cruces y honores que habían perdido todo deleite para mí.

"Bien, bien, estas cosas no pueden depender de la casualidad, y sin duda hay alguna profunda razón para ello.

"La Providencia me ha hecho una compensación en forma de una esposa auténtica y fiel, a la que conté mi terrible secreto antes de la boda, y quien noblemente accedió a compartir mi destino. ¡Ella ha levantado la mitad de la carga de mis hombros, pero con el efecto, pobre mujer, de aplastar su propia vida bajo su peso!

"Mi hijos, también, han sido un consuelo para mí. Mordaunt sabe todo, o casi todo. A Gabriel hemos intentado mantenerla a oscuras, aunque no podemos evitar que sepa que hay algo que no va bien.

"I have no means of knowing in what shape my fate will come upon me. I have immured myself in this lonely country, and surrounded myself with barriers, because in my weaker moments my instincts urge me to take some steps for self-protection, but I know well in my heart how futile it all is. They must come quickly now, for I grow old, and Nature will forestall them unless they make haste.

"I take credit to myself that I have kept my hands off the prussic-acid or opium bottle. It has always been in my power to checkmate my occult persecutors in that way, but I have ever held that a man in this world cannot desert his post until he has been relieved in due course by the authorities. I have had no scruples, however, about exposing myself to danger, and, during the Sikh and Sepoy wars, I did all that a man could do to court Death. He passed me by, however, and picked out many a young fellow to whom life was only opening and who had everything to live for, while I survived to win crosses and honours which had lost all relish for me.

"Well, well, these things cannot depend upon chance, and there is no doubt some deep reason for it all.

"One compensation Providence has made me in the shape of a true and faithful wife, to whom I told my dreadful secret before the wedding, and who nobly consented to share my lot. She has lifted half the burden from my shoulders, but with the effect, poor soul, of crushing her own life beneath its weight!

"My children, too, have been a comfort to me. Mordaunt knows all, or nearly all. Gabriel we have endeavoured to keep in the dark, though we cannot prevent her from knowing that there is something amiss.

"Me gustaría que esta declaración fuera mostrada al Dr. John Easterling de Stranraer. Él oyó en una ocasión este inolvidable sonido. Mi triste experiencia puede que le enseñe que yo decía la verdad cuando dije que había muchos conocimientos en el mundo que nunca han llegado a Inglaterra.

J.B. HEATHERSTONE."

Se acercaba el alba para cuando hube acabado esta extraordinaria narración, a la que mi hermana y Mordaunt Heatherstone escuchaban con la más absorta atención. Ya podíamos ver a través de la ventana que las estrellas habían empezado a disiparse y una luz gris había empezado a aparecer en el este. El granjero que era dueño del lurcher vivía a un par de millas, así que era hora de que nos pusiéramos en marcha. Dejando a Esther que contara la historia a mi padre del modo en que pudiera, metimos comida en los bolsillos y partimos a nuestro solemne y azaroso recado.

"I should like this statement to be shown to Dr. John Easterling of Stranraer. He heard on one occasion this haunting sound. My sad experience may show him that I spoke truth when I said that there was much knowledge in the world which has never found its way to England.

"J. B. HEATHERSTONE."

It was going on for dawn by the time that I had finished this extraordinary narrative, to which my sister and Mordaunt Heatherstone listened with the most absorbed attention. Already we could see through the window that the stars had begun to fade and a grey light to appear in the east. The crofter who owned the lurcher dog lived a couple of miles off, so it was time for us to be on foot. Leaving Esther to tell my father the story in such fashion as she might, we thrust some food in our pockets and set off upon our solemn and eventful errand.

CAPÍTULO XVI

EN EL AGUJERO DE CREE

Estaba lo bastante oscuro cuando nos pusimos en camino como para que no fuera fácil encontrar nuestro camino a través de los páramos, pero mientras avanzábamos había cada vez más luz, hasta que para cuando llegamos a la cabaña de Fullerton estábamos a plena luz del día.

Temprano como era, estaba levantado, porque los campesinos de Wigtown son una raza que se levanta temprano. Le explicamos nuestra misión en tan pocas palabras como fue posible, y habiendo cerrado el trato-¿qué escocés descuidó nunca esos preliminares?- accedió no sólo a permitirnos tener el uso de su perro sino a venir él mismo con nosotros.

Mordaunt, en su deseo de privacidad, habría puesto reparos a este acuerdo, pero le indiqué que no teníamos ni idea de lo que nos esperaba, y la suma de un hombre fuerte y en buena condición física a nuestro grupo podría resultar ser de la mayor importancia.

Por otra parte, era menos probable que el perro nos diera problemas si teníamos a su amo para controlarlo. Mis razones fueron convincentes, y el bípedo fue con nosotros además de su compañero de cuatro patas.

Había poca semejanza entre los dos, puesto que el hombre era un tipo despeinado con un gran mechón de pelo amarillo y una barba desordenada, mientras que el perro era de la raza de pelo largo y descuidado que parecía un fardo de estopa animado.

CHAPTER XVI

AT THE HOLE OF CREE

I t was dark enough when we started to make it no easy matter to find our way across the moors, but as we advanced it grew lighter and lighter, until by the time we reached Fullarton's cabin it was broad daylight.

Early as it was, he was up and about, for the Wigtown peasants are an early rising race. We explained our mission to him in as few words as possible, and having made his bargain—what Scot ever neglected that preliminary?—he agreed not only to let us have the use of his dog but to come with us himself.

Mordaunt, in his desire for privacy, would have demurred at this arrangement, but I pointed out to him that we had no idea what was in store for us, and the addition of a strong, able-bodied man to our party might prove to be of the utmost consequence.

Again, the dog was less likely to give us trouble if we had its master to control it. My arguments carried the day, and the biped accompanied us as well as his four-footed companion.

There was some little similarity between the two, for the man was a towsy-headed fellow with a great mop of yellow hair and a straggling beard, while the dog was of the long-haired, unkempt breed looking like an animated bundle of oakum.

Durante todo nuestro camino al Hall su propietario continuó contando ejemplos de la sagacidad y cualidades olfativas, que, de acuerdo a su relato, eran poco menos que milagrosas. Sus anécdotas tenían poca audiencia, me temo, porque mi mente estaba ocupada con la extraña historia que había estado leyendo, mientras Mordaunt daba zancadas con los ojos furiosos y las mejillas febriles, sin pensar en nada excepto en el problema que teníamos que resolver.

Una y otra vez cuando coronábamos un promontorio le vi mirar ansiosamente a su alrededor con la remota esperanza de ver algún rastro de los ausentes, pero en toda la extensión de páramo no había señal de movimiento ni de vida. Todo estaba muerto y silencioso y desierto.

Nuestra visita al Hall fue muy breve, porque ahora cada minuto era importante. Mordaunt entró como una tromba y salió con un viejo abrigo de su padre, que entregó a Fullarton, quien se lo tendió al perro.

El inteligente animal lo olfateó por todas partes, después corrió aullando un pequeño trecho por la avenida, regresó para olfatear el abrigo otra vez, y finalmente elevando el muñón que tenía por cola triunfalmente, lanzó una sucesión de agudos aullidos para mostrar que estaba satisfecho porque había encontrado el rastro. Su propietario ató una larga cuerda a su collar para evitar que fuera demasiado rápido para nosotros, y todos partimos en nuestra búsqueda, el perro estirando y tirando de su correa en su excitación mientras seguía los pasos del general.

Nuestro camino se extendía durante un par de cientos de millas a lo largo de la carretera, y después atravesaba un hueco en el seto y continuaba hacia el páramo, a través del cual fuimos guiados en línea recta hacia el norte.

El sol ya había salido por encima del horizonte, y todo el paisaje parecía tan fresco y encantador, desde el azul y centelleante mar a las montañas púrpuras, que era difícil darse cuenta de lo extraña y asombrosa que era la empresa en que estábamos involucrados.

All our way to the Hall its owner kept retailing instances of the creature's sagacity and powers of scent, which, according to his account, were little less than miraculous. His anecdotes had a poor audience, I fear, for my mind was filled with the strange story which I had been reading, while Mordaunt strode on with wild eyes and feverish cheeks, without a thought for anything but the problem which we had to solve.

Again and again as we topped an eminence I saw him look eagerly round him in the faint hope of seeing some trace of the absentee, but over the whole expanse of moorland there was no sign of movement or of life. All was dead and silent and deserted.

Our visit to the Hall was a very brief one, for every minute now was of importance. Mordaunt rushed in and emerged with an old coat of his father's, which he handed to Fullarton, who held it out to the dog.

The intelligent brute sniffed at it all over, then ran whining a little way down the avenue, came back to sniff the coat again, and finally elevating its stump of a tail in triumph, uttered a succession of sharp yelps to show that it was satisfied that it had struck the trail. Its owner tied a long cord to its collar to prevent it from going too fast for us, and we all set off upon our search, the dog tugging and training at its leash in its excitement as it followed in the general's footsteps.

Our way lay for a couple of hundred yards along the high road, and then passed through a gap In the hedge and on to the moor, across which we were led in a bee-line to the northward.

The sun had by this time risen above the horizon, and the whole countryside looked so fresh and sweet, from the blue, sparkling sea to the purple mountains, that it was difficult to realise how weird and uncanny was the enterprise upon which we were engaged.

El olor debía de haber permanecido fuertemente sobre el suelo, porque el perro nunca dudaba ni se paraba, llevando a rastras a su amo a un ritmo que hacía imposible la conversación.

En un lugar, al cruzar un pequeño arroyo, pareció que salíamos del rastro durante unos pocos minutos, pero nuestro aliado de sagaz nariz pronto lo encontró en el otro lado y lo siguió sobre el impenetrable páramo, gañendo y aullando todo el rato en su impaciencia. Si no hubiéramos sido los tres rápidos de pies y no hubiéramos tenido pulmones fuertes y sanos, no podríamos haber persistido en el continuo y rápido viaje sobre el suelo de lo más irregular, con el brezo a menudo casi hasta nuestra cintura.

Por mi parte, ahora no tengo ni idea, mirando atrás, de qué objetivo era el que esperaba alcanzar al final de nuestra búsqueda. Puedo recordar que mi mente estaba llena de las especulaciones más vagas y más variadas.

¿Podría ser que los tres budistas hubieran tenido una embarcación preparada frente a la costa, y hubieran embarcado con sus prisioneros hacia Oriente? La dirección de su rastro parecía al principio favorecer esta suposición, porque se extendía en la línea del borde superior de la bahía, pero terminaba ramificándose y siguiendo un rumbo directamente tierra adentro. Claramente el océano no iba a ser nuestro fin del recorrido.

Para las diez en punto habíamos caminado casi doce millas, y nos vimos obligados a parar durante unos pocos minutos para recuperar la respiración, puesto que la última milla o dos habíamos estado subiendo la larga y agotadora pendiente de las colinas de Wigtown.

Desde la cima de esta cordillera, que en ninguna parte tiene más de mil pies de altura, podíamos ver, mirando hacia el norte, tal panorama de vacío y desolación como apenas puede ser igualado en ningún país.

The scent must have lain strongly upon the ground, for the dog never hesitated nor stopped, dragging its master along at a pace which rendered conversation impossible.

At one place, in crossing a small stream, we seemed to get off the trail for a few minutes, but our keen-nosed ally soon picked it up on the other side and followed it over the trackless moor, whining and yelping all the time in its eagerness. Had we not all three been fleet of foot and long of wind, we could not have persisted in the continuous, rapid journey over the roughest of ground, with the heather often well-nigh up to our waists.

For my own part, I have no idea now, looking back, what goal it was which I expected to reach at the end of our pursuit. I can remember that my mind was full of the vaguest and most varying speculations.

Could it be that the three Buddhists had had a craft in readiness off the coast, and had embarked with their prisoners for the East? The direction of their track seemed at first to favour this supposition, for it lay in the line of the upper end of the bay, but it ended by branching off and striking directly inland. Clearly the ocean was not to be our terminus.

By ten o'clock we had walked close upon twelve miles, and were compelled to call a halt for a few minutes to recover our breath, for the last mile or two we had been breasting the long, wearying slope of the Wigtown hills.

From the summit of this range, which is nowhere more than a thousand feet in height, we could see, looking northward, such a scene of bleakness and desolation as can hardly be matched in any country.

Hasta el horizonte se extendía una amplia extensión de agua y de barro, mezclados en el caos más salvaje, como una porción de un mundo en proceso de formación. Aquí y allí sobre la superficie de color pardo de este gran pantano habían aparecido áreas de juncos de color amarillo pálido y de una capa de suciedad lívida y verdosa, que sólo servía para realzar e intensificar el sombrío efecto de la gris y melancólica extensión. En el lado más cercano a nosotros algunas explotaciones de turba abandonadas mostraban que el omnipresente hombre había estado trabajando allí, pero más allá de estas pocas insignificantes cicatrices no había señal por ninguna parte de vida humana. Ni siquiera un cuervo ni una gaviota aleteaban sobre ese horrible desierto.

Este es el gran Pantano de Cree. Es un pantano de agua salada formado por una incursión del mar, y se cruza tanto con marismas peligrosas y escollos traicioneros de barro líquido, que ningún hombre se atrevería a cruzarlo a menos que tuviera la guía de uno de los pocos campesinos que guardan el secreto de sus caminos.

Mientras nos acercábamos al borde de los torrentes que marcaban sus confines, un olor fétido, húmedo y frío se elevaba de la naturaleza estancada, como de agua impura y vegetación en descomposición –un desagradable olor a tierra que envenenaba el fresco aire de las tierras altas.

Tan amenazador y sombrío era el aspecto del lugar que nuestro robusto granjero titubeó, y a duras penas conseguimos convencerlo para continuar. Nuestro lurcher, sin embargo, no estando sujeto a las delicadas impresiones de nuestra más alta organización, aún corría aullando con la nariz en el suelo y cada fibra de su cuerpo temblando de excitación e impaciencia.

No había dificultad en elegir nuestro camino a través de la ciénaga, porque dondequiera que los cinco pudieran ir nosotros tres podíamos seguirles.

Right away to the horizon stretched the broad expanse of mud and of water, mingled and mixed together in the wildest chaos, like a portion of some world in the process of formation. Here and there on the dun-coloured surface of this great marsh there had burst out patches of sickly yellow reeds and of livid, greenish scum, which only served to heighten and intensify the gloomy effect of the dull, melancholy expanse.

On the side nearest to us some abandoned peat-cuttings showed that ubiquitous man had been at work there, but beyond these few petty scars there was no sign anywhere of human life. Not even a crow nor a seagull flapped its way over that hideous desert.

This is the great Bog of Cree. It is a salt-water marsh formed by an inroad of the sea, and so intersected is it with dangerous swamps and treacherous pitfalls of liquid mud, that no man would venture through it unless he had the guidance of one of the few peasants who retain the secret of its paths.

As we approached the fringe of rushes which marked its border, a foul, dank smell rose up from the stagnant wilderness, as from impure water and decaying vegetation—an earthy, noisome smell which poisoned the fresh upland air.

So forbidding and gloomy was the aspect of the place that our stout crofter hesitated, and it was all that we could do to persuade him to proceed. Our lurcher, however, not being subject to the delicate impressions of our higher organisation, still ran yelping along with its nose on the ground and every fibre of its body quivering with excitement and eagerness.

There was no difficulty about picking our way through the morass, for wherever the five could go we three could follow.

Si pudiéramos haber tenido dudas en cuanto a la dirección de nuestro perro hubieran sido despejadas todas ahora, puesto que en la blanda, negra y rezumante tierra podíamos rastrear con claridad las huellas de todo el grupo. Por estas pudimos ver que habían caminado uno al lado del otro, y, además, que cada uno estaba más o menos equidistante del otro. Claramente, entonces, no se había usado ninguna fuerza física al llevarse al general y su compañero. La coacción había sido psíquica y no material.

Una vez en el pantano, tuvimos que tener cuidado de no desviarnos del estrecho rastro, que ofrecía un firme punto de apoyo.

A cada lado estaban situadas extensiones poco profundas de agua estancada cubriendo un traicionero fondo de barro semifluido, que ascendía a la superficie aquí y allá en bancos húmedos y abrasadores, moteados con ocasionales parches de enfermiza vegetación. Grandes hongos púrpuras y amarillos habían salido en una densa erupción, como si la Naturaleza estuviera aquejada de una repugnante enfermedad, que se manifestaba en esta cosecha de manchas pestilentes.

Aquí y allá criaturas oscuras parecidas a cangrejos se escabullían a través de nuestro camino, y horribles gusanos del color de la carne se meneaban y retorcían entre los pálidos juncos. Enjambres de estridentes insectos zumbadores se elevaban a cada paso y formaban una densa nube alrededor de nuestras cabezas, posándose sobre nuestras manos y caras e inoculándonos su asqueroso veneno. Nunca me había aventurado en un lugar tan pestilente y amenazador.

If we could have had any doubts as to our dog's guidance they would all have been removed now, for in the soft, black, oozing soil we could distinctly trace the tracks of the whole party. From these we could see that they had walked abreast, and, furthermore, that each was about equidistant from the other. Clearly, then, no physical force had been used in taking the general and his companion along. The compulsion had been psychical and not material.

Once within the swamp, we had to be careful not to deviate from the narrow track, which offered a firm foothold.

On each side lay shallow sheets of stagnant water overlying a treacherous bottom of semi-fluid mud, which rose above the surface here and there in moist, sweltering banks, mottled over with occasional patches of unhealthy vegetation. Great purple and yellow fungi had broken out in a dense eruption, as though Nature were afflicted with a foul disease, which manifested itself by this crop of plague spots.

Here and there dark, crab-like creatures scuttled across our path, and hideous, flesh-coloured worms wriggled and writhed amid the sickly reeds. Swarms of buzzing, piping insects rose up at every step and formed a dense cloud around our heads, settling on our hands and faces and inoculating us with their filthy venom. Never had I ventured into so pestilent and forbidding a place.

Mordaunt Heatherstone siguió a zancadas, sin embargo, con un propósito fijo sobre su morena frente, y no pudimos nada más que seguirle, decididos a no abandonarle hasta el final de la aventura. Mientras avanzábamos, el camino se volvió más y más estrecho, hasta que, como vimos por las huellas, nuestros predecesores se habían visto obligados a andar en fila india. Fullarton estaba guiándonos con el perro, Mordaunt detrás de él, mientras yo cerraba la marcha. El campesino había estado malhumorado y hosco durante un rato, respondiendo apenas cuando se le hablaba, pero ahora se paró en seco y se negó tajantemente a dar un paso más.

–No es prudente –dijo– además sé dónde nos llevará.

–¿Dónde, entonces? –pregunté.

–Al Agujero de Cree –respondió–. No está lejos de aquí, creo.

–¡El Agujero de Cree! ¿Qué es eso, entonces?

–Es un gran agujero en el suelo que baja tan profundamente que nadie podría nunca alcanzar el fondo. De hecho hay gente que dice que es sólo una puerta que conduce a un foso sin fondo.

–¿Has estado allí, entonces? –pregunté.

–¡Estado allí! –gritó– ¿Qué tendría que hacer en el Agujero de Cree? No, nunca he estado allí, ni ningún otro hombre en su sano juicio.

–¿Cómo sabes de él, entonces?

–Mi bisabuelo estuvo allí, y así es como lo sé –contestó Fullarton–. Estaba borracho un sábado por la noche y fue por una apuesta. No le gustaba hablar de ello después, y no contó lo que le sucedió, pero siempre tuvo miedo del mero nombre. Es el primer Fullarton que ha estado en el Agujero de Cree, y por mí será el último. Si seguís mi consejo simplemente abandonaréis este asunto y os iréis a casa de nuevo, puesto que no se puede conseguir nada aquí.

–Continuaremos contigo o sin ti –respondió Mordaunt–. Déjanos llevarnos a tu perro y podemos pasar a buscarte en nuestro camino de vuelta.

Mordaunt Heatherstone strode on, however, with a set purpose upon his swarthy brow, and we could but follow him, determined to stand by him to the end of the adventure. As we advanced, the path grew narrower and narrower until, as we saw by the tracks, our predecessors had been compelled to walk in single file. Fullarton was leading us with the dog, Mordaunt behind him, while I brought up the rear. The peasant had been sulky and surly for a little time back, hardly answering when spoken to, but he now stopped short and positively refused to go a step farther.

"It's no' canny," he said, "besides I ken where it will lead us tae'"

"Where, then?" I asked.

"Tae the Hole o' Cree," he answered. "It's no far frae here, I'm thinking."

"The Hole of Cree! What is that, then?"

"It's a great, muckle hole in the ground that gangs awa' doon so deep that naebody could ever reach the bottom. Indeed there are folk wha says that it's just a door leadin' intae the bottomless pit itsel'."

"You have been there, then?" I asked.

"Been there!" he cried. "What would I be doin' at the Hole o' Cree? No, I've never been there, nor any other man in his senses."

"How do you know about it, then?"

"My great-grandfeyther had been there, and that's how I ken," Fullarton answered. "He was fou' one Saturday nicht and he went for a bet. He didna like tae talk aboot it afterwards, and he wouldna tell a' what befell him, but he was aye feared o' the very name. He's the first Fullarton that's been at the Hole o' Cree, and he'll be the last for me. If ye'll tak' my advice ye'll just gie the matter up and gang name again, for there's na guid tae be got oot o' this place."

"We shall go on with you or without you," Mordaunt answered. "Let us have your dog and we can pick you up on our way back."

–No,no, –gritó– no dejaré que a mi perro lo aterroricen los espectros, y persiguiendo a Pedro Botero como si fuera una liebre. El perro aguardará conmigo.

–El perro irá con nosotros –dijo mi acompañante, con los ojos brillantes–. No tenemos tiempo de discutir contigo. Aquí hay un billete de cinco libras. Déjanos llevarnos al perro, o, te juro que lo cogeré por la fuerza y te tiraré al pantano si nos pones trabas.

Podía percibir el Heatherstone de hace cuarenta años cuando vi la intensa y repentina ira que iluminaba los rasgos de su hijo.

El soborno o la amenaza tuvieron el efecto deseado, porque el hombre cogió el dinero con una mano mientras con la otra entregaba la correa que sujetaba al lurcher. Dejándole desandar sus pasos, continuamos nuestro camino hacia los recovecos más recónditos del gran pantano.

El tortuoso camino se volvía cada vez menos definido mientras avanzábamos, e incluso estaba cubierto con agua en algunos lugares, pero la creciente excitación del sabueso y la visión de las profundas huellas en el barro nos animaba a seguir adelante. Por fin, después de abrirnos paso a través de un bosquecillo de altas espadañas llegamos a un lugar cuyo sombrío horror podría haber proporcionado a Dante un terror nuevo para su "Infierno."

El pantano entero parecía haberse hundido en esta zona, formando una gran depresión con forma de embudo, que terminaba en el centro en una grieta o hendidura circular de alrededor de cuarenta pies de diámetro. Era un remolino –un perfecto torbellino de barro, descendiendo por cada lado hacia este silencioso y horrible abismo.

Claramente este era el lugar que, bajo el nombre de Agujero de Cree, tenía una reputación tan siniestra entre los aldeanos. No podía asombrarme de que impresionase su imaginación, porque no se podía concebir un lugar más sobrecogedor ni más sombrío, ni uno más digno del camino que conducía a él.

"Na, na," he cried, "I'll no' hae my dog scaret wi' bogles, and running down Auld Nick as if he were a hare. The dog shall bide wi' me."

"The dog shall go with us," said my companion, with his eyes blazing. "We have no time to argue with you. Here's a five-pound note. Let us have the dog, or, by Heaven, I shall take it by force and throw you in the bog if you hinder us."

I could realise the Heatherstone of forty years ago when I saw the fierce and sudden wrath which lit up the features of his son.

Either the bribe or the threat had the desired effect, for the fellow grabbed at the money with one hand while with the other he surrendered the leash which held the lurcher. Leaving him to retrace his steps, we continued to make our way into the utmost recesses of the great swamp.

The tortuous path grew less and less defined as we proceeded, and was even covered in places with water, but the increasing excitement of the hound and the sight of the deep footmarks in the mud stimulated us to push on. At last, after struggling through a grove of high bulrushes, we came on a spot the gloomy horror of which might have furnished Dante with a fresh terror for his "Inferno."

The whole bog in this part appeared to have sunk in, forming a great, funnel-shaped depression, which terminated in the centre in a circular rift or opening about forty feet in diameter. It was a whirlpool—a perfect maelstrom of mud, sloping down on every side to this silent and awful chasm.

Clearly this was the spot which, under the name of the Hole of Cree, bore such a sinister reputation among the rustics. I could not wonder at its impressing their imagination, for a more weird or gloomy scene, or one more worthy of the avenue which led to it, could not be conceived.

Las huellas bajaban el declive que rodeaba el abismo, y las seguimos con un mal presentimiento en nuestros corazones, porque nos dimos cuenta de que este era el final de nuestra búsqueda.

A poca distancia del camino de descenso estaba el rastro del regreso hecho por los pies de aquellos que habían vuelto del borde del abismo. Nuestros ojos se posaron sobre estas huellas en el mismo momento, y cada uno dimos un grito de horror, y nos quedamos inmóviles mirándolas fijamente sin palabras. Porque allí, en aquellas borrosas huellas, se reveló todo el drama. *Cinco habían bajado, pero sólo tres habían regresado.*

Nadie sabrá nunca los detalles de esa extraña tragedia. No había marcas de lucha ni señales de intento de fuga. Nos arrodillamos en el borde del Agujero e intentamos atravesar la insondable penumbra que lo envolvía. Una débil y enfermiza exhalación parecía ascender de sus profundidades, y había un sonido distante, apresurado y estrepitoso como de agua en las entrañas de la tierra.

Una gran piedra yacía incrustada en el barro, y la arrojé, pero nunca oímos un golpe seco ni una salpicadura que mostrase que había alcanzado el fondo.

Mientras estábamos suspendidos sobre la desagradable sima un sonido por fin ascendió hasta nuestros oídos desde sus oscuras profundidades. Alto, claro y vibrante, tintineó durante un instante fuera del abismo, para ser sucedido por el mismo silencio mortal que lo había precedido.

No deseo parecer supersticioso, ni atribuir a causas extraordinarias lo que puede tener una explicación natural. Esa nota aguda puede haber sido algún extraño sonido acuático producido en las lejanas entrañas de la tierra. Puede haber sido eso o puede haber sido esa siniestra campana de la que tanto he oído. Sea esto lo que sea, fue la única señal que ascendió hasta nosotros desde el último terrible lugar de descanso de los dos que habían pagado la deuda que habían estado debiendo tanto tiempo.

The steps passed down the declivity which surrounded the abyss, and we followed them with a sinking feeling in our hearts, as we realised that this was the end of our search.

A little way from the downward path was the return trail made by the feet of those who had come back from the chasm's edge. Our eyes fell upon these tracks at the same moment, and we each gave a cry of horror, and stood gazing speechlessly at them. For there, in those blurred footmarks, the whole drama was revealed.*Five had gone down, but only three had returned.*

None shall ever know the details of that strange tragedy. There was no mark of struggle nor sign of attempt at escape. We knelt at the edge of the Hole and endeavoured to pierce the unfathomable gloom which shrouded it. A faint, sickly exhalation seemed to rise from its depths, and there was a distant hurrying, clattering sound as of waters in the bowels of the earth.

A great stone lay embedded in the mud, and this I hurled over, but we never heard thud or splash to show that it had reached the bottom.

As we hung over the noisome chasm a sound did at last rise to our ears out of its murky depths. High, clear, and throbbing, it tinkled for an instant out of the abyss, to be succeeded by the same deadly stillness which had preceded it.

I did not wish to appear superstitious, or to put down to extraordinary causes that which may have a natural explanation. That one keen note may have been some strange water sound produced far down in the bowels of the earth. It may have been that or it may have been that sinister bell of which I had heard so much. Be this as it may, it was the only sign that rose to us from the last terrible resting-place of the two who had paid the debt which had so long been owing.

Unimos nuestras voces en una llamada con la obstinación irracional con la que los hombres se aferran a la esperanza, pero ninguna respuesta volvió a nosotros salvo unos gemidos apagados desde las profundidades de abajo. Con los pies doloridos y con el corazón roto, desandamos nuestros pasos y trepamos por la viscosa cuesta una vez más.

—¿Qué haremos, Mordaunt? —pregunté, en voz baja—. No podemos más que rezar para que sus almas puedan descansar en paz.

El joven Heatherstone me miró con ojos relampagueantes.

—Esto puede que sea todo de acuerdo a las leyes de lo oculto —gritó— pero veremos lo que las leyes de Inglaterra tienen que decir sobre ello. Supongo que un *chela* puede ser colgado igual de bien que cualquier otro hombre. Puede que no sea demasiado tarde aún para dar con ellos. ¡Aquí, buen perro, buen perro-aquí!

Tiró del perro y lo puso sobre el rastro de los tres hombres. La criatura lo olfateó una o dos veces, y después, cayendo sobre su estómago, con el pelo erizado y la lengua saliente, se tumbó temblando y estremeciéndose, la mismísima encarnación del terror canino.

—Ya ves —dije— no sirve de nada enfrentarse contra aquellos que tienen poderes a su alcance a los que no podemos ni siquiera dar un nombre. No queda más remedio que aceptar lo inevitable, y esperar que estos pobres hombres puedan encontrar alguna compensación en otro mundo por todo lo que han sufrido en este.

—¡Y que sean libres de todas las religiones diabólicas y sus devotos asesinos! —gritó Mordaunt con furia.

La justicia me obligaba a reconocer en mi corazón que el espíritu asesino había sido empezado por los cristianos antes de que fuera seguido por los budistas, pero me abstuve de hacer un comentario sobre ello, por miedo de irritar a mi compañero.

We joined our voices in a call with the unreasoning obstinacy with which men will cling to hope, but no answer came back to us save a hollow moaning from the depths beneath. Footsore and heart-sick, we retraced our steps and climbed the slimy slope once more.

"What shall we do, Mordaunt?" I asked, in a subdued voice. "We can but pray that their souls may rest in peace."

Young Heatherstone looked at me with flashing eyes.

"This may be all according to occult laws," he cried, "but we shall see what the laws of England have to say upon it. I suppose a *chela* may be hanged as well as any other man. It may not be too late yet to run them down. Here, good dog, good dog-here!"

He pulled the hound over and set it on the track of the three men. The creature sniffed at it once or twice, and then, falling upon its stomach, with bristling hair and protruding tongue, it lay shivering and trembling, a very embodiment of canine terror.

"You see," I said, "it is no use contending against those who have powers at their command to which we cannot even give a name. There is nothing for it but to accept the inevitable, and to hope that these poor men may meet with some compensation in another world for all that they have suffered in this."

"And be free from all devilish religions and their murderous worshippers!" Mordaunt cried furiously.

Justice compelled me to acknowledge in my own heart that the murderous spirit had been set on foot by the Christian before it was taken up by the Buddhists, but I forbore to remark upon it, for fear of irritating my companion.

Durante un largo rato no pude alejarle de la escena de la muerte de su padre, pero por fin, con argumentos repetidos y razonamientos logré hacer que se diera cuenta de lo inútiles e improductivos que debían resultar necesariamente más esfuerzos por nuestra parte, e inducirle a regresar conmigo a Cloomber.

¡Oh, el aburrido y tedioso viaje! Había parecido suficientemente largo cuando teníamos algún ligero destello de esperanza, o por lo menos de expectativa, ante nosotros, pero ahora que nuestros peores temores se habían cumplido parecía interminable.

Pasamos a buscar a nuestro campesino guía en la periferia del pantano, y habiéndole devuelto su perro le dejamos encontrar su propio camino a casa, sin decirle nada de los resultados de nuestra expedición. Nosotros mismos anduvimos con paso lento y pesado todo el día sobre los páramos con pies pesados y los corazones más pesados hasta que vimos la torre de mal agüero de Cloomber, y por fin, cuando el sol se estaba poniendo nos encontramos una vez más bajo su tejado.

No hay necesidad de que entre en más detalles, ni que describa el dolor que nuestras noticias transmitieron a madre e hija. Su larga previsión de alguna calamidad no fue suficiente para prepararlas para la terrible realidad.

Durante semanas mi pobre Gabriel se debatió entre la vida y la muerte, y aunque volvió en sí por fin, gracias a los cuidados de mi hermana y a la habilidad profesional del Dr. John Easterling, nunca hasta este día ha recobrado por completo su antiguo vigor. Mordaunt, también, sufrió mucho durante algún tiempo, y sólo fue después de nuestra mudanza a Edimburgo que se repuso de la conmoción que había sufrido.

En cuanto a la pobre señora Heatherstone, ni la atención médica ni el cambio de aires pueden tener nunca un efecto permanente sobre ella. Sin prisa pero sin pausa, pero muy plácidamente, ha empeorado en salud y fuerza, hasta que es evidente que en unas pocas semanas a lo sumo se habrá reunido con su marido y le habrá devuelto la única cosa que él debe de haber dejado atrás de mala gana.

For a long time I could not draw him away from the scene of his father's death, but at last, by repeated arguments and reasonings, I succeeded in making him realise how useless and unprofitable any further efforts on our part must necessarily prove, and in inducing him to return with me to Cloomber.

Oh, the wearisome, tedious journey! It had seemed long enough when we had some slight flicker of hope, or at least of expectation, before us, but now that our worst fears were fulfilled it appeared interminable.

We picked up our peasant guide at the outskirts of the marsh, and having restored his dog we let him find his own way home, without telling him anything of the results of our expedition. We ourselves plodded all day over the moors with heavy feet and heavier hearts until we saw the ill-omened tower of Cloomber, and at last, as the sun was setting, found ourselves once more beneath its roof.

There is no need for me to enter into further details, nor to describe the grief which our tidings conveyed to mother and to daughter. Their long expectation of some calamity was not sufficient to prepare them for the terrible reality.

For weeks my poor Gabriel hovered between life and death, and though she came round al last, thanks to the nursing of my sister and the professional skill of Dr. John Easterling, she has never to this day entirely recovered her former vigour. Mordaunt, too, suffered much for some time, and it was only after our removal to Edinburgh that he rallied from the shock which he had undergone.

As to poor Mrs. Heatherstone, neither medical attention nor change of air can ever have a permanent effect upon her. Slowly and surely, but very placidly, she has declined in health and strength, until it is evident that in a very few weeks at the most she will have rejoined her husband and restored to him the one thing which he must have grudged to leave behind.

El Terrateniente de Branksome vino a casa desde Italia con la salud recobrada, con el resultado de que nos vimos obligados a regresar una vez más a Edimburgo.

El cambio fue agradable para nosotros, puesto que los recientes sucesos habían proyectado una nube sobre nuestra vida campestre y nos habían rodeado de asociaciones desagradables. Además, un puesto altamente ilustre y lucrativo en relación con la biblioteca de la Universidad había quedado vacante, y había, a través de la amabilidad del difunto Sir Alexander Grant, sido ofrecido a mi padre, quien, como se puede imaginar, no perdió tiempo en aceptar un puesto tan agradable.

De esta forma regresamos a Edimburgo siendo gente mucho más importante que cuando lo dejamos, y sin más motivos para estar inquietos por los detalles del trabajo doméstico. Pero, lo cierto es que toda la familia se ha disuelto, porque yo llevo casado algunos meses con mi querida Gabriel, y Esther va a convertirse en la señora Heatherstone el 23 de este mes. Si ella es una esposa tan buena como su hermana lo ha sido conmigo, ambos podemos afirmar que somos hombres afortunados.

Estos meros episodios domésticos, como ya he explicado, se muestran únicamente porque no puedo evitar aludir a ellos.

Mi propósito al redactar esta declaración y publicar la evidencia que la corrobora, no fue ciertamente exhibir mis asuntos privados ante el público, sino dejar registrada una auténtica narración de una serie de sucesos de lo más extraordinario. Esto he intentado hacerlo de una manera tan metódica como fuera posible, sin exagerar nada y sin suprimir nada.

El lector tiene ahora la evidencia ante él, y puede formar sus propias opiniones sin mi ayuda en cuanto a las causas de la desaparición y muerte de Rufus Smith y de John Berthier Heatherstone, V.C., C.B.

Sólo hay un punto que aún está oscuro para mí. Por qué los *chelas* de Ghoolab Shah habrían llevado a sus víctimas al desolado Agujero de Cree en lugar de tomar sus vidas en Cloomber, es, lo confieso, un misterio para mí.

The Laird of Branksome came home from Italy restored in health, with the result that we were compelled to return once more to Edinburgh.

The change was agreeable to us, for recent events had cast a cloud over our country life and had surrounded us with unpleasant associations. Besides, a highly honourable and remunerative appointment in connection with the University library had become vacant, and had, through the kindness of the late Sir Alexander Grant, been offered to my father, who, as may be imagined, lost no time in accepting so congenial a post.

In this way we came back to Edinburgh very much more important people than we left it, and with no further reason to be uneasy about the details of housekeeping. But, in truth, the whole household has been dissolved, for I have been married for some months to my dear Gabriel, and Esther is to become Mrs. Heatherstone upon the 23rd of the month. If she makes him as good a wife as his sister has made me, we may both set ourselves down as fortunate men.

These mere domestic episodes are, as I have already explained, introduced only because I cannot avoid alluding to them.

My object in drawing up this statement and publishing the evidence which corroborates it, was certainly not to parade my private affairs before the public, but to leave on record an authentic narrative of a most remarkable series of events. This I have endeavoured to do in as methodical a manner as possible, exaggerating nothing and suppressing nothing.

The reader has now the evidence before him, and can form his own opinions unaided by me as to the causes of the disappearance and death of Rufus Smith and of John Berthier Heatherstone, V.C., C.B.

There is only one point which is still dark to me. Why the *chelas* of Ghoolab Shah should have removed their victims to the desolate Hole of Cree instead of taking their lives at Cloomber, is, I confess, a mystery to me.

En lo concerniente a las leyes sobrenaturales, sin embargo, debemos contar con nuestra completa ignorancia del asunto. Si supiéramos más podríamos ver que había alguna analogía entre esa infecta ciénaga y el sacrilegio que se había cometido, y que su ritual y costumbres exigían que sólo tal muerte era la apropiada para el crimen.

En este punto sentiría ser dogmático, pero al menos debemos admitir que los sacerdotes budistas debían de haber tenido alguna muy buena razón para el procedimiento que llevaron a cabo tan deliberadamente.

Meses después vi un corto párrafo en el *Estrella de la India* anunciando que tres eminentes budistas-Lal Hoomi, Mowdar Khan y Ram Singh- acababan de volver en el barco de vapor *Deccan* de un corto viaje a Europa. La siguiente noticia estaba dedicada a un relato de la vida y servicios del Mayor General Heatherstone, "quien ha desaparecido recientemente de su casa de campo en Wigtownshire, y quien, hay razones para temer que se ha ahogado."

Me pregunto si por casualidad hubo algún otro ojo humano excepto el mío que trazó una conexión entre estos párrafos. Nunca los mostré a mi esposa ni a Mordaunt, y sólo sabrán de su existencia cuando lean estas páginas.

No sé si hay otro punto que necesite aclararse. El lector inteligente ya habrá visto las razones para el miedo del general de las caras oscuras, de los hombres que vagabundeaban (no sabiendo cómo sus perseguidores vendrían a por él), y de los visitantes (por la misma causa y porque era probable que su odiosa campana sonase en todo momento.)

Su sueño interrumpido le llevó a vagar por la casa de noche, y las lámparas que encendía en cada habitación eran sin duda para evitar que su imaginación poblase la oscuridad de terrores. Finalmente, sus elaboradas precauciones fueron, como él mismo ha explicado, más el resultado de un deseo febril por hacer algo que la esperanza de poder realmente evitar su destino.

In dealing with occult laws, however, we must allow for our own complete ignorance of the subject. Did we know more we might see that there was some analogy between that foul bog and the sacrilege which had been committed, and that their ritual and customs demanded that just such a death was the one appropriate to the crime.

On this point I should be sorry to be dogmatic, but at least we must allow that the Buddhist priests must have had some very good cause for the course of action which they so deliberately carried out.

Months afterwards I saw a short paragraph in the *Star of India* announcing that three eminent Buddhists—Lal Hoomi, Mowdar Khan, and Ram Singh—had just returned in the steamship *Deccan* from a short trip to Europe. The very next item was devoted to an account of the life and services of Major-General Heatherstone, "who has lately disappeared from his country house in Wigtownshire, and who, there is too much reason to fear, has been drowned."

I wonder if by chance there was any other human eye but mine which traced a connection between these paragraphs. I never showed them to my wife or to Mordaunt, and they will only know of their existence when they read these pages.

I don't know that there is any other point which needs clearing up. The intelligent reader will have already seen the reasons for the general's fear of dark faces, of wandering men (not knowing how his pursuers might come after him), and of visitors (from the same cause and because his hateful bell was liable to sound at all times).

His broken sleep led him to wander about the house at night, and the lamps which he burnt in every room were no doubt to prevent his imagination from peopling the darkness with terrors. Lastly, his elaborate precautions were, as he has himself explained, rather the result of a feverish desire to do something than in the expectation that he could really ward off his fate.

La ciencia os dirá que no hay tales poderes como los que aseguran los místicos orientales. Yo, John Fothergill West, puedo responder con seguridad que la ciencia se equivoca. Porque ¿qué es la ciencia? La ciencia es el consenso de opinión de los científicos, y la historia ha mostrado que es lenta en aceptar una verdad. La ciencia se burló de Newton durante veinte años. La ciencia demostró matemáticamente que un barco de hierro no podía flotar, y la ciencia declaró que un barco de vapor no podía cruzar el Atlántico.

Como el Mefistófeles de Goethe, el punto fuerte de nuestro sabio profesor es "*stets verneinen*". Tomás Dídimo es, por usar su propia jerga, su arquetipo. Dejadle descubrir que si deja de creer en la infalibilidad de sus propios métodos, y mira a Oriente, del que vienen todos los grandes movimientos, encontrará allí una escuela de filósofos y de sabios que, trabajando en líneas distintas de la suya, están muchos miles de años por delante de él en todo lo imprescindible del conocimiento.

Science will tell you that there are no such powers as those claimed by the Eastern mystics. I, John Fothergill West, can confidently answer that science is wrong.

For what is science? Science is the consensus of opinion of scientific men, and history has shown that it is slow to accept a truth. Science sneered at Newton for twenty years. Science proved mathematically that an iron ship could not swim, and science declared that a steamship could not cross the Atlantic.

Like Goethe's Mephistopheles, our wise professor's forte is "stets verneinen." Thomas Didymus is, to use his own jargon, his prototype. Let him learn that if he will but cease to believe in the infallibility of his own methods, and will look to the East, from which all great movements come, he will find there a school of philosophers and of savants who, working on different lines from his own, are many thousand years ahead of him in all the essentials of knowledge.

LA FILOSOFÍA OCULTA

APÉNDICE

Por Mr. Mordaunt Heatherstone

Acabo de examinar las impresiones de prueba del informe de mi buen amigo de los sucesos que precedieron a la muerte de mi padre, y puedo respaldarlo en cada punto —salvo, ciertamente, que pone demasiado poco énfasis en la bondad y lealtad que mostró de principio a fin. Le he pedido, sin embargo, antes de enviar sus pruebas finalmente a la imprenta, que me permita hacer este pequeño añadido para poder decir unas pocas palabras sobre estos sabios esotéricos hindúes de los que se conoce tan poco. En esta forma de apéndice, cualquier lector es libre de omitirlo; pero si estuviera interesado en el tema, he tratado de recoger un poco de información para él.

Los adeptos orientales actualmente existen principalmente en el norte de la India y en el Tíbet, aunque en tiempos pasados es probable que su organización estuviese mucho más extendida. Bajo los diferentes nombres de los sacerdotes egipcios, magos caldeos, esenios, gnósticos, teúrgos neoplatónicos, y profetas, los vislumbramos a lo largo de la historia. Forman la sociedad secreta más cerrada y más importante que se ha organizado nunca —una sociedad a la que puede conseguir la admisión cualquier hombre adecuado, pero que está rodeada de tales terrores físicos, tanta privación y disciplina corporal, que pocos tienen el valor y la fuerza de voluntad para perseverar hasta el final. Aquellos que son lo bastante serios y resueltos como para alcanzar la admisión completa reciben, sin embargo, su recompensa completa por todo lo que han soportado, puesto que consiguen tal conocimiento y tales poderes que les elevan muy por encima del grueso de la humanidad.

THE OCCULT PHILOSOPHY.

ADDENDUM.

By Mr. Mordaunt Heatherstone.

I have just looked over the proof sheets of y good friend's account of the events which led up to the death of my father, and I am able to endorse it on every point –save, indeed that he lays too little stress on the kindness and devotion which he displayed himself throughout. I have asked him, however, before sending his proofs finally to the press, to allow me to make this small addition in order that I may say a few words upon these Indian occults of whom so little is known. In this appendix form, any reader is at liberty to neglect it ; but should he be interested in the subject, I have endeavored to collect a little information for him.

The Eastern adepts exist at present principally in the north of India and in Thibet, though in former days it is probable that their organization was much more widespread. Under the various names of the Egyptian priests, Chaldean Magi, Essenes, Gnostics, Theurgic Neo-Platonists, and Seers, we catch glimpses of them throughout history. They form the closest and most important secret society which has ever been organized a society to which any suitable man may gain admission, but which is girt round with such physical terrors, so much bodily privation and discipline, that few have the courage and hardihood to persevere to the end. Those who are earnest and resolute enough to attain full initiation have, however, their full reward for all that they have gone through, for they attain such knowledge and such powers as raise them far above the ruck of mankind.

El conocimiento de los filósofos ocultistas es tanto físico como metafísico, pero es a esta última rama, y especialmente al alma humana y su destino, a lo que han dedicado más atención. Su conocimiento físico, sin embargo, y su poder de manipular aquellas leyes secretas por las que la Naturaleza construye o destruye, superan ampliamente cualquier cosa conocida por la ciencia europea. Se debe recordar que nuestros propios resultados científicos son los resultados de unos pocos cientos de años, mientras que la filosofía oculta ha sido la obra de la misma flor y nata de la humanidad, extendiéndose sobre un período ininterrumpido de al menos veinte mil años, período durante el que cada adepto ha legado sus poderes a sus iniciados exactamente como le fueron legados a él, o con tales incorporaciones como su vida de estudio le ha permitido hacer. Maravillosos como son los poderes que estos hombres han alcanzado, ellos son los primeros en negar cualquier procedencia sobrenatural para ellos. Surgen enteramente de un conocimiento íntimo de la naturaleza de las cosas y un profundo entendimiento de las fuerzas ocultas que impregnan el universo. La raza humana puede esperar lograr algún día el conocimiento que ellos ya han adquirido.

The knowledge ot the occult philosophers is both physical and metaphysical, but it is to the latter branch, and especially to the human soul and its destiny, that they have devoted most attention. Their physical knowledge, however, and their power of manipulating those secret laws by which Nature builds or destroys, are far in excess of anything known to European science. It must be remembered that our own scientific results are the results of a few hundred years, whereas the occult philosophy has been the work of the very cream of humanity, extending over an unbroken period of at least twenty thousand years, during which time every adept has handed down his powers to his initiates exactly as they were handed down to him, or with such additions as his life of study has enabled him to make. Wonderful as are the powers to which these men have attained, they are the first to disclaim any supernatural source for them. They arise entirely from an intimate knowledge of the nature of things and a deep insight into the hidden forces which pervade the universe. The whole race may hope some day to attain the learning which they have already acquired.

Una de las primeras lecciones que el iniciado en ocultismo tiene que aprender es que la sabiduría no es algo que se implante en ninguna mente por el mero proceso de estudio y de instrucción. La tierra debe ser preparada antes de que esta semilla de lo más preciado pueda ser confiada a ella. El intelecto más agudo y más receptivo que es la cuna también del orgullo, de la avaricia, de la sensualidad, del egoísmo o la afición a la comodidad, nunca puede esperar superar la primera de las pruebas que el aspirante a ocultista tiene que pasar. Estas malas hierbas deben ser completamente e implacablemente erradicadas antes de que se pueda plantar en el jardín. Durante siete años el joven *chela* se dedica a esta lucha por el dominio sobre él mismo, hasta que, si tiene éxito, se encuentra puro de mente y cuerpo, libre de groseros instintos animales, indiferente a la comodidad personal, y con toda la parte espiritual de su naturaleza desarrollada a expensas de la animal. Está entonces en condiciones de recibir las primeras enseñanzas que le llevarán al camino más alto. Muchos, por supuesto, se vienen abajo en este proceso preliminar, y nunca son considerados dignos del honor de la iniciación; pero la misma esencia de la orden es que debería ser selecta. De esta forma el aprendizaje temprano viene de dentro, no de fuera. Por usar su propia expresión, "un adepto llega a ser, no se hace."

¿Y cuáles son los resultados obtenidos por esta escuela de conocimiento de lo más antiguo y estricto? Por la misma naturaleza de las cosas nosotros los profanos solo podemos tener ideas vagas de las pocas que están adaptadas a nuestro entendimiento. Lo poco que sabemos es probablemente el mero margen del asunto. Sin embargo estas ideas constan de información adicional bastante importante para nuestro conjunto de datos.

One of the first lessons which the occult initiate has to learn is that wisdom is not to be implanted in any mind by the mere process of study and of instruction. The soil must be prepared before this most precious seed can be committed to it. The keenest and most receptive intellect which is the seat also of pride, of avarice, of sensuality, of selfishness or the love of comfort, can never hope to surmount the first of the ordeals which the occult aspirant has to pass. These weeds must all be thoroughly and remorselessly eradicated before the garden can be planted. For seven years the young *chela* devotes himself to this struggle for the mastery over himself, until, if he be successful, he finds himself pure in mind and body, free from gross animal instincts, indifferent to personal comfort, and with all the spiritual part of his nature developed at the expense of the bestial. He is then in a condition to receive the first teachings which will lead him on to the higher path. Many, of course, break down in this preliminary process, and are never deemed worthy of the honor of initiation; but the very essence of the order is that it should be select. In this way the early training comes from within, not from without. To use their own expression, " an adept becomes, he is not made."

And what are the results obtained by this most ancient and stringent school of knowledge? By the very nature of things we outsiders can only have vague ideas of the few which are adapted to our understanding. The little which we know is probably the mere fringe of the subject. Yet they comprise some fairly weighty adjuncts to our stock of facts.

En primer lugar, han demostrado sin sombra de duda que el hombre posee un alma por el simple recurso de separarla del cuerpo y de reunirlos de nuevo a placer. Un adepto puede desprenderse de su cuerpo como se desprendería de su abrigo, y puede viajar en su alma con la rapidez del pensamiento al otro extremo del mundo. Esto le otorga de omnisciencia práctica en lo que concierne a los asuntos cotidianos. Por otra parte, se han convencido de que el alma es una cosa material, que contiene dentro de ella una esencia mucho más etérea, conocida como el espíritu. Cuando Pablo de Tarso dice que el hombre consiste en un cuerpo, un alma y un espíritu no se está dejando llevar por vanas conjeturas, sino que está exponiendo brevemente las conclusiones a las que ha llegado la escuela ocultista a la que hay todas las razones para pensar que pertenecía.

Por otra parte, los adeptos aseguran comunicarse entre ellos por medio de la transmisión del pensamiento y no por las palabras. Los iniciados pueden por lo tanto hablar tan fácilmente a la distancia de mil millas como si estuvieran en la misma habitación. Sus desolados refugios y cuevas en el Himalaya, que parecen tan solitarios a los ignorantes, son en realidad focos de actividad mental e intercambio de opiniones. Para atraer la atención del uno al otro cuando desean comunicarse, tienen el poder de hacer sonar esa estremecedora señal de alarma semejante a una campana que representó un papel tan importante en el caso de mi pobre padre.

In the first place, they have proved without the shadow of a doubt that man possesses a soul by the simple expedient of separating it from the body and of rejoining them at pleasure. An adept can put off his body as he would put off his great-coat, and can travel in his soul with the rapidity of thought to the other end of the world. This endows him with practical omniscience as far as mundane affairs are concerned. Again, they have satisfied themselves that the soul is itself a material thing, containing within it a far more ethereal essence, known as the spirit. When Paul of Tarsus says that man consists of a body, a soul and a spirit, he is not indulging in vain surmise, but is stating concisely the conclusions arrived at by the occult school to which there is every reason to think that he belonged.

Again, the adepts claim to communicate with each other by means of thought-transferrence and not by words. The initiated can therefore talk as easily at the distance of a thousand miles as if they were in the same room. Their desolate retreats and caves in the Himalayas, which seem so lonely to the ignorant, are really foci of mental activity and interchange of views. To attract each other's attention when they wish to communicate, they have the power of sounding that bell-like, tingling alarm which played so prominent a part in the case of my poor father.

Afirman además, y respaldan su afirmación con pruebas, que tienen tal dominio sobre la sutil química de la Naturaleza que pueden coger los elementos de la atmósfera y combinarlos o moldearlos de cualquier forma que quieran, a fin de hacer cualquier objeto visible a través de la síntesis de átomos invisibles. Pueden separar una sustancia sólida en sus más diminutas moléculas, enviar flotando esas moléculas en una corriente sobrenatural a cualquier distancia, y allí unirlas para formar el objeto original exactamente como era antes. De esta manera un bloque de mármol ha sido transportado en un instante de Bombay a Calcuta, y las cartas han sido enviadas con una rapidez que dejaría obsoleto el telégrafo.

Estos son uno o dos de los resultados menores que se atribuyen los filósofos orientales, y ciertamente, aunque afirman no haber logrado nada más, su sistema merece alguna atención de los científicos de Occidente. Los mismos adeptos, sin embargo, al debatir la cuestión, desechan estos fenómenos físicos como manifestaciones pueriles, que sólo sirven para ser usados en este mundo, pero de ninguna importancia permanente ni real. El valor real de su sistema radica, declaran, en su aspecto metafísico o religioso, y en ese punto aseguran haber arrojado un torrente de luz sobre el destino del alma que cambiará la religión de un mera especulación o aspiración a una de las ciencias exactas tan demostrable y tan cierta como la geometría. En estas regiones más altas del sistema esotérico nadie puede penetrar salvo aquellos que ya han dominado las categorías inferiores, y han sido sometidos en mente y cuerpo.

They assert again, and support their assertion by proofs, that they have such a mastery over the subtle chemistry of Nature that they can take the elements from the atmosphere and combine them or mould them into any form they please, so as to make any visible object by the synthesis of invisible atoms. They can resolve a solid substance into its most minute molecules, waft those molecules on an occult current to any distance, and there unite them so as to form the original object exactly as it was before. In this manner a block of marble has been conveyed in an instant from Bombay to Calcutta, and letters have been sent with a rapidity which would render the telegraph obsolete.

These are one or two of the minor results claimed by the Eastern philosophers, and surely, if they profess to have attained nothing else, their system deserves some attention from the scientists of the West. The adepts themselves, however, in discussing the question, dismiss these physical phenomena as puerile manifestations, useful enough for service in this world, but of no permanent or real importance. The real value of their system lies, they declare, in its metaphysical or religious aspect, and there they claim to have cast a flood of light upon the destiny of the soul which will change religion from a mere speculation or aspiration to one of the exact science as demonstrable and as certain as geometry. Into these higher regions of the esoteric system none can penetrate save those who have already mastered the inferior grades, and been chastened in mind and body.

Por supuesto la objeción que se le ocurriría enseguida a cualquier lector occidental es que era extremadamente improbable que una camarilla de hombres pudiera guardar su conocimiento para ellos mismos, y que aunque fuera posible es sin embargo censurable, ya que tal conocimiento está destinado para el uso de toda la raza humana. El ocultista contesta a esto que los poderes que se adquieren por su sistema son de una naturaleza tan formidable que podrían ser terriblemente mal usados si cayeran en las manos equivocadas. Considera, por lo tanto, que la raza humana aún no está preparada para el justo ejercicio de estas fuerzas, y que una gran responsabilidad está en manos de su orden al poner a prueba a cada candidato a la iniciación de la forma más severa, y también al asegurarse de que ningún hombre indigno obtendría nunca la admisión a la hermandad. Esta es la respuesta del adepto, y, tenga razón o esté equivocado, se adhiere inflexiblemente a la línea de conducta que ha establecido para él mismo.

Por la información que he anotado aquí estoy en deuda en parte con mi propia lectura, en parte con lo que he oído de mi padre, y sobre todo con el señor A. P. Sinnett, por su excelente resumen de la filosofía oculta. ("El Mundo Oculto." Trübner y Cía., 1883.) No puedo complementar mejor mi informe que añadiendo uno o dos de las claras y contundentes declaraciones del señor Sinnett.

Of course the objection would at once occur to any Western reader that it was extremely improbable that a clique of men could keep their knowledge to themselves, and that if it were possible it is still reprehensible, since such knowledge is intended for the use of the whole human race. To this the occultist replies that the powers which are acquired by his system are of such a formidable nature that they might be terribly abused if they fell into the wrong hands. He considers, therefore, that the human race is not yet prepared for the just exercise of these forces, and that a great responsibility rests with his order to test every candidate for initiation in the most severe manner, and so to insure that no unworthy man should ever gain admission to the brotherhood. This is the adept's reply, and, right or wrong, he inflexibly adheres to the line of conduct which he has laid down for himself.

For the information which I have jotted down here I am indebted partly to my own reading partly to what I have heard from my father, and most of all to Mr. A. P. Sinnett, for his excellent summary of the occult philosophy. (" The Occult World." Trubner and Co., 1883.) I cannot supplement my account better than by adding one or two of Mr. Sinnett's clear and forcible statements.

"Toda la estructura del ocultismo," escribe, "del sótano al tejado, es tan completamente extraña a los conceptos ordinarios que es difícil saber cómo comenzar una explicación de sus contenidos. ¿Cómo podría uno describir una calculadora a una audiencia no familiarizada con los artilugios mecánicos más simples y que no sabe nada de aritmética? Y las altamente refinadas clases sociales de la Europa moderna en lo que respecta a los logros del ocultismo están, a pesar de la perfección de su erudición literaria y la exquisita precisión de sus éxitos en sus propios departamentos de la ciencia, en la postura con relación al ocultismo de no saber nada sobre el ABC del asunto, nada sobre las capacidades del alma en absoluto a diferencia de las capacidades de cuerpo y alma combinados. Los ocultistas se han dedicado durante mucho tiempo a ese estudio principalmente; han conseguido resultados con respecto a ello que son absolutamente desconcertantes en su magnificencia; pero, introducida de repente a algunos de estos, la inteligencia prosaica se asombra, y se siente en un mundo de milagro y encantamiento."

"The whole edifice of occultism," he writes, " from basement to roof, is so utterly strange to ordinary conceptions that it is difficult to know how to begin an explanation of its contents. How could one describe a calculating machine to an audience unfamiliar with the simplest mechanical contrivances and knowing nothing of arithmetic? And the highly-cultured classes of modern Europe as regards the achievements of occultism are, in spite of the perfection of their literary scholarship and the exquisite precision of their attainments in their own departments of science, in the position as regards occultism of knowing nothing about the A. B. C. of the subject, nothing about the capacities of the soul at all as distinguished from the capacities of body and soul combined. The occultists have for ages devoted themselves to that study chiefly; they have accomplished results in connection with it which are absolutely bewildering in their magnificence; but, suddenly introduced to some of these, the prosaic intelligence is staggered, and feels in a world of miracle and enchantment."

En otra parte de su interesante obra el señor Sinnett trata de los sonidos producidos a distancia por adeptos que corresponden a esos que obsesionaron a mi padre durante tanto tiempo. De estos ha tenido experiencia personal. "Nunca es alto," dice; "al menos, nunca lo he oído muy alto; pero siempre es claro y nítido hasta un punto increíble. Si golpeas suavemente el borde de un fino vaso de vino de Burdeos con un cuchillo puedes obtener un sonido que sería difícil convencer a cualquiera de que hubiera venido de otra habitación; pero el sonido de la campana sobrenatural es así, solo que más puro y más claro, sin frecuencias discordantes en él en absoluto… Los sonidos de la campana no son meras demostraciones lúdicas de las propiedades de las corrientes que se ponen en marcha para producirlos. Sirven al propósito directo y práctico entre los ocultistas de un timbre telegráfico. Parece que cuando se trata de ocultistas adiestrados, una vez que está establecida la misteriosa conexión magnética que les permite comunicar ideas, pueden producir los sonidos de la campana a cualquier distancia en las cercanías del compañero iniciado cuya atención desean atraer." Desde el caso de mi padre parece que este sonido de campana se usa no solamente para el propósito de la comunicación, sino también para permitir a los adeptos conservar su influencia sobre cualquier individuo y para informarles exactamente de donde estaba para que pudieran poner sus manos sobre él en cualquier momento.

Estos pocos datos adicionales pueden arrojar alguna luz sobre algunos puntos oscuros en la declaración que ha sido redactada tan concisa y sinceramente por mi amigo y hermano, John Fothergill West.

FIN

In another part of his interesting work Mr Sinnett deals with sounds produced at a distance by adepts which correspond to those which haunted my father for so long. Of these he has had personal experience. "It is never loud," he says; " at least, I have never heard it very load; but it is always clear and distinct to a remarkable extent. If you lightly strike the edge of a thin claret glass with a knife you may get a sound which it would be difficult to persuade any one had come from another room ; but the occult bell sound is like that, only purer and clearer, with no subsound of jarring in it whatever, . . The bell sounds are not mere sportive illustrations of the properties of the currents which are set in action to produce them. They serve the direct practical purpose among occultists of a telegraphic call-bell. It appears that where trained occultists are concerned, so that the mysterious magnetic connection which enables them to communicate ideas is once established, they can produce the bell sounds at any distance in the neighborhood of the fellow initiate whose attention they wish to attract." From my father's case it seems that this bell sound is used not merely for the purpose of communication, but also to enable the adepts to retain their hold over any individual and to inform them exactly where he was that they might lay hands upon him at any moment.

These few additional particulars may throw some light upon any obscure points in the statement which has been so concisely and truthfully drawn up by my friend and brother, John Fothergill West.

THE END